100 HORAS

RACHEL VINCENT

HarperCollins*Español*

Editora en Jefe: *Graciela Lelli*
Traducción: *Loida Viegas*
Adaptación del diseño al español: *Mauricio Diaz*

ISBN: 978-0-71809-607-6

Impreso en Estados Unidos de América
17 18 19 20 21 DCI 6 5 4 3 2 1

Dedicado a cada chica que haya descubierto su verdadera fuerza bajo circunstancias terribles. *Ustedes* son mi inspiración.

AHORA

—Se está acercando.

Echo un vistazo por encima de mi hombro y el movimiento hace que pierda el equilibrio. Mi prima me agarra por el brazo antes de que caiga, y toma la delantera, con el teléfono móvil en una mano.

Los pasos resuenan detrás de nosotras. Silvana resuella, como si cada paso expulsara más aire de sus pulmones. Pero su paso es constante. Ella es fuerte y rápida.

Casi nos ha alcanzado.

—¡Ahí está! —Mi prima señala una abertura en el camino de la selva y, más adelante, veo la luz de la luna que reluce sobre el agua oscura.

La playa. Los barcos.

Casi somos libres.

100 HORAS ANTES

GÉNESIS

—¿De verdad has venido en un jet privado?

La boca de Samuel está tan cerca de la de Neda que prácticamente se están besando, y es evidente que eso la hace feliz. Nadie en este diminuto bar de mala muerte de Cartagena sabe que le sobran tres kilos y que le faltan diez centímetros de altura para que aparezca algo más que su rostro en la portada de *Teen Vogue*, aunque su padre hubiera diseñado el último bolso de Hermès. En Cartagena no era más que otra turista estadounidense calenturienta. Donde cualquier otro ve anonimato, Neda piensa que está proyectando misterio.

Neda solo ve lo que quiere ver. El alegre delirio es parte de su encanto.

El resto de su atractivo es el dinero.

—No hay otra forma de viajar. —Sus labios rozan la mejilla de Samuel, que está tan inmerso en ello que le cuesta respirar. Su mano en el muslo de ella, que sabe muy bien el poder que tiene sobre él; puedo verlo en sus ojos—. Los vuelos comerciales son tan... ordinarios.

A mi derecha, en la silla, Nico se tensa. Creció en un bungaló de ciento cincuenta metros cuadrados, a las afueras del vecindario de mi abuela, con su madre y tres hermanas más pequeñas.

Como de costumbre, Neda no tiene ni idea, pero poco le importa a Samuel lo que ella está diciendo. Lo más probable es que ni siquiera la esté escuchando. La hala llevándola al centro del bar para unirse a otras tres parejas que bailan al son de los fuertes y rápidos compases, y de las notas metálicas del video de fusión cumbia-reggae que suena en un pequeño televisor instalado encima de la barra. Ella da un traspié pero recupera el equilibrio sin ayuda de él. Está bien, por ahora. Pero, por si acaso, yo me acabo su margarita. Le estoy haciendo un favor. Ella no puede permitirse las calorías ni tampoco le sienta bien el alcohol.

—Esa es una bebida de turista. Prueba esta. —Nico empuja su botella en dirección a mí. La mayoría de la gente lugareña está bebiendo ron, pero a él le gusta el aguardiente, un licor de sabor anisado. Él cree que no lo he probado nunca, porque mi vestido es caro, mis uñas son perfectas y le digo a mi abuela Nana, en vez de abuela. Pero Nico solo ha visto lo que yo le he dejado ver.

Se sorprendió cuando le pedí que nos mostrara a mis amigos y a mí algo fuera de los festivos escenarios turísticos de Cartagena. Pero de eso se trataba. Las personas no pueden suponer que te conocen si mantienes el misterio.

Agarré la botella de Nico, vertí un par de dedos de aguardiente en mi vaso vacío y me lo bebí de un trago.

Él arquea las cejas.

—¿No es tu primera vez?

Me extiendo mi larga melena oscura sobre mi hombro consciente de que no puede apartar sus ojos.

—Nana le envía una caja cada Navidad a papá. Él no cuenta las botellas. —Solo ve lo que yo le permito.

Nos bebemos media botella, mientras Nico me pone al tanto de la excursión que dirigirá la próxima semana a las ruinas de una ciudad antigua en la Sierra Nevada de Colombia. En sus ratos libres trabaja como guía turístico, porque la ayuda que le presta a mi abuela en la casa paga sus gastos, pero no le alcanza para pagar la universidad.

—Anímate. —Nico se arrima un poco más, sus ojos brillan con el resplandor de las coloridas luces colgadas en el bar—. Tú querías ver la Colombia *de verdad*. Déjame llevarte a Ciudad Perdida.

—No vamos a estar aquí tanto tiempo. —Y *no* voy a hacer un paseo general con una docena de turistas que viajan ceñidos a un presupuesto, aunque el guía sea Nico—. Pero tal vez deje que me enseñes algo especial mañana. Algo... apartado.

Él se reclina en su silla y me sonríe lentamente. Ahora lo capta.

Le doy otro sorbo a mi aguardiente y echo un vistazo al bar. Desde un rincón, los lugareños siguen observándonos, lo que no es ninguna sorpresa. La gente nos mira a mis amigos y a mí dondequiera que vamos.

Lo extraño *es* que no le quitan el ojo a Maddie, con su vestido ecológico y sus sandalias «clásicas» que, en realidad, compró en Goodwill.

—Tu prima se está divirtiendo —comentó Nico.

Está bailando con uno de los chicos del lugar. El guapo de luminosos ojos color avellana y la mandíbula cuadrada sin rasurar.

Paola, la cantinera, sirve con mano firme y su generosidad ha quitado, milagrosamente, el palo que mi prima tenía en el trasero. ¡Ya era hora! Maddie estaba muy nerviosa antes de que su padre muriera y, desde entonces, ha hecho de su hobby de aguafiestas un arte.

Por dicha, no tengo que cuidar de Maddie, como hago con Neda, porque su hermano Ryan nunca permitiría que le sucediera nada.

—Te aburres —afirma Nico, y me rescata de mis pensamientos.

Cruzo los brazos y me recuesto en mi silla:

—¿Es lo mejor que se te ocurre?

Aguza la mirada mientras me estudia, en un intento por leer mi estado de ánimo.

—¿Es esto un juego?

—¿Acaso no lo es todo? —Mi vaso está vacío, así que tomo un sorbo del suyo, mientras lo observo por encima del borde; él intenta encontrarle sentido al rompecabezas que soy yo con mis amigos dejando dinero en el antro de su vecindario.

Me señala con la cabeza la pista de baile donde Neda y Maddie bailan ahora en un grupo desordenado con tres tipos.

—Creí que tu amiga y tu prima no se llevaban bien.

—Así es. —Levanto su vaso—. El milagro del tequila es el responsable de esta particular discrepancia social.

—¿Y esa? —Su enfoque se posa al final del bar, donde Ryan y Holden se ríen de alguna historia que la cantinera les está contando, mientras vuelve a llenar el vaso de mi primo con un refresco. Cada vez que Paola se inclina para agarrar un vaso, ellos le miran el escote. Mi primo es sutil. Mi novio, en absoluto—. ¿Eso también es por el tequila?

Observo durante un minuto y aparto la mirada. *Eso no es nada. Holden es así.* Me pongo de pie y tomo la mano de Nico.

—No he venido aquí para... ver eso.

MADDIE

El ritmo rápido y pesado de la cumbia retumba dentro de mí; dirige cada vuelta, cada patadita y cada roce con Sebastián. Sus manos encuentran mi cintura y sonrío al sentir la imprudente excitación que me produce su contacto.

El suelo gira en torno a mí y empieza a dar vueltas. Doy un traspié. Sebastián se ríe y me acerca más a él. Estamos bailando de nuevo.

Por segunda vez en toda mi vida, estoy ebria.

La primera, casi me muero.

Este bar no es la clase de lugar al que esperaba que Génesis nos arrastrara. No hay luces brillantes ni multitudes de turistas internacionales. La cantinera no bebe mucho y al público lugareño no le importa cómo visto ni lo bien que me muevo. Solo quieren divertirse.

Por primera vez en casi un año, la estoy pasando bien de verdad. Pero no tengo que agradecérselo a Génesis.

En la pausa entre dos canciones, recupero el aliento y el movimiento en una de las mesas capta mi atención. Mi prima saca a Nico de su silla, con su mirada depredadora prendida en él como si fuera algo parecido al objetivo de un láser.

Es probable que ni se haya dado cuenta de que está atrapado.

Mi teléfono vibra y lo saco de mi bolsillo, pero Génesis me lo arranca de la mano al pasar con Nico.

—¿De verdad crees que puedes enviarle un mensaje de texto a tu mamá, estando ebria? Te aseguro que sobrevivirá sin tener noticias tuyas en unas horas.

Deja caer mi teléfono en su bolso y, cuando empieza a sonar la siguiente canción, frunzo el ceño al ver cómo Génesis y Nico entran en el fondo del bar y desaparecen. Pero no puedo decir que me sorprenda realmente. El problema de que te lo den todo en la vida es que creces pensando que puedes tomar todo lo que quieras, cuando se te antoje. Aunque tu novio esté sentado a media habitación de ti.

La mirada de Holden va de mí a la mesa vacía de Génesis y aprieta la mandíbula. Se desliza de su taburete.

Es *posible* que mi mirada no fuera tan sutil como yo pensaba.

—¿Qué pasa, hermosa? —pregunta Sebastián mientras recorre mi brazo con su cálida mano.

—Nada. Lo siento —le contesto.

—¿Quieres otra copa?

—No, gracias.

Me *encantaría* tomar otra pero, a diferencia de mi prima, sé bien que no se debe tomar algo solo porque te lo ofrezcan.

Sebastián se encoge de hombros, cuando cambia la música. Es una canción más lenta, sin los compases familiares de la cumbia.

Debo parecer perdida, porque me sonríe y baila más cerca. Sus manos encuentran mis caderas y de nuevo estoy en movimiento. Luego me besa, ahí mismo, en la pista de baile; de repente, beso y bailo de manera simultánea. Aunque mi hermano piense que no soy capaz de caminar y masticar chicle al mismo tiempo.

Siento la cabeza ligera. El resto del bar está fuera de enfoque y ni siquiera me importa. Es como si pudiera ocurrir cualquier cosa aquí, lo único que tengo que hacer es dejar que suceda.

GÉNESIS

El aguardiente ha hecho su trabajo y Nico toma el control donde el alcohol lo ha dejado. Estoy ebria de él, ebria del ritmo de la cumbia, de los oscuros pasillos y de los dedos callosos. Estoy intoxicada por la forma en que me aprieta contra la pared. Por el modo en que sus labios se arrastran desde mi boca hacia mi oreja, bajando luego por mi cuello. No es delicado. No vacila ni se disculpa, ni parece tan impaciente porque ese momento amenace con ser breve.

Nico tiene veinte años. Sus problemas son tan considerables como sus pasiones, pero sabe lo que quiere.

Sabe lo que *yo* quiero.

—Llévame a algún sitio mañana —susurro mientras su mano se desliza desde mi cintura hacia arriba, sobre mi vestido, y su lengua deja un cálido rastro en mi cuello—. Enséñame algo hermoso. Algo real.

Su mano resbala por mi pelo.

—Parque Tayrona —sugiere; sus labios rozan mi piel.

Frunzo el ceño y lo empujo.

—Son las vacaciones de primavera. Estoy *harta* de playas atestadas de gente.

—Conozco algunos lugares recónditos. —Vuelve a inclinarse sobre mí rozando mi oreja con su aliento—. *Vistas exclusivas.*

Sonrío y recorro su pecho con mis manos. Eso es lo que quiero. La Colombia de verdad. Lugares que no aparecen en las páginas turísticas de la web.

No se supone que yo esté en este bar. No se supone que esté en este país. Pero «se supone que» significa menos para mí con cada segundo que pasa. Esta es mi vida. Son mis vacaciones de primavera.

No hay más límites que los que *yo* ponga.

Nico agarra suavemente un puñado de mi pelo y tira de mi cabeza hacia atrás. Nuestro beso es vulgar, imprudente, impúdico y todas esas otras cosas audaces que saben más dulce en las sombras.

Mi respiración se acelera. Mis hombros apenas sostienen mi cabeza. Entonces...

De repente, Nico desaparece y su ausencia me hace perder el equilibrio. Una mano me agarra por el hombro, me inmoviliza contra la pared y abro los ojos. Holden tiene la camiseta de Nico en el puño derecho, mientras el izquierdo se clava en mi piel. Sus ojos pardos me queman.

—¿Tienen tus súplicas —para llamar la atención— que ser siempre tan ordinarias o se trata de algún tipo de comentario social irónico?

Nico arranca su camiseta de la garra de mi novio. «Los celos son un sentimiento muy feo, *mono. ¿Cierto?*».

El rostro pálido de Holden se enciende. En casa, insultarle es buena razón para una pelea. Pero es que en casa, su padre puede hacer que las acusaciones legales y los escándalos públicos desaparezcan.

Holden es el tipo perfecto para Miami. Allí conoce a las personas indicadas y dice todas las cosas adecuadas.

Pero no estamos en Miami.

—Vámonos, Holden. —No tiene gran autoridad moral en la que apoyarse. Somos así.

Se vuelve contra mí, su cabello rubio cae sobre su frente. Por un segundo está tan furioso que se le olvida que no soy de las que se dejan intimidar.

—Gen, no empeores las cosas. —Se vuelve hacia Nico.

La ira recorre, ardiente, mi espina dorsal y la memoria entra en acción. Agarro su mano, se la retuerzo y la presión en su puño, su codo y su hombro lo obligan a echarse hacia delante, doblado por la cintura. Era evidente que Holden pensaba que el cinturón negro de Krav Maga, que guardaba enrollado en mi gaveta superior era un mero accesorio, un recurso más en mis solicitudes para la universidad.

Ahora ya sabe.

La calidez de la satisfacción me embarga. Entonces me doy cuenta de que no puedo retractarme. No volverá a subestimarme.

—¡Maldita sea, Génesis! —grita y le dejo irse.

Nico se ríe y yo, en silencio, me maldigo por ceder a un impulso tan revelador.

—*Tu novio es un tonto.*

Pero se equivoca. Mi novio no es ningún necio. Solo está ebrio.

—¿Qué ha dicho? —pregunta con exigencia Holden, que no entiende el español, y con las mejillas encendidas. Estira su brazo para aliviar el dolor, sé que tendré que suavizar la cosa. Así que miento.

—Dice que has bebido demasiado.

Nico me mira sorprendido.

—Ella es demasiado caliente para ti, *gringo* —me sonríe.

Holden aprieta los puños y mira a Nico como si su corpulencia no fuera más que fachada.

Arrastro a mi novio hacia la parte delantera del bar.

—Ven, recuérdame qué es lo que veo en ti. —Cuando volteo, veo a Nico que me observa, sonriente. Piensa que nos hemos salido con la nuestra. Que tal vez yo regrese por más.

Está loco.

Holden y yo escogemos un asiento oscuro cerca de la puerta. Sus manos están por todas partes. Necesita tener el control de este momento, así que le dejo creer que lo tiene y la reconciliación es tan buena que casi quiero provocar otra pelea, solo para que podamos hacerlo todo de nuevo.

Es lo que más me gusta de él. Su temperamento se calienta enseguida, pero el resto de él también. Cuando tengo toda su atención, es como si estuviéramos ardiendo. Nico era el combustible añadido para las llamas.

—¿Por qué me sacas de mis casillas? —murmura Holden contra mi cuello.

Inclino la cabeza hacia atrás para facilitarle el acceso.

—¿Y para qué están las casillas, sino para que lo saquen a uno de ellas?

Holden gruñe y su boca sigue bajando.

Por encima de su hombro, veo que Ryan le indica a la cantinera que salga del bar.

—*Corazón*, ¡no bebes ni puedes bailar! —dice Paola en voz alta, mientras lo sigue, meciendo sus caderas—. ¿Qué tienes que ofrecerle a una mujer?

—Ven y averígualo... —Mi primo vuelve a la pista de baile, moviendo las caderas en su mejor imitación de salsa. Me río. La verdad es que tiene ritmo —él toca la batería—, pero su cuerpo no parece saberlo.

Holden se aplica de nuevo a mi cuello y, cuando llega hasta mi boca, mi respiración se ha acelerado.

—No me he fijado bien en ese pasillo trasero —murmura apretando mis labios mientras sus manos se deslizan por mi pierna—. ¿Por qué no me enseñas lo que me he estado perdiendo?

Antes de que pueda responder, mi teléfono vibra en mi bolso. Lo saco y echo un vistazo al texto que aparece en pantalla.

¿Por qué no estás en las Bahamas? Llámame INMEDIATAMENTE.

Holden frunce el ceño, mientras yo escribo. «¿Quién es?».

No te preocupes. No pasa nada. Besos.

—Te enseñaré mis mensajes de texto cuando tú me muestres los tuyos —no hace falta que sepa que solo es mi padre el que me controla.

15

Holden arquea una ceja, como si yo acabara de presentarle un desafío. Alarga la mano para agarrar mi teléfono, pero Maddie se mete en nuestro lugarcito y se sienta al otro lado de la mesa, ahorrándonos a ambos una escena que yo casi esperaba montar.

—Tenemos que sacar a Neda de aquí —comenta mi prima—. Está borracha.

—Todos lo estamos —señala Holden.

—Pero el resto de nosotros no hemos decidido pasear una apabullante ignorancia cultural y un buen fajo de billetes por los callejones oscuros de Cartagena, a media noche. —El gesto disgustado de Maddie indica el resurgimiento de la sobriedad—. Pero eso no es ninguna sorpresa, si consideramos que Neda sigue pensando que están en Car-ta-ge-na.

Sigo su mirada penetrante y veo cómo Neda se tambalea mientras Samuel la dirige hacia la salida. Ni siquiera se da cuenta de que el tequila gotea sobre sus sandalias de mil doscientos dólares.

Le hago señas a Ryan con la mano y con un movimiento de la cabeza hago que mire hacia donde están. Se despide de Paola con cortesía y se une a nosotros.

—Yo la agarro a ella, tú encárgate de él —susurro al salir del asiento remendado pegajoso.

—Oye, ¿trabaja Paola mañana por la noche? —pregunta Ryan al ponernos uno a cada lado de la pareja. Cuando Samuel se voltea para responder, libero a Neda de su agarre, con una mano, y le quito la bebida con la otra.

—¿Adónde vamos? —pregunta ella cuando Holden abre la puerta para que salgamos.

—A casa —y suelto su vaso sobre una mesa vacía.

Neda parece confusa.

—¿Volvemos a Miami?

Maddie agarra la cartera de Neda y pone los ojos en blanco.

—Sí. Da un taconazo y di: «No hay un sitio como mi hacienda de diez habitaciones, frente a la playa».

Afuera, las luces son pocas y muy espaciadas, y la calle está casi vacía. No hay turistas aquí. Ni vendedores callejeros. Me volteo para pedirle a Holden que pida un automóvil, pero ya tiene el teléfono pegado al oído y le indica nuestra ubicación al servicio de coches. *«Aquí en cinco minutos, extra de cien».* En su triste y entrecortado español, le ha ofrecido cien más si llega en cinco minutos. No le gusta el vecindario de Nico.

—Quiero quedarme —Neda apenas articula y sus pasos son el lastimero chirrido de las sandalias contra el pavimento—. Samuel y yo estábamos...

—No me abandones, Neda —Ryan desliza un brazo alrededor de su cintura, retirándome así la mayor parte del peso—. *Mi corazón,* no todos los días puedo pasear con una preciosa modelo de mi brazo. Tu belleza me emborracha.

Neda ríe tontamente y yo me quedo atrás para permitir que Ryan use sus encantos.

Conforme caminamos hacia la esquina, Holden pasa su brazo alrededor de mis hombros.

—¿Estará el resto de las vacaciones tan lleno de colorido?

—¿Para qué otra cosa vendrías?

—Vine, porque me dijiste que Nassau era aburrido y Cancún «obvio». Y porque me prometiste playas nudistas.

—Lo admito. —Acaricio su pecho con mi mano, mientras bajamos por la agrietada acera, y vuelve a aparecer el fuego en sus ojos—. No te has aburrido ni un segundo desde que bajamos del avión.

93 HORAS ANTES

MADDIE

Me despierto al alba y me encuentro a abuelita sola en la cocina, vertiendo harina de maíz Masarepa en un cuenco grande de cristal. Sobre el mostrador hay un frasco de sal y un pequeño tazón de mantequilla derretida. El aroma de café negro y mango fresco avivan los recuerdos de mis visitas de la infancia. Aunque el tío Hernán la lleva en avión a Miami para pasar la mayor parte de las vacaciones, no he estado en casa de mi abuela desde que era una niña pequeña.

—¡Buenos días, Madalena! —me hala hacia ella y me da un abrazo en cuanto entro en la habitación, con los pies desnudos sobre las baldosas de color brillante—. Te has levantado temprano para ser sábado.

—¿Arepas con huevo? —supongo.

Abuelita sonríe.

—*Sí.* ¿Siguen siendo las preferidas de tu hermano?

—¡Por supuesto! —cualquier que se coma le encanta a Ryan, pero las tortitas de maíz rellenas con huevo de la abuela, ocupan un lugar especial en su corazón. Y en su estómago.

—¡Qué triste que tu madre nunca dominara este arte! —lo dice con una sonrisa, pero con toda la intención. Mi madre es cubana-estadounidense de segunda generación y, a ojos de abuelita, la comida cubana no se puede comparar.

—¿Van otra vez a la plaza con tus amigas? —pregunta mi abuela, mientras da forma a los pequeños pastelitos de la mezcla de maíz.

—No son *mis* amigas, abuelita. Génesis y las divas de Dior tienen citas en algún spa esta mañana, pero lo más probable es que quieran fiesta esta noche. Dudo mucho que yo vaya. —No, después de que hice el ridículo en el bar, la noche anterior.

—Tus mejillas están rojas, flaquita —cuando mi abuela sonríe, los ojos se le iluminan—. ¿Conociste a un chico?

—Desde luego, sus lenguas sí que se conocieron.

Mi hermano entra a la cocina, sin hacer ruido, descalzo y se sienta en el taburete contiguo al mío.

Sí, besé a Sebastián en la pista de baile. Sin embargo, Génesis se fue a un pasillo oscuro con el «ayudante» de la abuela, en plenas narices del idiota de su novio, y nadie pareció pensar que *eso* sea digno de hacerse público.

En mi familia, la ley del embudo nunca parece funcionar a mi favor.

—¡Eres una chica tan bonita! —Mi abuela me sonríe por encima de una creciente colección de arepas—. Tal vez demasiado delgada. Mereces divertirte. Has pasado por tanto...

«Lamento mucho su pérdida». El hombre me da una torpe palmadita en el hombro, y sus palabras se repiten en mis oídos, conforme el pésame va resonando en la línea de recepción. Miro fijamente su camisa formal. Hay una mancha en la parte inferior de su barriga. Arrastra los pies hacia mi izquierda, para darle un apretón de manos a Ryan.

Mi hermano huele a whisky y nuestra madre ni siquiera lo ha notado.

«Maddie, por favor, dinos si hay algo que podamos hacer». La siguiente mujer de la fila toma mi mano, pero yo apenas

siento su apretón. Casi no he sentido nada durante dos días.
Miro fijamente sus zapatos hasta que ella sigue adelante.

El ataúd está cerrado y si no puedo ver la cara de mi padre,
no quiero ver la de nadie más.

—¿Se están cuidando ustedes? —Abuelita desliza la primera tortita
en el aceite caliente, con la tierna pericia perfeccionada por cincuenta
años de experiencia. La masa chisporrotea, pero el aceite no salta.

—¡Desde luego! Por eso no puedo comer muchas de estas —asiento
con la cabeza mirando las tortitas de maíz fritas rebosantes de hidratos
de carbono, que causarían gran estrago en mi glucemia.

—El tío Hernán le dio una bomba de insulina —Ryan lanza una
mirada a mi abdomen, donde un ligero bulto en mi cintura traiciona
la concesión más obvia a mi enfermedad—. Así se ahorra el fastidio de
andar con agujas.

Abuelita asiente con la cabeza.

—Hernán siempre ha cuidado de nosotros.

Me muerdo la lengua para impedir que broten mis pensamientos.
La verdad es que cada vez que mi padre venía a Colombia, con la organización sin fines de lucro para la que trabajaba, pasaba todo el tiempo
que podía con su madre.

Mi tío no ha puesto un pie en Colombia desde que se fue, siendo
un adolescente. Solo envía dinero.

Cuando descubrió que nuestro seguro no cubriría mi bomba de
insulina, intentó solucionar el problema con dinero. No es que no le
esté agradecida. Sencillamente yo fui una cuestión más que él pudo
resolver con un cheque. Como hizo con la rehabilitación de Ryan.

—Buenos días, nana —Génesis entra en la cocina a grandes zanca-
das, con su short de correr y un sujetador deportivo, afirmando la cola
de caballo que llevaba bien alta en la cabeza. Su rostro brilla de sudor
y tiene el cabello húmedo.

—¡Buenos días! —abuelita se retira de la hornilla para aceptar un beso en la mejilla de la mayor y menos sensibilizada con la cultura de sus nietas.

—Mi teléfono —exijo.

Génesis lo saca de un bolsillo escondido en su cintura y me lo lanza. Hay un mensaje de mi madre.

¡Espero que te estés divirtiendo! ¿Cómo son las Bahamas? ¡Toma una clase de buceo por mí!

—¡Génesis! —el nombre de mi prima suena como una palabrota al estallar en mi boca—. ¿Por qué piensa mi madre que estamos en *las Bahamas*?

—¿Porque no sabe cómo rastrear tu teléfono? —Despreocupada, se encoge de hombros. Me dan ganas de estrangularla—. Mi padre se lo imaginó incluso antes de que aterrizáramos.

—¡Dijiste que aclararías el cambio de planes con todas las personas que debíamos hacerlo!.

—Sí —vuelve a encogerse de hombros mientras se sirve un vaso de jugo—. Nana y el piloto.

—No me dijiste que tu padre no estaba de acuerdo —la regaña abuelita, aunque parece más molesta que enojada por la mentira—. Llamó anoche y estaba muy disgustado.

—¿Lo saben los padres de Neda y Holden? —insisto—. ¿Acaso les preocupa?

Ryan me pone la mano en el hombro.

—Maddie, cálmate...

Me vuelvo en contra de él.

—Nunca es ella quien tiene que ocuparse de las consecuencias de la forma loca y descabellada que tiene de abrirse paso en la vida —prácticamente había secuestrado a sus propios primos y los había arrastrado a Colombia. Dejó que Ryan anduviera de fiesta con sus amigos en el apogeo de su adicción, aun *sabiendo* ella de que él tenía un problema.

—Tu reacción es exagerada —insiste Génesis mientras agarra una rodaja de mango de la bandeja—. Nana me llamó hace un par de semanas para preguntarme cuándo podíamos venir a verla, y aproveché la oportunidad. —Con eso quería decir que había sobornado al piloto.

—¿Le preguntaste por lo menos a tu padre?

—¡Por supuesto que no! No me habría dejado. Pero ahora estamos aquí, y se avendrá una vez que Nana llame y le pregunte por qué está intentando mantener a sus nietos alejados de ella. —Abraza a abuelita por detrás—. No le va a decir que no a su madre.

—Lo más probable es que hayan despedido a ese pobre piloto por tu culpa.

Génesis vuelve a encogerse de hombros, me entran ganas de darle un puñetazo.

—Él lo decidió.

—Me voy a casa —la ira me arde en el pecho; siento que estoy respirando fuego—. ¿Harás que mi madre tenga que endeudarse por comprar un billete a última hora o enviará tu padre a su piloto?

—El avión aterriza en una hora. Pero si lo abordas, te perderás parque Tayrona. Nico nos va a llevar a pasar un par de días allí.

Nico. Génesis se lo lleva a la parte trasera del bar y, de repente, nos va a dar un tour privado por la serie de playas más hermosas de Colombia. Por supuesto.

—¿Tayrona? —Ryan arquea las cejas. Nuestros padres pasaron su luna de miel en una excursión al pie de la cordillera de Sierra Nevada, a través del famoso sistema de playas naturales conectadas por porciones de selva virgen. Ese parque era el lugar que papá prefería en el mundo entero.

Génesis sabe que no podemos negarnos a ir a Tayrona. Y si permanecemos en Colombia sin ella, este viaje no es tan solo otro impulsivo exceso contra toda norma, orquestado por una heredera consentida. De repente, su descabellada excursión más allá de las fronteras internacionales parece el último regalo para sus afligidos primos, además de una visita retrasada a su aislada *abuela*.

—Reservé un par de cabañas, pero es una excursión de dos horas por la selva, desde la entrada a la playa más aislada de cabo San Juan. Por tanto, vístete de forma adecuada y tráete un bañador. —Génesis observa detenidamente mis pantalones de pijama como si fueran un indicio de lo que me pondría para una excursión.

—No he dicho que vaya a ir —le contesto con brusquedad, pero ella desestima mis protestas a favor de una *arepa* recién hecha, que no formaría parte de la dieta de alimentos crudos e integrales que sigue en casa.

—Bueno, ya estamos aquí —Ryan me acerca más a él con su brazo, que rodea mis hombros—. Podemos quedarnos y ver el paisaje.

—Ve, flaquita —me insta mi abuela—. Diviértete un par de días en la playa. Yo me ocuparé de Hernán *y de tu madre*, y nos pondremos al día el lunes por la noche, cuando hayas regresado.

Casi puedo sentir cómo me caigo sobre el tablero de ajedrez, de tamaño natural, a los pies de mi primo.

Jaque mate.

92 HORAS ANTES

GÉNESIS

Penélope Goh me hala y me da un abrazo al salir de la parte trasera del auto negro.

—Siento llegar tarde. Nos hemos quedado atascados en un bloqueo. Mi chófer dijo que la policía había hallado anoche dos cuerpos en una camioneta calcinada.

—Sí, es cierto. —Holden se encoge de hombros—. ¿Cómo no nos *iba* a arrastrar la aventurera de mi novia a un país tercermundista destrozado por la guerra?

—Hablas como mi padre. —Pero Colombia es un lugar distinto al que era cuando emigraron mi padre y su madre viuda y encinta. Nana no habría regresado de no ser cierto—. Aquí estamos perfectamente a salvo —insisto.

—Entonces, ¿por qué da la sensación de que están huyendo del país? —Penélope mira detenidamente el equipaje de excursión alineado en el porche delantero de mi abuela.

—Porque, una vez más, Génesis ha confundido el peligro con la emoción —Holden la rodea con su brazo mientras el chófer abre el maletero para sacar su equipaje, y su susurro es perfectamente audible—. Quizás deberíamos enseñarle cómo es la emoción de verdad.

Lo miro. A Holden le gusta sobrepasar los límites, pero ambos sabemos qué líneas no se deben cruzar.

—Vamos a hacer una excursión por la selva. —Engancho mi brazo con el de mi mejor amiga y la aparto de él—. El frenesí de las compras era la única forma de convencer a Neda para cambiar su barro facial de cuatro horas por barro y sudor de verdad. Te he conseguido ropa apropiada.

—¿Hablas en serio? —me dice, mientras el chófer pasa por nuestro lado y lleva el equipaje al vestíbulo—. ¿Sabe Neda que no hay Wi-Fi ni agua filtrada en la selva?

—Las cabañas cuentan con ambas cosas, *es posible* que yo le haya restado importancia al poco tiempo que vamos a pasar en ellas.

Penélope se ríe al pasar su mirada por las provisiones que he empaquetado para cada uno de nosotros.

—No *debería* sorprenderme el giro de ciento ochenta grados que supone pasar de un día de spa a una excursión por la selva, pero...

—En realidad, no deberías. El auto estará aquí en media hora. Ven a saludar a nana; después te puedes cambiar de ropa y meter tu bañador en tu mochila.

—Entonces, ¿cómo fue el acto? —dice Holden mientras el auto de Penélope sale de la entrada—. En realidad, *¿qué* fue lo que te hizo renunciar al jet privado y decantarte por un vuelo comercial?

—Actuar como jueza en los Juegos Olímpicos Especiales, idiota. Penélope y su medalla de plata olímpica en barras asimétricas están muy demandadas, desde que se retiró de la competición, hace dos años. Se acerca a mí para darle a Holden un empujón juguetón.

—*Deberías* probar a devolver.

—Estaremos allí la próxima vez —te lo prometo. Holden refunfuña, pero no discute. Hará lo correcto, aunque se sienta incómodo por ello. Nunca tengo que preocuparme por él cuando hay una audiencia en vivo.

—Ya que hablamos de jets privados, tu padre me ofreció que su piloto me dejara en las Bahamas, después de mi acto. Tuve que responderle que ya había reservado un vuelo para que este viaje siguiera siendo confidencial.

Le aprieto más el brazo. Solo una verdadera amiga le mentiría a tu padre a la cara por ti.

—¿Qué me he perdido? —pregunta Pen cuando nos dirigimos hacia la puerta principal de la casa de nana y sus sandalias de alta costura taconean sobre el colorido pasillo de piedra.

—Una verdadera señal de los tiempos del fin. —Holden mantiene la puerta abierta para nosotras y entramos al vestíbulo donde aguarda el equipaje de Pen, y el aroma de las arepas con huevo sigue flotando en el ambiente—. Neda y Maddie están de acuerdo en algo.

—¿En qué?

—En que no deberíamos haber permitido que Génesis planificara este viaje.

Me encojo de hombros.

—Maddie está furiosa, porque no le pregunté a su mamá si ella podía venir.

Pen vuelve a reírse al agarrar su neceser de maquillaje y la maleta más pequeña de las dos.

—Así que tu prima la predicadora tiene material fresco para un nuevo sermón, tu prima calenturienta ya no bebe y a Neda se le ha negado el tratamiento de spa que, según tú, la ayudaría a eliminar un kilo de líquido retenido al día. ¿Quieres recordarme por qué he venido?

—Porque me quieres. Porque eres mi mejor amiga. Y porque cuando volvamos de Tayrona, te invito a un día completo de spa, todo incluido.

Mi teléfono vibra de nuevo, con otro mensaje de mi padre.

Génesis, ¿POR QUÉ no estás en el avión?

88 HORAS ANTES

MADDIE

—¿A alguien más se lo están comiendo vivo los mosquitos? —Neda le da un manotazo a un insecto posado en su pantorrilla.

—No —contesto, aunque tengo tres picaduras en el brazo izquierdo. Durante el viaje de cuatro horas en auto, desde Cartagena a parque Tayrona, su voz sobrepasaba el sonido chillón de mi despertador, el sonido menos favorito del planeta para mí—. El resto de nosotros pensó que el riesgo de contraer malaria era más convincente que la posibilidad de mancharnos la ropa de repelente de insectos. —Esto es especialmente irónico, si tenemos en cuenta que ella ya está toda salpicada de barro.

—¿Por qué no podemos volver simplemente a la cabaña? —lloriquea Neda—. Salir de excursión no es tener vacaciones. Es *trabajar*.

Yo preferiría dormir en la arena con una piedra por almohada que meterme en la cabaña con mi prima y su séquito mimado e ignorante.

Neda se queja a cada paso que da y la mandíbula de Nico se aprieta cada vez con mayor tensión; estoy segura de que acabará dislocándosela. Al fin, saca una pequeña radio de su mochila y ahoga su voz con música de salsa. Cuando acaba la primera canción, una noticia de última hora informa que la policía encontró —la noche anterior— dos cuerpos en una camioneta calcinada, en el acantilado de Cartagena.

Se me hace un nudo en el estómago. El cadáver de mi padre se encontró del mismo modo, hace casi un año.

—¿Qué ocurre? —pregunta Neda exigiendo, y Nico le resume el noticiario en castellano.

Su frente se arruga.

—Es probable que sea cosa de la guerrilla —anuncia, y se vuelve hacia mí con una expresión que decía: «Te lo dije».

Génesis frunce el ceño y mira a Nico.

—¿Para qué quieres traducirle esto?

—No es cosa de la guerrilla —le suelta a Neda, y su acento se acentúa con la irritación—. Las FARC se han disuelto. No es más que un accidente aislado.

Tiene razón. El conflicto entre los activistas y el gobierno colombiano ha acabado prácticamente. Lo sucedido *tiene* que ser un acto casual.

—Entonces tiene que ser un asunto de violencia del narcotráfico —insiste ella.

Con los dientes apretados, me dirijo a ella.

—Lo creas o no, Neda, a veces las personas cometen crímenes en Colombia que no tienen nada que ver con el tráfico de drogas. Exactamente igual que en el resto del mundo.

Aun así, deseo que Ryan no lo haya oído. Recordar la muerte de mi padre aunque no lo hace recaer, tampoco lo ayudaría.

—¿Fue en la selva? —pregunta Neda, como si no nos escuchara siquiera—. Las guerrillas siempre secuestran y asesinan personas en la selva.

—Los secuestros son cosa del pasado —la tranquiliza Génesis, antes de que la cabeza de Nico pueda estallar—. La guerrilla moderna hace su dinero en la minería ilegal del oro y en la extorsión. Además, cualquiera que intentara secuestrarte te devolvería en una hora.

—Engancha su brazo en el de Neda—. Tienes un gusto especial.

Neda sonríe burlona y le saca el dedo.

—El dinero es una razón demasiado insignificante como para arruinarle la vida a alguien.

—No para quienes no pueden permitirse comida y cobijo —insiste Nico—. Pero los disturbios de las pandillas y los disparos en las escuelas de Estados Unidos sí que *son* un sinsentido.

—No apruebo *ningún* tipo de violencia. —Se pone muy recta y lo mira por encima del hombro—. Ni siquiera visto pieles reales.

—¡Oh, qué lindo por tu parte! —Puedo oír cómo mi voz se va haciendo más aguda, pero no parece que pueda conseguir detener esto—. Sin embargo, mientras los visones estadounidenses corren por todas partes, con sus preciosas pieles intactas, los granjeros colombianos se están viendo expulsados del negocio por culpa de la interferencia de Estados Unidos.

Neda me mira con fastidio.

—Estados Unidos *no* sacan a los granjeros colombianos del negocio.

—Es su política económica la que lo hace —insiste Nico «Ellos también invierten millones en la «guerra contra las drogas», pero nada para ayudar a alimentar y vestir a las masas empobrecidas a las que *ellos* ayudaron a privar de sus derechos.

Por un largo momento, Neda se queda callada. Entonces mira al barro que mancha sus pies con el ceño fruncido.

—Si esta es la única forma de llegar a la playa, ¿por qué no han pavimentado el camino todavía? —gimotea.

Paso por encima de una raíz al descubierto y empujo un helecho alto que llega hasta el sendero.

—Porque derramar hormigón no conservaría exactamente la belleza natural de la selva.

Se detiene en mitad del camino para limpiar una mancha de suciedad del delicado detalle en forma de hoja de la correa de su sandalia izquierda.

—Tengo más interés en proteger mis zapatos.

—¿Por qué no te cambiaste de calzado y te pusiste las botas de excursión? —pregunta Génesis, cuya frustración en la voz me hace sonreír.

Neda mira hacia abajo, a las cuidadísimas uñas de sus pies y se mete un largo mechón de pelo liso y oscuro detrás de la oreja.

—Ferragamo dice que las sandalias planas con correas en forma de T son perfectas para cualquier ocasión.

Génesis suspira.

—Para cualquier ocasión que no implique espinos, serpientes, piedras y barro. —Por primera vez en la historia de su amistad basada en la alta costura, Neda se ha equivocado en sus compras, y mi prima no parece encontrar graciosa aquella situación.

A mí, por otra parte, me parece hilarante observar cómo la perra naturaleza abofetea a una consentida heredera.

GÉNESIS

—¿Cuánto dura esta excursión? —pregunta Neda con exigencia cuando tomamos otra curva llena de barro del camino—. No puedo andar otra media hora con estas sandalias.

—Pues es una pena, porque cabo San Juan está a dos horas de aquí. —Maddie presume al adelantarnos por la estrecha senda—. Tal vez deberías retroceder hasta la entrada del parque y llamar para que te recojan en auto y te lleven a casa.

—Nadie se va a casa —regañó a mi primo—. Nico, ¿por cuántas playas pasaremos de camino al cabo?

—Dos —contesta él mientras sostiene una rama que sobresale para que pase Penélope.

—Estarás bien —le digo a Neda.

Ryan se queda atrás para acompasar su paso con ella.

—Cuando los pies te empiecen a doler, ya estaremos en playa Piscina y podrás saltar al agua para refrescarlos. Y si tus sandalias no aguantan, en tu futuro habrá un paseo a cuestas. —Su sonrisa la ablanda y acelera el ritmo.

—A partir de ahora, te llevaré dondequiera que vaya —le susurro a Ryan, y paso por encima de un trozo de tierra fangosa del sendero.

—¿Por qué estoy dispuesto a llevar a Neda a cuestas?

—Sí —pero sobre todo es porque Ryan es mi bien más valioso cuando no puedo enviar a Maddie y a Neda —o a Holden y a Nico— a rincones separados.

—Solo se siente perdida —me contesta—. A mí me ha pasado también, y no lo habría conseguido sin los amigos y la familia.

Lo único que hice fue escoger el centro de rehabilitación. Fue mi padre quien pagó y Maddie lo convenció para que fuese; pero, en última instancia, Ryan fue quien tomó control de su propio futuro.

Es un Valencia.

Ya en la última etapa de nuestra excursión, Neda se queja constantemente, convencida de que cada enredadera es una serpiente y que en cada sombra acecha agazapado un gato de la selva. Holden no se queja demasiado, pero frunce más el ceño cada vez que tiene que pasar por encima de una raíz o apartar una enredadera.

Cuando el resto de nosotros tenemos que vadear un arroyo poco hondo, Penélope hace todo un espectáculo cruzándolo sobre un fino leño caído, caminando con las manos.

Si no la quisiera la odiaría por completo.

Cuando al fin llegamos a Cabo San Juan, estoy dispuesta a alimentar a todos los depredadores de la selva con todos ellos. Es la mejor playa del parque nacional para nadar, surfear y bucear.

Tan pronto como pisamos la playa, dejo caer mi mochila y me quito las botas para poder enroscar mis dedos de los pies en la arena. Respiro profundamente, aspirando el aroma salado del aire y el brillante resplandor del sol caribeño. Aquí, las olas son suaves y un par de docenas de personas están metidas en el agua hasta la cintura, lanzando discos voladores y mojándose unos a otros.

Con una mirada al agua, Neda parece haber olvidado todo lo que le molesta de la excursión.

—Es hermoso —comenta una vez que recupera el aliento, y yo asiento.

—Por eso estamos aquí.

De repente, todos sonríen. La ropa aterriza en la arena a medida que nos despojamos de ella para quedarnos en bañador, presumimos de bronceados, de cuerpos firmes esculpidos por los entrenadores olímpicos, los entrenadores personales de primera clase o años en el campo de fútbol.

Como es natural, la gente nos mira. Neda y Holden fingen no darse cuenta, pero por las posturas que adoptan puedo ver cómo la incomodidad se va derritiendo, al experimentar la admiración de la pequeña multitud.

Maddie se queda atrás, completamente vestida todavía, y es obvio que intenta establecer una distinción entre ella y el resto de nosotros. Como si de verdad corriera un peligro real de que la confundieran con una atleta de categoría mundial o una vanguardista de la moda.

Me giro para agradecerle a Nico que nos haya traído a este paraíso exótico, pero ya se encuentra a un metro y medio, y conversa con tres de la media docena de soldados que patrullan la zona. Como los que nos registraron en busca de drogas y alcohol cuando entramos en el parque; es evidente que lo conocen. Pero no parecen muy contentos con él.

Nico gesticula con enojo. No puedo oír lo que dice, pero cuando nota que lo observo, corta la discusión. Al reunirse con nuestro grupo, sonríe, pero tiene los hombros tensos.

Cuando dos de los soldados se alejan playa abajo, me doy cuenta de que el tercero no es un soldado. Es el tipo con el que Maddie estaba bailando la noche anterior, en Cartagena: Sebastián.

¿Qué demonios está haciendo en el cabo?

86 HORAS ANTES

MADDIE

Las olas baten con furia y hacen espuma al estrellarse sobre las rocas, como si el Caribe fuera el corazón de la madre naturaleza y las olas fueran su palpitar. Independientemente de las ventajas que me he perdido al no haber sido hija del hermano Valencia rico, este es el único privilegio que importa.

—Epa, Ryan, quiero golpear... —me volteo esperando encontrar a mi hermano aguardándome, listo para zambullirnos en el agua. En vez de eso, lo encuentro sobre una amplia extensión de hierba entre la arena y la selva, rodeado de tiendas de campaña. Está arrodillado en la tierra y usa una pompa de mano para inflarle un pequeño colchón de aire a una guapa extranjera, mientras ella se ocupa con pericia de los postes arqueados y la tela de una tienda de color amarillo brillante.

—¿Quieres tocar el agua? —me dejo caer a su lado en la arena.

Ryan se cubre los ojos del sol con la mano y me mira.

—Ve tú. Le he dicho a Doménica que jugaría al futbol con ella, si puede encontrar un balón.

Doménica me lanza una mirada divertida:

—He dicho que jugaría con él si *él* encuentra algunas pelotas. —Es alta y atlética, con un recogido de rizos oscuros y hermosos ojos pardos. No tengo la menor duda de que puede defenderse sola contra mi hermano, en cualquier deporte.

—Oh. Está bien. —Hasta yo puedo notar lo decepcionada que suena mi voz y, de repente, me siento como una idiota.

—Si te quieres unir a nosotros, bienvenida —añade Doménica y desliza una varilla flexible en la ranura que forma el vértice de su pequeña tienda. Su acento no es colombiano como el de mi padre ni cubano como el de mi madre. ¿Peruana quizás?

Su ofrecimiento parece genuino, pero Ryan me hace una ligera señal de negación con la cabeza. Está claro que quiere estar a solas con su nueva amiga.

—No importa. Diviértanse, chicos —dejo que mi mirada vague de nuevo por la playa, donde una docena de personas surfean, nadan, caminan por el agua, lanzan discos y toman el sol.

La arena se pega a mis pies al dirigirme hacia la playa, donde Génesis está extendiendo unas toallas de diseño italiano.

—De verdad que admiro los riesgos de moda que corres, Maddie —indica Neda en un tono tan convincente que no estoy del todo segura de si se está burlando de mí, hasta que prosigue—. Yo nunca me atrevería con las baratijas elegantes de las rebajas.

Aprieto la mandíbula y dejo que la réplica muera en mi lengua. Juro que Génesis colecciona accesorios de diseñadores como otras chicas hacen con los zapatos o los bolsos. Aunque ella también colecciona de estos.

Ella y las víboras de Versace son las únicas personas que conozco aquí, pero más me vale perforarme el tímpano con la varilla de una tienda de campaña que escuchar la voz de Neda un segundo más.

Estamos en uno de los lugares más hermosos del mundo, rodeadas de viajeros de todos los rincones del globo. Si Ryan puede hacer nuevas amigas, yo también. Recojo mi mochila de la arena, pero antes de haber dado tres pasos para alejarme de mi prima, algo duro se estrella contra mi cadera.

—¡Ay! —alzo la mirada y descubro a dos tipos que hacen jogging en mi dirección, iluminados desde atrás por el sol de la tarde.

—¡Perdón! —los tipos se detienen a medio metro de mí y uno de ellos me sonríe, mientras se inclina para reclamar su disco—. Benard tiene una puntería terrible.

El segundo tipo hace un gesto con la mano hacia las olas oscuras y alborotadas.

—*Casse-toi!* Le he dado a mi objetivo —me guiña un ojo y se me corta la respiración. Benard es *guapísimo*. Su mirada recorre mi cuerpo con una osadía excitante y, a pesar de los dos años en mi equipo de debate en la escuela y un año en *Youth and Government*, no se me ocurre ni una sola cosa inteligente que decir.

—¿Eres francés? —pregunto por fin, tras varios segundos mirándolo estupefacta.

—Belga. Soy Benard y este es Milo. Ven a jugar con nosotros, *belle*.

Echo la vista atrás y veo a Penélope dándole con el codo a Génesis y, de repente, las tres malcriadas Burberry están mirando, esperando que me caiga de bruces o que ahuyente a los dos guapísimos *globetrotters* con algún acto de ineptitud social.

—Me encantaría —le sonrío a Benard.

Pero la atención de Milo se ha detenido en el aparato sujeto a mi cintura.

—¿Estás enferma?

Me trago un amargo nudo familiar de irritación.

—Soy diabética. No te preocupes. No me ralentiza —le arranco el disco a Milo y salgo corriendo hacia la playa para demostrar que digo la verdad. Casi al borde del agua, me volteo para lanzarle el disco a Bernad y, antes de percatarme siquiera, me estoy riendo mientras troto arriba y abajo por la playa con los dos tipos más ardientes que he conocido jamás.

—Eres bastante buena —me dice Benard cuando salto para agarrar el disco en el aire.

—Mi hermano empezó poniendo mis juguetes en las estanterías más altas, cuando yo tenía cuatro años. No habría sobrevivido a la infancia sin un poco de alcance vertical. —Me encojo de hombros y me quito el cabello de la cara, mientras él cruza la arena hacia mí, y la luz del sol destaca cada plano de su pecho desnudo. Está reluciente. No puedo decir si es por el bronceador o si es sudor, pero de repente me siento dominada por la urgencia de tocarlo y descubrirlo.

—Tengo sed. —La arena vuela bajo los pies de Milo al deslizarse hasta detenerse—. Vayamos por una bebida.

Sigo su mirada y veo que el restaurante al aire libre está sirviendo la cena. Todavía no hay una gran fila, pero no tardará en haberla.

—Suena bien.

Benard pone una mano en la parte baja de mi espalda y me acompaña hacia el largo pabellón con el techo de hojas de palma, y se inclina para susurrarme con aire conspirador.

—Tú buscas una mesa y pedimos. *D'accord?*

Escojo una mesa blanca de plástico vacía, casi al fondo.

Unos cuantos minutos más tarde, los chicos belgas vuelven del bar con dos botellas de cerveza y un coctel de un rojo brillante, en una copa de plástico transparente, adornada con una rodaja de carambola.

—La variedad es limitada —indica Benard al poner la copa delante de mí—. Solo cerveza y un par de cocteles de fruta. Este lleva vino espumoso y corozo con ginebra. Dicen que es una especialidad de aquí.

Tomo un sorbo. Este coctel es dulce y ácido a la vez, y mucho más fuerte que las margaritas que tomé en el bar la noche anterior.

—Delicioso —mi voz suena ronca—. Gracias, tendré que ajustar mi ingesta de insulina para compensar el azúcar y el alcohol, pero un hermoso coctel con un guapo chico belga lo merecen.

Benard y Milo no me conocen como la prima menor de Génesis Valencia, heredera de un imperio naval. No les intimida la reciente muerte de mi padre. Me aceptan tal como soy y, al parecer, les gusta lo que ven.

A *mí* me gusta lo que ellos ven.

¿Scrá la vida de Génesis así todo el tiempo?

84 HORAS ANTES

GÉNESIS

Holden pone su botella de cerveza vacía en la arena, junto a su toalla.

—¿Por qué no hay nada que hacer aquí? —pregunta demandando, lanzándole una mirada irritada a Nico por encima de mí, de Pen y de Neda—. Pensé que habría más... esparcimiento.

—Se puede jugar a *cornhole*[1] —sugiere Nico—. O a lanzar el disco, nadar, jugar al fútbol, a las cartas o jugar *conversación*. —Pero, por la mueca burlona de su boca, sé que sabe perfectamente lo que Holden quiere decir con «esparcimiento».

Mi novio sabe que Nico coló algo en el parque, pero su orgullo no le permite pedirle una fumada al tipo al que sorprendió besando a su novia.

No le he dicho que llevo un canuto metido en mi caja de tampones, porque prefiero ver cómo se desarrolla este experimento social.

—Chicos, ¿por qué no van ustedes a bucear? —pregunta Neda.

Me río.

—Holden no querrá.

—¿Qué? ¿Y estropearse el pelo? —bromea Nico.

—Es una gran idea. —Penélope se pone de pie y le tiende una mano a Holden—. Ven a bucear conmigo.

---

1. Un juego que consiste en lanzar una bolsa llena con una libra de granos de maíz a un receptáculo con un pequeño hueco en el que debe entrar para anotar puntos.

Para mi sorpresa, él le permite que lo hale hasta ponerse en pie y saca de mi mochila las cosas de buceo. A mitad de camino hacia la playa, ella le arranca la máscara y él la persigue hasta el agua.

—¡Mira! —Neda se sienta sobre su toalla y sigo su mirada para ver que dos hombres con tambores y marimbas han sacado sillas de plástico del restaurante y las han puesto en la arena. Empiezan a improvisar un ritmo alegre, mientras una pequeña multitud se reúne en torno a ellos—. ¿Qué es eso? —pregunta Neda cuando una mujer se une a ellos con una pequeña flauta de madera.

—Se llama gaita —le indica Nico, cuando las primeras notas alegres y ligeras se mezclan con la melodía de la marimba.

La multitud crece y la gente empieza a bailar. El compás es contagioso.

—¡Vamos! —tiro de Neda y la levanto de su toalla. Ella, Nico y yo nos dirigimos a la espontánea fiesta, y empiezo a bailar antes de unirme a la multitud. No puedo evitarlo. La arena está caliente bajo mis pies y la brisa del océano refresca mi piel. Este lugar es el corazón de Colombia. Sigue siendo una parte de mi padre, aunque él no lo hubiera admitido. Y ahora, forma parte de mí.

Neda, Nico y yo bailamos en un grupo, nos reímos, perdidos en el ritmo. El sol poniente pinta mi sombra en la arena.

No veo a Holden ni a Penélope, pero Maddie se está riendo y bebiendo con dos tipos en una de las mesas.

Por fin ha recordado cómo divertirse.

—¡Eh! —Penélope se desliza en el círculo cerca de mí—. ¡El agua está increíble! ¡Deberías meterte!

—Lo haré más tarde. ¿Dónde está Holden? —La multitud se ha duplicado desde que llegamos esta tarde. Demasiado para nuestro retiro exclusivo.

—Halló a unos individuos afines a él. —Penélope señala al otro lado de la playa y, a la luz agonizante del sol poniente, veo a mi buen novio con una cerveza fresca en la mano y lanzando saquitos con media docena de tipos que parecen estar disfrutando del *cornhole* con más entusiasmo del que merece.

—¿Quieres una bebida? —pregunto y, cuando Pen asiente con la cabeza, nos escabullimos de la multitud.

Penélope se queja de la fila de gente que hay en el bar, pero mi mirada se detiene en el tipo que está al principio, esperando lo que pidió. Una ligera barba perfila su fuerte mandíbula. Un sombrero de paja, de ala estrecha, impide que el sol poniente moleste sus ojos color avellana.

El barman pone en la barra una cerveza sin abrir y dos cocteles de color rojo brillante, con rodajas de carambola. El tipo del sombrero mete la cerveza en un bolsillo de sus bermudas y, a continuación, agarra las dos copas de plástico. Se detiene frente a nosotras de camino a la playa.

—He pedido de más. —La inclinación de su sonrisa refleja el ángulo del ala de su sombrero—. ¿Podríais ayudarme las dos con esto? —levanta los cocteles.

La vacilación de Penélope no es sorpresiva. Hasta que se retiró de la gimnasia no tuvo tiempo para una vida social y sigue fallando en cuanto a experiencia. De hecho, Holden es el único tipo con el que parece sentirse verdaderamente cómoda.

Esto la convierte en la perfecta compañera. Sabe cuándo retirarse y está dispuesta a hacerle compañía a mi novio.

—Encantada de ayudarte —agarro las bebidas y le entrego una a Pen.

—Gracias. —Toma un sorbo.

—Espera, lo he hecho mal. —El tipo del sombrero me quita la bebida y se vuelve hacia Pen—. Los dos son para ti.

Confusa, ella agarra la copa de plástico y, antes de que yo pueda procesar realmente el insulto, el chico del sombrero da un paso atrás para estudiarnos.

—Eso está mejor. —Sonreía como si no estuviera a unos segundos de buscar en la arena el diente que estoy a punto de sacarle de un puñetazo—. Ahora que tienes las manos libres... —desliza la palma de su mano izquierda en la mía y me lleva hacia la multitud que baila. No entiendo en realidad lo que está haciendo, hasta que ambos nos movemos al son de la música.

—Bastaba con que me pidieras que bailara contigo —digo, cuando cambia el ritmo y él se mueve más cerca de mí.

—Los chicos te piden que bailes todo el tiempo y los olvidas antes de que la música se desvanezca. Pero te acordarás de mí.

Me río mientras él me hace girar, la multitud se echa atrás para dejarnos espacio.

—¿Y, a quién recordaré exactamente?

Damos vueltas sincronizados y su mano sigue en mi espalda; ahora, la gente nos observa.

—Si te digo mi nombre, pierdo mi lado misterioso.

—Muy bien. Entonces, ¿de dónde eres?

—De South Bend. —Me hala y me acerca más a él cuando la música cambia. Su mano se desliza por mi pelo y baja por mi espalda, cuando nos enfrascamos en una sexy salsa cubana.

—Esto *no* lo aprendiste en Indiana.

Su risa es baja y caliente.

—Esto lo aprendí en Santa Clara. Pero nací en Indiana.

Un chico del medio oeste, con sombrero, que baila una sexy salsa callejera en la playa.

Estoy enganchada.

Bailamos al borde de la multitud, que se cierra detrás de nosotros.

—Así que Indiana; ¿por qué estabas en Santa Clara? —pregunto, ahora que puedo oírlo mejor.

—Porque allí fue donde me dejó el autobús, después de la Habana.

—Eh, Génesis, está oscureciendo. —Neda aparece de la nada, mirando con nerviosismo la brillante puesta de sol rosado y anaranjado.

—Sí. Es algo que sucede todas las noches. —No puedo apartar la vista de Indiana.

—Tal vez deberíamos dirigirnos a la cabaña.

—Relájate. No vamos a dejar que nada te coma. —La tomo de los hombros y le doy la vuelta, dirigiéndola de nuevo hacia la multitud.

—¿Se están quedando en Cañaveral? —pregunta Indiana con el ceño fruncido—. Es una larga caminata en la oscuridad.

—Cambio de planes. —¿Quién necesita el servicio de habitaciones y camas de verdad?—. Alquilaremos hamacas y nos quedaremos aquí.

—¿Lo acabas de decidir? ¿Para todos tus amigos?

—Siempre lo hago.

La canción acaba y él da un paso atrás para mirarme.

—De vez en cuando deberías dejar que la gente tome sus propias decisiones. —En su mirada veo un reto extrañamente magnético—. Así es como empieza la aventura.

Antes de que pueda descifrar en qué proporción es esto una insinuación y en qué medida le apetece la aventura, Holden se materializa a mi lado.

—¡Gané! —me enseña el canuto escondido en la palma de su mano, evidentemente el botín de su batalla de *cornhole*.

—Felicidades. —Miro a los soldados reunidos cerca del restaurante, pero no nos observan.

La mirada de Holden se endurece cuando mira a Indiana. Pone una mano posesiva sobre mi brazo.

—Baila conmigo.

Antes de que pueda recordarle a mi novio que no es mi dueño, Indiana lleva sus dedos a su sombrero, saluda y se dirige a la playa para unirse al juego de *cornhole*.

Holden y yo bailamos con Pen y el resto de nuestros amigos. Sin embargo, mi mirada sigue vagando hacia el cowboy bailarín de salsa.

83 HORAS ANTES

MADDIE

—¿Sabías que las ruinas de Palmira en Siria tienen miles de años de antigüedad? —pregunta Benard—. Destruir la historia de una comunidad hace tanto daño como destruir sus hogares y sus negocios. Es un golpe directo al corazón de las personas.

Me echo hacia atrás en mi silla mientras considero su punto de vista y, a continuación, me inclino para darle un sorbo a mi coctel de color rojo brillante. Todavía no estoy convencida, pero los ojos de Benard y la playa, ambos a menos de medio metro, son una vista perfecta. Y el escenario perfecto para el debate.

—Por supuesto —admito—. Pero ¿en verdad piensas reconstruir algunas estatuas...?

—¡Y templos!

—Muy bien, ¿reconstruir estatuas y templos ayudará de verdad a unas personas que se han visto desplazadas por años de guerra? ¿No crees que les preocupa más las necesidades como la comida, el cobijo y la seguridad?

Le da un sorbo a su cerveza, pero su mirada no se aparta nunca de mi rostro.

—No estoy diciendo que esas cosas no sean importantes, pero piensa en el mensaje que la reconstrucción de los símbolos culturales envía a los terroristas que los destruyeron. «Hagan lo que hagan, y cualquiera que sea el dolor que causen, no pueden destruir nuestra cultura. No pueden acabar con lo que somos». Arquea una ceja para puntualizar su idea. «Es sumamente poderoso, *n'est ce pas?*».

—Sí, pero ¿de qué servirán estos símbolos si las personas por las que los construyen están muriendo de hambre y de exposición?

Milo sonríe.

—No eres lo que esperábamos.

—Entonces deberías estudiar de nuevo tus expectativas. —Esbozo una media sonrisa. No sé qué tiene esta bebida, pero decididamente ha elevado mi factor de descaro—. D'accord? —Mi acento francés es terrible, parece que estuviera hablando español, pero no me importa.

Benard sonríe ante mi esfuerzo.

—Bien, *d'accord*. Pero estarás de acuerdo en que los medios de comunicación deberían dedicar mayor cobertura a los problemas a los que las personas se enfrentan cada día en una zona de guerra, ¿verdad?

¿Ardiente e intelectualmente contagioso? Me desmayaría si no fuera cursi.

Milo alza su botella vacía.

—Creo que *la mademoiselle* necesita otra bebida.

Bajo la mirada y me sorprende ver que casi he acabado mi coctel. Y el sol se está poniendo.

—À *votre service!* —Benard me hace una breve inclinación y, cuando se abren camino y sortean las mesas del restaurante, ahora abarrotado, me doy cuenta de que estoy vibrando.

Génesis y su séquito han estado por todo el mundo, aunque no los he oído nunca debatir sobre nada de mayor relevancia que si es mejor ir de compras en Milán o en París.

—¿Maddie? ¿Eres tú?

Me volteo y me encuentro con un chico en traje de baño anaranjado fluorescente y una camiseta descolorida, sentado en la mesa detrás de mí. Lo reconozco, pero al principio no logro ponerle un nombre a su cara, porque no es de Colombia, sino de Miami.

—Soy yo. —Pone una mano sobre su pecho, como si eso fuera de ayuda—. Luke Hazelwood, de tu clase de cálculo.

—Ah sí, es verdad. —Verlo aquí me desorienta—. ¿Qué *diantres* estás haciendo aquí?

Se encoje de hombros con una mirada a la última mitad de un sándwich que hay en el plato que tiene delante.

—Cenando. Es mi costumbre.

—No, ¿qué estás haciendo en Colombia? —Parque Tayrona no es un destino típico para las vacaciones de primavera de los estadounidenses; no quiero decir que Luke sea gran amante de las fiestas.

Luke recoloca su desaliñada gorra de béisbol sobre su cabeza llena de rizos castaños.

—Estoy de vacaciones. —Se encoje de hombros—. Mis padres están buceando.

Claro, viaja con sus padres.

Aunque, para ser justos, si mi tío no nos hubiera ofrecido a Ryan y a mí un par de asientos en su jet, estaríamos ahora en casa con nuestra madre y nadaríamos en la piscina de hormigón de nuestro complejo de apartamentos.

—Te vi por detrás, pero no estaba seguro de que fueras tú, hasta que me fijé en tu brazo.

La humillación sonrojó mis mejillas. Me paso la mano sobre la dentada línea rosa del tejido cicatricial de mi tríceps izquierdo.

Dos segundos con Luke y retrocedo a la segunda peor noche de mi vida.

¿Quizás también le gustaría sacar a relucir la muerte de mi padre?

—No es que la cicatriz sea la característica que te define. Se te conoce decididamente mejor por tu...

Abro los ojos para comprobar que está intensamente ruborizado bajo la visera de su gorra. Su mirada baja desde mi cara y, cuando ve que estoy en biquini, aparta la vista de nuevo y su rubor aumenta.

¿Les resulto tan embarazosa a Génesis y sus amigos?

Por fin se desvanece el sonrojo de Luke y hace otro valiente esfuerzo por comunicarse.

—No te vas a beber eso, ¿verdad?

Mi mano se tensa alrededor de mi copa casi vacía.

—Solo es una bebida.

—Me refiero a *esa*. —Mira algo por encima de mi hombro y, cuando me doy la vuelta, veo a Benard y a Milo que se dirigen hacia nosotros, con mi segundo coctel y dos botellas de cerveza. Luke echa un vistazo a mi bomba de insulina y vuelvo a erizarme.

—¿Qué sabes tú de esto? —Ya tengo un hermano, una madre y una abuela controlándome todo el tiempo. No necesito que un chico de mi clase de matemáticas me diga lo que tengo que hacer.

Luke se encoje de hombros.

—Mi padre padece la tipo uno. Siempre come cuando bebe.

—*Voilà!* —Benard deposita el fresco coctel rojo brillante en nuestra mesa. Debería disculparme y decirle que no puedo tomar otro. Sin embargo, veo el ardor en sus ojos —y la luz que reluce en su amplio pecho— y, para empezar, me recuerda por qué estoy aquí.

—Gracias —agarro la nueva bebida y doy un gran sorbo a través del absorbente.

Luke se pone de pie y coloca su plato delante de mí.

—Jamón y queso.

Parpadeo ante la mitad del sándwich cortado con esmero y alzo la mirada hacia él.

—No he tocado esa parte. —Se baja del suelo de madera y se aleja playa abajo.

Benard se hunde en la silla junto a la mía y coloca dos botellas de agua sobre la mesa.

—¿Quién era ese?

—Solo un chico de mi escuela —pero ya me he olvidado de Luke.

—¿Se están divirtiendo? —Milo choca su cerveza contra la de Benard y le lanza una mirada que no puedo interpretar—. La música llama... —Se dirige hacia una multitud reunida en torno a un grupo afrocolombiano que toca fuera del restaurante.

El sol sigue bajando en el horizonte, mientras hablamos. Cuando me percato de que mi copa está de nuevo vacía, levanto los ojos y veo que somos los únicos que quedamos en el restaurante. Los dueños están limpiando las mesas.

Benard se levanta y me retira la silla cuando me levanto. Me inunda el vértigo y me aferro a la mesa, mientras espero que se me pase.

—¿Estás bien? —me pregunta y, cuando asiento con la cabeza, deja el tema. Ni siquiera mira mi bomba de insulina.

—¿Buscamos un sitio en la arena?

Recojo mi toalla de donde la dejé hace horas y sigo a Benard hasta un punto recóndito en la oscura playa. Él extiende la toalla y se sienta, luego se ríe cuando me dejo caer junto a él, todavía intentando recuperar el equilibrio. Estamos fuera de la vista de la multitud, pero todavía podemos oír la música.

Su brazo alrededor de mi cintura me sujeta. El ritmo de las olas que lamen la playa se alinea con el compás de los tambores, que suenan detrás de nosotros. El momento es perfecto.

—*Tu es très belle.* —Los labios de Benard rozan mi oreja, la calidez de su respiración hace que contenga la mía. Sus dedos recorren suavemente mi cuello hasta llegar a mi pelo, me estremezco por el contacto.

Cierro los ojos.

Él besa la parte trasera de mi mandíbula y de mi garganta se escapa un suspiro. Por un segundo me siento avergonzada por mi propia inexperiencia, pero Benard solo gime y me vuelve la cara hacia él.

Su boca encuentra la mía y, de repente, estoy besando a un guapo chico belga a la luz de la luna, al borde del mar Caribe.

79 HORAS ANTES

GÉNESIS

Le doy una calada al porro y se lo paso a Neda; a continuación, vuelvo a la ventana. Una brisa sopla por la cabaña de dos plantas al aire libre y trae el aroma del océano. La cabaña se encuentra sobre una elevación de roca, que sobresale del agua; la vista es espectacular incluso de noche.

Siento como si estuviera flotando muy alto, sobre el océano, y mirara hacia abajo, al resto del mundo.

—¿Te importa si me uno a ti?

Me doy la vuelta y me encuentro a Indiana detrás de mí. El torcido sombrero ha desaparecido, pero la sinuosa sonrisa está ahí, con toda su fuerza.

—No te voy a olvidar. Ahora puedes dejar de seguirme los pasos.

Se ríe y agarra el porro, y señala con él hacia su sombrero que se encuentra en una hamaca alquilada, de rayas azules.

—He estado durmiendo aquí las dos últimas noches.

Otras once hamacas rodean la columna central que sostiene la redonda cabaña, como los radios de una rueda, que parpadean a la luz de las velas. Mi grupo ha alquilado la mitad de ellas. Ryan y Doménica ya están acurrucados en una.

Me pongo una mano sobre el corazón.

—De modo que, según tú, *¿yo te estoy* siguiendo *a ti?*

Se encoje de hombros.

—Creo que las pruebas hablan por sí mismas.

Neda ríe con nerviosismo cuando Indiana le pasa el porro a ella.

—Por *esto* renunciaste a la cabaña —me susurra lo suficientemente alto para que el mundo entero lo oiga. Luego da una calada y nos deja solos en la ventana.

Indiana exhala y la brisa le roba su humo. Detrás de nosotros estallan risas, cuando el resto de mis amigos se colocan con los *broders* de la Costa Oeste, del juego de *cornhole*.

—En realidad no estás con ellos, ¿verdad? —Echo un vistazo por encima de su hombro a los demás *broders* de la Costa Oeste que están intentando, sin conseguirlo, pasarse un porro de uno a otro hasta completar su círculo antes de que alguien se ría o exhale.

—Los conocí a la entrada del parque, hace un par de días. Son entretenidos y están bien abastecidos, así que... —Se encoje de hombros, y después me mira directamente a los ojos—. He conocido a mucha gente interesante aquí.

—Yo solo he conocido a una persona —casi puedo sentir el crujido del aire entre nosotros—. Demos un paseo por la playa —le digo al tomarlo del brazo.

Sacude su cabeza lentamente, manteniéndome la mirada.

—Me gusta la vista desde aquí arriba —finalmente, vuelve a la ventana—. La luna se refleja con tanta claridad en el agua que parece haber dos.

Sigo su mirada. Tiene razón en lo que respecta a la luna.

—Entonces, ¿cuánto tiempo te quedas aquí? —le pregunto con la mirada fija en el agua.

El hombro de Indiana roza el mío al encogerse.

—Hasta que me aburra o me quede sin dinero.

Me vuelvo hacia él, sorprendida.

—¿No estás en la escuela?

—Es probable que vuelva el próximo otoño para cursar mi último año. Pero, por ahora, me estoy dando un respiro del drama.

Tal vez sea la marihuana la que habla, pero por primera vez en mi vida eso suena más apacible que aburrido.

Un movimiento en las escaleras capta mi atención; cuando me giro veo a mi mejor amiga y a mi novio arriba en las escaleras; están de espaldas a nosotros. Holden tiene el brazo izquierdo en el aire y Penélope está prácticamente escalando su hombro, en un intento por llegar hasta el porro que él sostiene en la mano.

Ella se ríe y busca su mano, pero cada vez que llega a ella, él aleja el porro más de su alcance. Él está jugando a «mantenlo alejado».

Pero ella no. Ella está totalmente encima de él.

La alarma me atraviesa. Es un pequeño dolor. Pero escuece como cuando te cortas con un papel.

—¿De dónde eres? —me pregunta Indiana y en su voz hay un tono extraño. Suena a... compasión.

—Miami pero apenas oigo mi propia voz, porque Penélope se ha subido al regazo de Holden para tirar de su brazo y volverlo a poner a su alcance. Sonríe al bajar la vista hacia él, que tiene su mano en la cadera de ella.

—Génesis —susurra Indiana, y tengo que parpadear para mantener mis ojos enfocados.

—Solo están «volando». —No puedo apartar la vista. Es como mirar fijamente un choque de trenes.

Indiana exhala.

—Las cosas no son nunca lo que parecen.

Sin embargo, es exactamente lo que parece: mi novio y mi mejor amiga están ebrios y «volando», y a un momento de ligar justo delante de mí. Por eso me señaló la ventana en lugar de escaleras abajo, hacia la playa.

Penélope se instala en el escalón de arriba y Holden sostiene el porro mientras ella lo chupa. Hay algo íntimo y familiar en la forma de tocarse el uno al otro. Como si no fuera la primera vez que ocurriera. Es como si yo estuviera observando algo que nunca debiera haber visto.

Están liados.

La cara me arde. Inhalo, intentando sacar el fuego que se está encendiendo en lo profundo de mi pecho.

Es posible que mi relación con Holden no sea conforme a las normas ni los límites normales —apenas somos una pareja estándar—, pero *tenemos* límites. Y él *pagará* por quebrantarlos.

Pongo los hombros rectos.

—Yo he pasado por lo que estás pasando tú —susurra Indiana—. Actuar por impulso me costó dos amistades.

Aprieto suavemente su mano al apartarla de mi brazo.

—*Nunca* actúo por impulso.

Cruzo la habitación como si no pasara nada malo, como si mi mejor amiga y mi novio no hubieran cruzado la línea que ninguno de nosotros puede franquear jamás. Holden y Pen se están riendo. No saben que estoy allí hasta que me inclino entre ellos y arranco el porro de la mano de Penélope.

—Gracias. —Le doy una larga chupada y lo sostengo un segundo. Luego expulso el humo en sus caras—. Como es obvio que estamos compartiendo cosas ahora...

Los dejo mirando fijamente cómo me dirijo escaleras abajo, hacia la playa.

75 HORAS ANTES

MADDIE

Algo me pincha en el costado. Abro los ojos y los resplandecientes rayos de sol parecen espadas sobre mi cabeza.

—¿Qué...?

Alguien gruñe cerca de mi oreja, y el mundo entero parece tambalearse en torno a mí. Y debajo de mí.

—¡Maddie!

Me quedo helada y volteo para ver tanto como sea posible de lo que me rodea, sin desencadenar otro mareo que me provoque náuseas.

Ryan mira hacia abajo, donde me encuentro, a través de una fina sábana de malla, que mi aturdida mente etiqueta como «mosquitera». Porque estoy en parque Tayrona, en una cabaña de la playa. En una hamaca.

El gruñido vuelve a oírse y un brazo cae sobre mi abdomen desnudo.

Oh, mierda. Estoy en una hamaca *con un tipo*.

—Ayúdame a levantarme —susurro, y la humillación arde en mis mejillas. ¿Cómo acabé en una hamaca con un tipo cuyo cuerpo envuelve a medias el mío?

Mi hermano retira la mosquetera y me ayuda a saltar de la hamaca sin despertar a... hmm...

Benard.

El chico de Bélgica que habla francés, español, inglés y alemán. Que sabe de filosofía griega, vino francés y mareas caribeñas.

El chico con el que he pasado la noche.

No, no, no, no... presa del pánico, miro hacia abajo y me siento aliviada al ver que sigo teniendo puestos mi biquini y mis bermudas. El resto de mi memoria empieza a encajar cuando Ryan me acerca mi blusa.

Benard y yo compartimos un par de caladas de lo que quiera que fuese que Nico nos pasó, y regresamos a su hamaca, donde nos besamos durante un rato, luego...

¿Me dormí en medio de un polvo?

Mi sonrojo se intensifica. Dos copas y un par de caladas no deberían haber bastado para dejarme fuera de combate. ¿O sí?

Compruebo mi nivel de insulina mientras sigo a mi hermano escaleras abajo, hasta la playa. Está un poco baja, pero no terrible.

—¿Estás bien? —Ryan deja caer una barrita de cereales a mis pies, cuando me dejo caer en la arena—. ¿Tengo que enseñarle buenos modales a ese depredador?

—Relájate. No sucedió nada.

Mi hermano suspira, y se hunde a mi lado en la arena.

—No te estoy juzgando. Estoy preocupado.

—Puedo valerme por mí misma. —No es culpa de Benard. No sé beber—. Y no es un depredador. Es especialista en clásicos.

—Ambas cosas no se excluyen mutuamente —insiste Ryan.

Lo miro con los ojos en blanco y agarro la barrita de cereales.

—¿Si me como esto, te irás?

Ryan me alborota el pelo, como solía hacer cuando yo era una niña.

—Solo es tiempo de conseguir un poco de agua. —Se dirige hacia el restaurante y su sombra se estira en la arena, detrás de él.

—*Bonjour, belle* —dice Benard, y me volteo cuando él salta hasta la arena desde las escaleras. Algo revolotea en lo profundo de mi estómago cuando tira de mí para ponerme en pie y desliza sus brazos alrededor de mí—. La noche se hizo fría y disfruté de tu calor. —Se inclina para darme un beso por debajo de la oreja y, de repente, me recorre un cosquilleo de arriba abajo.

—Yo también disfruté del tuyo. —Deslizo mis brazos por detrás de su cuello y aspiro la fragancia de su bronceador.

El sol lanza su halo alrededor de su oscuro pelo.

—¿Me disculpas mientras encuentro mi cepillo de dientes?

—Por supuesto. —Yo también necesito hallar el mío.

Benard me besa en la frente y vuelve a subir las escaleras.

Yo pongo rumbo al restaurante para buscar a mi hermano, con la esperanza de que se acordara de echar el dentífrico; por el camino oigo discutir a Holden y Génesis detrás del baño común.

—Estás exagerando por completo. —Su tono está lleno de tedio—. No sé qué es lo que creíste ver, pero...

—Cruzaste la línea, así que las cosas van a ser así. —La voz de Génesis es como un muro de hielo—. Vas a ser el novio *ideal* durante el resto de las vacaciones de primavera. Como vuelvas a mirar siquiera a Penélope, le daré cincuenta pavos con discreción al soldado más cercano para que te haga un registro *minucioso* por contrabando. Que, por cierto, *encontrará*. Y yo *dejaré* que tu culo se pudra en una prisión colombiana.

Me agacho para sacudirme la arena de los pies e intento escuchar sin que me vean. No puedo evitarlo.

—¿No crees que esto es un poco extremista? —pregunta Holden con exigencia, pero su pregunta carece de convicción.

—Extremista sería pedir ahora mismo la más fina de Colombia. Estoy siendo jodidamente generosa. Vete a hacer tu equipaje. Hemos terminado en cabo.

De ninguna manera. ¡*Acabamos* de llegar!

—Nico nos va a llevar a ver unas ruinas en la selva.

Ha hablado la reina G y sus súbditos la seguirán sin lugar a duda al desierto. Pero esto no significa que *yo* tenga que ir.

Cuando me pongo de nuevo en pie, descubro a Benard que se dirige desde la cabaña a la playa, con un bañador nuevo. El bronceador brilla sobre su piel. Empiezo a trotar hacia él, pero alguien me agarra del brazo.

—*Salut* —dice Milo mientras yo halo para soltar mi brazo de su agarre.

—*Salut* —le contesto. Pero mi mirada está pegada a Benard que se dirige a un grupo que acaba de surgir del sendero de la selva, con su equipo de excursión.

La incomodidad recorre mi piel. Siento que algo va mal.

Benard envuelve en sus brazos a una chica que va a la cabeza del grupo, y el entusiasmo de su abrazo la levanta del suelo.

Me quedo mirando fijamente, a pesar del cálido sol que brilla y, de repente, siento que tengo frío.

—Es su novia —me indica Milo tan cerca de mi oído que me sobresalto—. Así que tal vez no querrías mencionar que has compartido una hamaca con él, *oui?*

Me siento demasiado humillada para hablar. Por supuesto, tiene novia. Por supuesto, ella es alta, hermosa y elegante, incluso a la distancia.

Por supuesto, ayer fue demasiado bueno para ser cierto.

—Todos somos adultos, *¿non?* —comenta Milo con su estúpido acento francés.

Asiento con la cabeza. Es la única respuesta que consigo dar.

Él se inclina para besarme en la mejilla.

—Sabía que alguien tan maduro como tú lo entendería.

67 HORAS ANTES

GÉNESIS

—Eh. —Ajusto mi paso al de Indiana, antes de que pueda llegar al agua con su equipo de buceo—. Vamos a visitar lugares de interés. Ven con nosotros.

—¿Nosotros? —Miró más allá de mí, donde Neda se está quejando de la siguiente excursión, aunque Nico, Penélope y Holden están demasiado sumidos en un incómodo silencio como para prestarle atención—. ¿*Todos* ustedes?

—Sí. Aunque debería advertirte que nadie está realmente de muy buen humor hoy, excepto Ryan. —Ahora que no es un rabioso alcohólico depresivo, podría divertirse al borde de un volcán en erupción.

Pero Indiana solo me mira a mí.

—Y *tú*, ¿de qué humor estás?

—Depende. ¿Vienes con nosotros? —En realidad, no estoy flirteando. Y me siento un poco culpable de pedirle que venga a una excursión que tiene todas las garantías de acabar con uno de mis amigos peleándose con otro a puñetazos, o uno acostándose con otra.

Pero me vendría bien un aliado.

—Voy por mis cosas.

—Estamos esperando que los maleteros nos traigan nuestras cosas de las cabañas. Encontrémonos frente al restaurante en unos quince minutos.

—¿Maleteros? ¿Así, en plural? —arquea una ceja—. ¿Tienen tantas cosas como para requerir asistencia profesional?

Me río.

—Admítelo. Tú tampoco me vas a olvidar. —Siento que me observa mientras me alejo.

A mitad de camino a la playa, me encuentro a mi prima mirando al chico belga y a su novia que se alimentan uno a otro de empalagosos trocitos de *pain au chocolat*. Ahora entiendo por qué tenía tantas ganas de irse del cabo.

Le gustaba de verdad.

Maddie no se percata de mí hasta que estoy a su lado, cubriendo mis ojos del sol con la mano.

—La única forma de protegerte es dar por sentado que todos los demás mienten.

Ella cruza los brazos sobre la parte superior de su biquini.

—Eso suena como el primer paso del *Manual teórico de la conspiración para la salud mental*.

Saludo a Benard con la cabeza.

—Puedes hacer caso omiso o puedes desquitarte.

—El karma se ocupará de él —pero aprieta su mandíbula y sus mejillas se encienden. Ese belga bastardo la humilló.

Maddie puede ser ingenua y santurrona, pero sigue siendo una Valencia.

—De acuerdo. Llámame Karma —y se aferra a mi brazo antes de que yo me aleje dos pasos.

—*¿Qué* estás haciendo Génesis?

—Lo que tú no tienes las agallas de hacer. —Me suelto de un tirón—. Le voy a enseñar una lección. —Dejo que mis caderas se mezan al cruzar la playa con paso firme, en dirección a Benard. Sigue con la mano de su novia entre las suyas cuando lo hago girarse rápidamente y le doy un beso como si él fuera la única fuente de oxígeno del planeta.

Su novia balbucea de asombro y, cuando por fin lo suelto, Benard está demasiado atónito para pronunciar palabra.

—Anoche fue extraordinario —le digo casi en un ronroneo, mientras dejo que mi mano se deslice hacia abajo por su pecho. Después, me vuelvo hacia la novia—. No dejes que se te escape. Es un buen partido.

MADDIE

Jamás olvidaré el beso que Génesis le dio a Benard.

A pesar de todo, fue asombroso.

Cuando me dirigí hacia el restaurante, miré hacia atrás para ver cómo le gritaba la novia a Benard, cuando mi hombro golpeó algo firme pero que cedió.

—¡Ay!

—¡Lo siento! —Me volteo para ver contra quién he chocado y me encuentro cara a cara con Luke Hazelwood.

—Ah Maddie. —Parece decepcionado cuando se fija en mi mochila—. ¿Adónde vas?

—Mi prima nos arrastra de regreso a la selva —como si no me alegrara escapar de Benard y su novia.

—Qué bueno. ¿Puedo acompañarlos? Es solo que... —se le ve realmente joven y necesitado. Aunque tenga quince años.

—Sí le contesto, todavía sumida en mi propio drama—. Espera; ¿qué?

—Recojo mis cosas y nos encontramos de nuevo aquí —Luke despega hacia la playa de una carrera, incluso antes de que me dé cuenta de aquello con lo que me he mostrado de acuerdo.

—¡Espera, Luke! Yo... —*maldita sea*.

El maletero y su burro han llegado con el resto de nuestro equipaje, así que tomo mi mochila y me encuentro con Génesis frente al restaurante. Doménica, la nueva amiga peruana de Ryan, ha empaquetado su tienda para acompañarnos, y Holden ha invitado a la mayoría de los *broders* y a algunos tipos que yo solo puedo suponer que son la fuente de su abastecimiento.

Nuestro grupo ha duplicado su tamaño.

—¿Quién es tu nuevo hombre? —pregunta Génesis con una sonrisa, y me volteo para comprobar que Luke ya regresa corriendo torpemente hacia nosotras, en la arena, como si temiera que nos fuéramos sin él. De repente, me doy cuenta de lo pálido y delgado que es. De que su tonta sonrisa es tan grande y torpe como la mochila que lleva.

Le lanzo una mirada.

—No es eso...

—Luce como si trajera una lonchera —comenta Neda.

Génesis se ríe.

—O un bonito collar en forma de corazoncito, que dice: «En caso de pérdida, ruego se lo devuelvan a Maddie Valencia».

—¡*Cállense*! —las regaño, mientras él trota y se detiene a un metro de nosotras—. Génesis, este es Luke Hazelwood. —Le ruego a mi prima en silencio que se limite a sonreír y asentir con la cabeza, por una vez—. Lo conozco de la escuela. Le dije que podía venir con nosotros.

—A mis padres les parece bien —añade él y, de inmediato, hizo como si quisiera volver a meter las palabras de nuevo en su boca y tragárselas. Como si fuera una píldora venenosa.

—Bueno, siempre que mami y papi estén de acuerdo —replica Penélope con desdén, pero Génesis solo pone los ojos en blanco. Gen y Pen son uña y carne desde los ocho años, pero es evidente que «Genelope» no podría sobrevivir al Huracán Holden.

—Claro —le dice Gen a Luke, pero estoy segura de que no será lo último que escucharé sobre esto—. De todos modos no somos demasiado selectivos, ¿verdad? —Su mirada va de Pen a Holden, a quien se le escucha reír entre dientes.

Luke se sonroja mientras me arrepiento de haberle dicho que podía venir.

Mi prima y sus amigas se van a comer vivo al pobre chico.

65 HORAS ANTES

GÉNESIS

—Entonces, ¿dónde están exactamente esas ruinas antiguas? —pregunta Neda, que aparta una rama de su camino.

—No se encuentran en el circuito del tour. —Nico destapa su botella de agua al pasar sobre una raíz al descubierto—. No va mucha gente, porque la excursión es un poco pesada.

Le lanzo una mirada airada; *¿por qué* tiene que decirle eso?

—Ah —dice Ryan, cuando el gemido de Neda empieza a parecerse al gruñido de un gato salvaje—. Piensa en explorar estas ruinas como si fuera igual a ver antes de tiempo un nuevo chal de Manolo Blahnik.

Neda se ríe.

—Manolo Blahnik no hace chales.

—O quizás sí, pero nadie lo sabe todavía. Cualquiera puede ir a la playa, pero no cualquiera puede ir a ver el chal de Manolo Blahnik de las ruinas antiguas. Después que *tú* vayas, *todos* querrán ir.

Neda ríe de nuevo. La lógica de Ryan es ridícula, pero ahora ella está sonriendo. Y lo mejor de todo es que no se está quejando.

—Ah, ¿quién es ese tipo mayor? —susurra Doménica al rezagarse para caminar con nosotros—. Aquel que tiene una provisión ilimitada de droga. —Señala con un gesto de la cabeza al grupo de drogadictos, manteniendo a Holden feliz en su inconsciencia de cualquier cosa que no sea su propio entusiasmo.

—Le he puesto por nombre Rog —le digo—. Por Random Old Guy [viejo cualquiera].

—Es como una especie de perdedor profesional —añade Penélope y, por la forma en que mantiene su mirada fija en mí, sé que está probando las aguas de nuestra amistad. Espera a ver si intento ahogarla—. Parece que ha estado vagando por la selva durante años.

—Quizás vive aquí, y camina de un campamento a otro, cambia hierba por comida para no morir de hambre —sugiere Neda con una risita tonta.

—O tal vez haya traicionado a sus amigos y por eso lo han dejado aquí, para que vague hasta que muera solo por completo —contrarresto y miro directamente a Penélope.

Ella se estremece y mira a otra parte.

—Pues se le queda el nombre de Rog —afirma Neda—. A juzgar por la nube de humo en la que vive, dudo mucho que recuerde su verdadero nombre.

Rog se da la vuelta y exhala un aro de humo.

—He olvidado muchas cosas, la mayoría de ellas a propósito, pero mi nombre no es una de ellas. De todos modos nunca me gustó. —Se encoje de hombros y sacude la ceniza de la punta de su porro—. Podría responder al nombre de Rog.

El viejo se voltea de nuevo y Neda me lanza una mirada inocente y avergonzada.

Indiana se ríe a carcajadas.

En el minuto en que se avista Ecohabs, Maddie se detiene para contemplarlas con un suspiro dramático.

—Qué desperdicio —dice, mientras que el resto de nosotros la adelantamos—. Ni siquiera dormimos ahí.

Penélope se encoje de hombros.

—Una vez que pagas las habitaciones, son tuyas para hacer lo que quieras con ellas.

Maddie nos sigue por el sendero, pisando fuerte.

—Esa es una filosofía estadounidense muy *típica* que tiene que ver con los desperdicios y los privilegios. El dinero que se gasta para robarles sus planes de vacaciones a otros pobres turistas no te dice nada a ti, porque tienes mucho. Ellos pierden su habitación de hotel *sin razón alguna.*

—Sabes que tú también eres estadounidense, ¿verdad? —dice Neda, mientras mata otro mosquito en su pierna.

—Por dicha, no todos encajamos en el estereotipo —suelta Maddie.

—Lo que tú llamas desperdicio es, en realidad, la conservación de los recursos locales —le explico a mi prima.

—¿Cómo *diablos* llegas a esa conclusión? —pregunta Maddie.

—Como no había nadie en nuestras habitaciones, no se desperdició agua para lavar las toallas y la ropa de cama. Lo que significa menos cantidad de detergente vertido en la fuente de agua y menos uso de electricidad.

—Y menos trabajo para el personal, que aun así recibe su paga —añade Indiana encogiéndose de hombros.

Le regalo mi sonrisa más espléndida.

—Yo lo definiría como una ganancia para todos. Incluido el medioambiente.

Maddie abre la boca y la cierra por un segundo, como si su conmoción necesitara una vía para escapar de su cuerpo. Sigue mirándome cuando me amoldo a la excursión, y me doy un banquete de satisfacción privada.

Un minuto después, Indiana se ajusta a mi paso, y camina junto a mí.

—¿A qué distancia exacta nos encontramos de la red? —inquiere Holden a través de una nube de humo, cuando nuestro sendero empieza a subir.

—La red no es una cosa real, *mono.* —Nico respira con facilidad, a pesar del ejercicio y del aumento de la altitud—. Así que no puedo juzgar nuestra distancia de ella.

Disfruto el ceño fruncido de Holden mientras tiro de mí colina arriba, con un buen agarre en la siguiente ramita.

Penélope apoya un pie en una rama caída y echa la mano atrás para alcanzar la botella de agua atada a un lado de su mochila.

—Entonces, si alguien estuviera herido, ¿cuánto tardaría un equipo de rescate en llegar aquí?

Nico ríe entre dientes.

—¿Qué te hace pensar que nos encontraría?

64 HORAS ANTES

MADDIE

—Por favor, dime que es una broma —Neda mira fijamente la selva, con desconfianza, como si no hubiera sido peligroso todo el camino.

Génesis pone los ojos en blanco.

—Por supuesto que es una broma. —Pero le dirige una mirada inquisitiva a Nico en busca de confirmación y, de repente, me siento incómoda por la profundidad de la selva en la que podríamos estar en realidad.

No le habíamos dicho a nadie dónde íbamos.

Es el procedimiento operativo normal de mis primas, no el mío. Estaba tan ansiosa por alejarme de Benard y del drama de la playa que permití que Génesis nos llevara en manada a la selva sin ni siquiera intentar enviar un mensaje a abuelita.

Nico mira a Génesis y se encoge de hombros.

—Dijiste que querías un lugar remoto y privado. —Una vez más, ha recibido lo que quería. Pero a diferencia de los soldados y del personal del parque, a las serpientes y los caimanes no se les puede sobornar.

Aún así, Nico es un verdadero guía turístico. ¿Verdad? Conocía a la mayoría de los soldados que patrullaban en el parque.

—Estaremos bien —insisto al sacar mi botella de agua de mi mochila y sigo a la carga.

Cuando la senda se nivela, unos minutos después, nuestra excursión desarrolla su propio ritmo. En realidad, hacemos un progreso decente, hasta que llegamos a un arroyo que desciende con gran rapidez colina abajo. La luz del sol lanza destellos por encima de nuestras cabezas.

—No es demasiado profundo, pero las rocas resbalan —señala Nico—. De modo que tengan cuidado donde ponen los pies.

Las rocas son, en realidad, una serie de pequeños peñascos que surgen del agua, y forman un camino retorcido y peligroso hasta la tierra seca —bueno, fangosa— del otro lado.

—*Tienes* que estar jugando —gruñe Neda.

—¡Vamos, Neda, esto es una aventura! —Mi hermano desliza su brazo alrededor de ella y me guiña un ojo por encima de su cabeza.

Nico vuelve a centrar su mochila sobre sus hombros y se aventura con la primera roca. Cruza con una serie de pasos ágiles.

—¡Vamos! —Penélope lo pone en evidencia con la destreza de una gimnasta olímpica retirada, y una vez que Rog y los *broders* han cruzado, respiro profundamente y voy por ello.

El agua me salpica en las pantorrillas conforme paso con cuidado de una roca a otra, resistiéndome a la urgencia de matar a los mosquitos y perder el equilibrio. Mi pie resbala un poco en el tercer peñasco, pero dos pasos más y he cruzado, sonriendo como una idiota por el impulso de la adrenalina.

Neda y Ryan son los últimos que quedan del otro lado.

—Venga, tú puedes —le dice mi hermano a Neda cuando esta se sube en la primera roca.

Ella recorre los cuatro primeros peñascos lentamente, escuchando cómo Génesis y Pen la alientan. Disfruta de la atención. Cuando ya está en el último paso, la arrogancia reluce en sus ojos. Indiana extiende la mano para sujetarle y ella se aferra a él al dar un valiente salto desde el último peñasco al barro.

Sus sandalias de alta costura se resbalan debajo de ella. Se le dobla el pie en un ángulo raro.

El agudo grito de Neda provoca la huida de los pájaros desde la cima de un árbol hacia el oeste de donde estamos.

Pongo los ojos en blanco, segura de que exagera para llamar la atención. Pero antes de que Ryan haya podido cruzar el arroyo, el tobillo se le ha hinchado tanto que se lamenta francamente del trágico y prematuro final de su (inexistente) carrera en la pista.

—¡Necesito hielo! —grita, mientras Nico se arrodilla para palpar su lesión.

—Tenemos suerte, esta selva está famosamente situada sobre el último de los glaciares caribeños —le respondo.

Indiana y Luke se ríen, pero Neda solo gime más alto.

Ryan se arrodilla junto a Nico y levanta con suavidad su pie cubierto de barro.

—Estoy seguro de que no es más que un esguince, pero lo vendaremos. Tengo una venda elástica en mi mochila.

Ella lo mira con los ojos brillosos por las lágrimas auténticas, mientras él le venda su tobillo embarrado.

—Necesito llamar a mi ortopeda.

—Neda —le espeto—. No tenemos hielo ni servicio de celular. Esas son las señales de «que no hay comunicación».

—Vamos, preciosa. —Ryan guiña a Doménica al extender las manos para levantar a Neda. Ella se estremece cuando su pie toca el suelo—. Yo te llevaré y cuando montemos el campamento, podrás poner tu pie en alto. —Me da su mochila a mí. A continuación, mi hermano se arrodilla literalmente en el barro para que la consentida heredera pueda subirse a su espalda, ¡como si él fuera una bestia de carga!

—¿Quién intentas ser? —mascullo cuando lo adelanto—. ¿El Príncipe Azul o el caballo y la carroza de Cenicienta?

61 HORAS ANTES

GÉNESIS

Las primeras lágrimas reales brotan cuando le llega el turno a Holden de llevarla a caballito.

—Puedo sentir cómo se me hincha el tobillo a cada segundo —gime Neda, ahogándolo prácticamente con los brazos alrededor de su cuello—. ¿Y si es algo permanente? No van a permitir que una chica con tobillos temblorosos se *acerque* a una pasarela.

—La hinchazón bajará —la tranquilizo, antes de que Holden pueda decirle que no será el tobillo lo que le impida llegar a la pasarela.

—¿Estás segura? ¿Cuánto nos queda para llegar a esas ruinas? —Se agarra más fuerte a Holden cuando él vira hacia una gran roca y una rama le engancha el cabello—. No aguanto más estos empellones. ¿Ha recogido alguien mi sandalia?

—Tenemos que deshacernos de ella —le susurro a Nico, mientras ignoro la millonésima intentona de Penélope por atraer mi mirada—. O, al menos, cerrarle la boca. —Por mí, amordazaría a Neda con la correa de su bolso de pelo de ternero, si no fuera por desperdiciar un bolso endemoniadamente elegante.

—Debemos estar a una hora de una barraca que varios grupos que hacen tours suelen utilizar como campamento —me dice Nico cuando rodeamos una curva muy pronunciada del sendero—. Reciben remesas de aprovisionamiento por helicóptero cada dos días para los soldados que patrullan el parque y las populares ruinas. Es probable que pueda hacer que el piloto aerotransporte a Neda de regreso a Cartagena.

—Si acampamos aquí, no conseguiremos ver hoy las ruinas.

—De todos modos no lo haríamos —Nico dirige una mirada escrutadora al sol poniente—. Tus amigos se mueven demasiado lento.

—Está bien. El auto viene a buscarnos mañana por la noche a Cañaveral. Si tenemos un comienzo decente por la mañana, ¿podemos ver las ruinas y volver a la entrada del parque hacia la caída de la noche?

Él niega con la cabeza.

—Si puedes encender un fuego bajo los pies de tus amigos.

—Hecho. —Me volteo para dirigirme a todo el grupo, mientras retrocedo—. Vamos a acampar en un barracón del ejército esta noche. —Dejo que mi mirada se entretenga un poco en Holden, enfatizando mi amenaza de hacer que lo registren—. Vamos.

El barracón resulta ser un pequeño edificio desproporcionadamente bajo, hecho de ásperos tablones de madera, en medio de un amplio claro. Se ha designado un pedazo de tierra desnuda para que aterrice el helicóptero, y una docena de otros turistas han montado tiendas de campaña en el lado opuesto al barracón.

—¿Cuánto tiempo voy a estar aquí atrapada? —pregunta Neda con exigencia, cuando Ryan, Doménica y Maddie empiezan a desempacar sus cosas. Holden, Rog y los *broders* dejan caer sus mochilas y van directo hacia una gran hoguera, donde ya hay gente asando salchichas y pasándose botellas de cerveza.

Penélope se rezaga, mirando primero a Holden, y después a mí, como si quisiera pedirme permiso para estar a tres metros de él.

Lo hace.

La dejo allí de pie, mientras ayudo a Neda a ir a brincos hacia el barracón, donde Nico está haciendo los arreglos necesarios para que la retiren de nuestra compañía. Desde luego, le debo una cerveza.

Ya podemos escuchar llegar al helicóptero pero, al final, tengo que desprenderme de un billete de cincuenta dólares —divisa estadounidense— para comprarle un billete de ida a Neda, que la saque de la selva.

Es dinero bien empleado.

—Todavía deberían procurar divertirse sin mí —grita Neda mientras el helicóptero desciende hasta el claro, soplando nuestro cabello y nuestras palabras—. No te culpo en absoluto por haberme arrastrado a la selva sin decirme que necesitaría botas. No dejes que esto arruine tu excursión, ¿vale?

Me río al devolverle el abrazo y gritarle en el oído:

—Te aseguro que no dejaré que tu falta de coordinación y sentido común malogren mis vacaciones. —Ahora que se va, estoy segura de que la voy a echar de menos, solo por el factor entretenimiento.

—No me falta coordinación. La selva vino por mí —insiste con una sonrisa.

—Tómatelo con tranquilidad cuando regreses. De hecho, tómate un día de spa en Cartagena a mi cuenta. Tienen mi tarjeta en el archivo por la reserva que cancelamos.

—¿Un día de spa sola? —Neda hace pucheros, pero se la ve claramente complacida. El spa es lo único que quería, en primer lugar.

Nico y uno de los otros guías la ayudan a entrar en el helicóptero, y la observamos, con el pelo arremolinándose y alborotándose, mientras se eleva en el aire. Neda nos dice adiós desde el lado abierto del helicóptero, con el tobillo fuertemente vendado, donde todos podemos verlo desde el suelo, por si nos sentimos tentados a olvidar su penuria.

En el momento en que desaparece por las copas de los árboles, empieza nuestra fiesta.

59 HORAS ANTES

MADDIE

Con la marcha de Neda, mi día se ilumina casi al trescientos por ciento, incluso cuando el sol cae tras el horizonte selvático que hay al oeste. Y, ¿en serio? ¿Apartada de la fiesta por sus propias sandalias exclusivas? Aquellas trampas mortales con correas podrían haberle costado una fortuna, pero la ironía es verdaderamente inestimable.

Me siento junto a la hoguera, tan lejos como puedo del estúpido novio de mi prima; Luke se sienta entre el guía turístico de mediana edad, que lleva una camiseta blanca manchada y unas bermudas oscuras, y yo.

—Soy Nixon —me dice con un acento fuerte pero claro, mientras espanta a un perro callejero de su salchicha ardiente.

—Maddie.

Luke saca la mano y la pone delante de mí.

—Luke Hazelwood.

—¿Vas a Ciudad Perdida?

—No. Tenemos que estar de regreso en Cartagena mañana por la noche —le contesto mientras el perro pide un poco de carne.

—Vamos, Caca —le regaña Nixon, y no puedo evitar reírme del nombre del perro—. Trae mi pipa.

El perro ladra y sale corriendo hacia la ciudadela de tiendas de campaña.

—¿Por qué has llamado a tu perro como... la caca? —le pregunto.

—¿De qué otra forma llamarías a un perro marrón y apestoso, que está en el suelo, a tus pies?

Caca regresa con una pipa de madera tallada a mano en la boca.

—Buena chica. —El guía turístico la toma y a continuación le echa un trozo de carne a la perra.

Los demás excursionistas son amistosos y tranquilos, pero los soldados nos vigilan en pequeños grupos; llevan botas embarradas y van armados con rifles automáticos. No parece preocuparles el alcohol ni la droga que circula alrededor de la hoguera; sin embargo, en mi pecho se hincha una sensación de vacío cuando noto que se susurran unos a otros al borde de la luz que provoca el fuego. Intento escuchar, pero lo único que saco es algo sobre el tráfico a pie en aumento por alguna senda de la selva.

—¿Qué ocurre con todos esos soldados? —pregunta Penélope cuando me ve observarlos—. ¿Acaso es la policía estatal?

—Están aquí para la seguridad de las playas y patrullan las rutas del tráfico de drogas por la selva —explica Nico.

—¿Lo ves? —Holden se vuelve hacia mí. Tiene los ojos vidriosos y habla con dificultad—. Aquí *hay* tráfico de drogas.

—En todas partes lo hay —le digo—. Pero nadie se atreve a decir que es la característica que define a Estados Unidos o Canadá como naciones. La verdad es que la RDP (Revolución del Pueblo) está en conversaciones para acabar con la rebelión guerrillera; además, el cártel de los Moreno fue prácticamente erradicado el año pasado. —Según mi padre, la CIA hizo algún trato turbio con otro cártel para expulsarlos del negocio; y, aunque no apoyo el planteamiento, Colombia está mucho mejor ahora que sus ciudadanos (y sus turistas) tienen poco que temer de los militantes armados.

Aburrido con mi política, Holden se une a un juego de bebidas con los *broders*. Luke tomo un poco de todo lo que le pasan y, pronto, me doy cuenta que está mirando fijamente al fuego, siguiendo con los ojos las partículas de ceniza ardiente, conforme se elevan del hoyo.

—¿Estás bien? —le pregunto.

Me mira a través de las llamas.

—El fuego hace que tu prima parezca mala.

—Unas alas y un halo podrían hacer que mi prima parezca malvada —murmuro. Cuando el porro llega a nosotros de nuevo, intento pasárselo al *broder* que está al otro lado de Luke, pero este intercepta mi brazo frunciendo el ceño.

—Oye, que no puedes saltarte a nadie.

He visto a Ryan destrozado con la suficiente frecuencia como para saber que no se puede penetrar con la lógica en esa niebla en la que Luke está sumido y que hará que resulte fácil regatear con él.

—¿No preferirías darle una inhalada a esto o darle un sorbo a la botella?

Luke reflexiona más la decisión de lo que esta merece.

—¡Quiero la hierba! —Chupa profundamente el porro, determinado a conseguir la mejor parte de una elección que no estaba obligado a tomar.

Cuando empieza a inclinarse a los lados, lo guío hacia su tienda azul brillante.

—Gracias por invitarme —dice Luke cuando lo ayudo a entrar en su saco de dormir—. Son las mejores vacaciones que jamás he tenido.

Empiezo a decirle lo triste que suenan sus palabras, pero entonces me doy cuenta de lo largas y espesas que son sus pestañas, ahora que no le cae el pelo sobre la cara.

Con Luke ya en la cama, me dirijo hacia mi propia tienda para pasar la noche, libre de los mosquitos y del aguijón de la abeja reina de Miami.

Al inclinarme por debajo de la portezuela, veo la silueta de un hombre rifle en mano, iluminado por la hoguera en la distancia. El soldado me mira fijamente, hasta que cierro la cremallera de la tienda.

Incluso en mi sueño, puedo sentir cómo me observa.

53 HORAS ANTES

GÉNESIS

Cuando la hoguera ya se ha apagado, y Holden y los *broders* se han desmayado, subo la cremallera de mi tienda y me desplomo en mi saco de dormir, todavía me zumba la cabeza por varios tragos de aguardiente. Por primera vez desde que llegamos a Tayrona, la pantalla de mi teléfono está encendida; tengo una barra de cobertura en este punto. Debe haber una torre en algún lugar cercano, lo cual es algo que tiene sentido si se tiene en consideración que este barracón es un punto de comunicación para soldados y guías turísticos.

Tengo doce llamadas perdidas y tres mensajes de texto. Todos son de mi padre.

¡Génesis, contesta tu teléfono!

Llámame tan pronto como recibas este mensaje. ¡Te quiero a bordo de ese jet CUANTO ANTES!

Vuelve a casa de tu abuela tan pronto como recibas esto, Génesis. ESTO NO ES UN JUEGO.

No, no es un juego. Es mi *derecho de nacimiento*. Colombia es mi historia. La llevo en la *sangre*, como está en la de mi padre, y no tiene derecho de intentar arrebatarme esto, solo porque ya no quiera tener nada que ver con su tierra natal.

Mi mensaje de contestación dice:

Llegaremos a casa mañana por la noche, te lo prometo.
Todo está bien. Te amo.

Unos segundos después de que mi cabeza toque la manta doblada que estoy usando como almohada, mi teléfono zumba otra vez. Mi mensaje no fue enviado; es evidente que la señal de entrada es más fuerte que la de salida. Pongo la alarma y me resigno ante la hora tan temprana, de manera que pueda intentar reenviar el mensaje de texto antes de abandonar el barracón y su señal aislada, aunque débil.

Si mi padre no tiene pronto noticias mías, *perderá* los estribos.

46 HORAS ANTES

MADDIE

Mi tienda sigue oscura cuando mi hermano me sacude para despertarme. Gruño y me doy la vuelta, pero Ryan no se deja ignorar.

—¡Despierta Maddie! ¡Tenemos que irnos!

—¿Qué? —me siento y la adrenalina lleva el latido de mi corazón a una velocidad vertiginosa; mi rodilla golpea una botella de agua medio vacía—. Estamos a mitad de la noche. ¿Qué ocurre?

—El sol aparecerá en pocos minutos. ¡Vamos! Se marcharán sin nosotros.

—¿Quiénes?

—Hay unas instalaciones... o lo que sea, donde fabrican cocaína; está a una hora de aquí. Algunos de los excursionistas van a ver una demostración, y pensé que podríamos...

—¿Es esto hacer turismo? Espera, ¿no es algo *increíblemente* ilegal?

—Nico dice que es solo un truco para turistas. —Ryan agarra mi mochila y la revuelve toda por dentro, sin duda para comprobar que tengo mucha comida y agua—. Lo más probable es que todos metan hasta las muñecas en el azúcar en polvo. ¡Va a ser divertido!

Le arranco mi bolso.

—Será explotar un estereotipo.

—Vamos. —Ryan me sonríe y mete otra botella de agua en mi mochila—. Me *debes* una foto tuya con la nariz manchada de azúcar en polvo, ya que me robaste mi pastel en la feria, y *me echaron* la culpa a mí de *tu* coma diabético.

—¡Yo tenía siete años! Y no te lo robé. Tú me diste la mitad. —Porque había suplicado y él nunca podía decirle que no a su hermanita pequeña. Desde aquel día, Ryan siempre ha cuidado de mí, incluso cuando tenía que renunciar a los dulces para no tentarme. Aunque yo haya tomado varias copas delante de él, desde que llegamos a Colombia.

—Está bien. —Retiro la esquina de mi saco de dormir y me arrastro para salir de él. Su sonrisa es contagiosa, y apenas la he visto desde que bajamos del avión—. Una foto. Pero no puedes publicarla.

Me recojo el pelo en una cola de caballo, y uso una toallita de camping para limpiarme la cara y las axilas. Cuando salgo de mi tienda, llevando mi mochila, Ryan y dos de los *broders* me aguardan, junto con los otros seis turistas que se han levantado a tiempo para ver la demostración efectista, antes del desayuno. El campamento parece sumido en un inquietante silencio —casi muerto—, cuando nos ponemos en marcha y cruzamos la selva por un sendero estrecho, muy trillado, dejando a todos los demás dormidos en sus tiendas.

No voy a mentir. Desearía estar durmiendo también.

Dos barras de proteína en la excursión, recuerdo controlar mi bomba de insulina. Le echo la culpa del lapsus a la desorientadora llamada para despertarme.

—¿Qué tal se ve? —pregunta Ryan.

—La glucosa de mi sangre está bien. Sin embargo... —La culpa me inunda. Debería haberla verificado antes de salir de mi tienda—. Hum... He perdido mi ampolla de insulina. Debe haberse caído de mi bolso.

Ryan gruñe.

—¿Cuánto te queda en la bomba?

—Alrededor de un octavo de la reserva.

Exhala fuertemente.

—¿Y eso qué significa, unas pocas horas?

—Un poco más quizás. ¡Lo siento! Iba a cambiar el equipo de perfusión esta mañana, pero me distrajo el viaje al campo.

Todos se han detenido para escuchar, me molesta ser el centro de las miradas.

—Sigan adelante —le digo a Ryan—. Encontraré mi insulina y te veré después de la demostración. —Empiezo a dirigirme hacia el barracón, pero él me agarra por el brazo.

—Maddie, si no puedes encontrar esa ampolla, tenemos que regresar a Cartagena ahora y pedir una recarga.

Tiene razón. *Quizás* me quede reserva para medio día en la bomba. Sin embargo, en realidad quiero ver las ruinas, *no* quiero ser la razón por la que se lo tenga que perder el resto del grupo.

Ryan se vuelve al guía turístico.

—Ustedes diviértanse. Pero no *demasiado.* —Se golpea la nariz con un dedo de manera sugerente y varios de ellos se ríen.

—¡Así nos tocará más, tío! —grita uno de los *broders* de la Costa Oeste, cuando enrumbamos de vuelta al barracón.

—Siento mucho lo de tu demostración.

—No era más que un estúpido truco para vender más. —Pero su sonrisa es fría. No es la primera vez que se pierde algo por mi culpa.

Nos encontramos todavía a varios minutos del campamento, cuando un grito desgarra la selva, silenciando el canto ambiental de los pájaros.

Me quedo helada. Un escalofrío recorre mi espina dorsal y me atenaza el estómago.

—¿Era Penélope quien gritaba?

45 HORAS ANTES

GÉNESIS

Un grito desmenuza mi sueño y deja las orillas deshilachadas y colgando. Me pongo rígida, el corazón me late a toda prisa, y me pongo mis shorts. Miro la hora en mi teléfono —todavía no son las siete de la mañana—; lo meto en mi bolsillo y bajo la cremallera de la portezuela de mi tienda.

Antes de que pueda echar un vistazo al pasillo entre las filas de tiendas de campaña, otros gritos me sobresaltan.

—¡Salgan! —vocifera un hombre—. ¡Venga!

Vuelvo atrás gateando y me pongo las botas, pero entonces me quedo helada cuando suenan unos pasos pesados más allá de mi tienda, acompañados por voces profundas que hablan un español trepidante. La mayoría de las palabras están demasiado amortiguadas como para que las pueda entender por encima del sonido de mi propio pulso, pero escucho mi nombre alto y claro.

Reconozco el fuerte *clic* y el chirrido de metal, conforme las pisadas se desvanecen. Alguien acaba de cargar una ronda en un armamento grande. Algo mayor de cualquier cosa que yo haya disparado jamás en el campo de tiro con mi padre.

Unos hombres extraños que llevan rifles por nuestro campamento les dan órdenes a la gente para que salgan de sus tiendas.

Me están buscando.

El susurro metálico de una cremallera procede de la tienda junto a la mía y me quedo quieta, cuando escucho.

—¡Salga!

—¿Qué? —La voz de Penélope suena aguda y aterrorizada—. No entiendo...

—¡Salga de la tienda! —ordena la voz con un fuerte acento español.

El colchón de aire de Penélope cruje.

—Por favor, ¿puedo vestirme? —Sus palabras son temblorosas.

No hay respuesta, pero se oye cómo en su tienda ella rebusca en su bolso.

Mi pulso se acelera tanto que apenas puedo pensar.

Aclara tu cabeza y no te conviertas en tu propio obstáculo. La voz de la razón suena como cuando mi entrenador me guía en un ejercicio de Krav Maga. *Deja que tus sentidos hagan su trabajo. Deja que entre la información.*

Cierro los ojos y respiro hondo.

Pisadas fuertes. Artillería pesada. Órdenes emitidas en español por varias voces. Es probable que no superen en número a los excursionistas, pero están armados. Resistir o pelear sería un suicidio.

Estate pendiente de tu oportunidad, dice la voz de mi instructor.

El cañón de un rifle se desliza dentro de mi tienda. Sofoco un grito y gateo hacia atrás, pero no puedo apartar la mirada de aquella boca que apunta a mi pecho.

El arma es de uso militar. Semiautomática. El mismo tipo que llevaban los soldados en Tayrona. En mi repertorio no hay movimiento de autodefensa que se pueda ejecutar a mayor rapidez que la bala que sale del cañón de una pistola.

Por la abertura aparece una cara. Unos ojos oscuros miran por toda mi tienda unipersonal, y recoge mi colchón de aire y mis provisiones. Bajo la cara hay un torso vestido con ropa de camuflaje de la selva.

—¡Salga! Traiga su pasaporte y su teléfono móvil.

Mis manos tiemblan cuando agarro mi pasaporte y mi teléfono al salir. Pen está de pie, delante de su tienda, a un metro escaso. Tiene las manos levantadas, a la altura de la cabeza; en una sostiene su propio pasaporte y en la otra su teléfono. Más abajo, en la fila de tiendas a mi derecha, más excursionistas están en la misma posición. Todos parecen aterrorizados.

El hombre del rifle se voltea para abrir la tienda que está frente a la mía y, por la abertura, veo a Holden que todavía duerme boca abajo en su saco de dormir. Tras una borrachera, Holden podría dormir durante el Apocalipsis.

—¡Levántate! —ordena el soldado. Como no recibe respuesta, patea en los pies a Holden.

Holden mascula una obscenidad y da la vuelta para el otro lado, con los ojos todavía fuertemente cerrados.

—Las personas intentan dormir.

El soldado apunta su rifle a la cabeza de mi novio y mis vías respiratorias intentan cerrarse.

—¡Levántate! —grita y Penélope se estremece.

Se abren los ojos de Holden. Parpadea, con la frente fruncida por la ira, y puedo decir que la realidad instantánea entra en su enfoque, porque sus ojos se abren de par en par y su mandíbula se cierra de golpe. Nunca se ha visto en el extremo equivocado de un rifle.

—Sal fuera con tu teléfono y tu pasaporte.

Holden sale tropezando de su tienda, descalzo, agarrando su teléfono y un pasaporte raído. Su mirada estupefacta se encuentra con la mía y entrecierra los ojos.

—¿Qué demonios has hecho?

Lo miro frunciendo el ceño.

—¿Qué he hecho *yo*...?

—¿Estoy bajo arresto? —pregunta exigiendo—. ¡Tengo derecho a un abogado!

Holden cree que he contratado a estos soldados para vengarme de que se acostara con Penélope.

—¡*Cállate*! —Inclino la cabeza hacia los campistas alineados a mi derecha. Cierra la boca de golpe. Se queda pálido cuando se da cuenta de que a *todos* nos tienen a punta de pistola. Pero otra cosa ha llamado mi atención.

Ninguno de los camuflajes de los soldados hace juego. No llevan cantimploras básicas ni esterillas de dormir enrolladas y están armados con tres rifles distintos.

El terror se abre camino por mi espina dorsal.

Estos no son soldados. No estamos bajo arresto.

Nos han secuestrado.

MADDIE

El grito de Penélope resuena por toda la selva y me pone piel de gallina. Ryan entrecierra los ojos y aprieta la mandíbula.

—Espera aquí. —Empieza a correr hacia el campamento; enseguida se da la vuelta y se pone frente a mí—. He cambiado de opinión. Pégate a mí y no abras la boca.

—Es probable que viera una araña —susurro mientras caminamos de puntillas sobre las raíces y las ramas caídas. Pero ninguno de los dos creemos lo que digo.

—¡No se mueva! —otra voz grita desde el barracón, y me doy cuenta de que estoy respirando demasiado rápido.

—Ryan —susurro, pero la voz apenas me sale del cuerpo. Él alarga su mano hacia atrás en busca de la mía y yo la deslizo en la suya para que me la apriete. Quedamos petrificados y escuchamos el golpeteo de nuestro propio pulso en una selva que se ha quedado extrañamente silenciosa.

—¡No se mueva! —repite la voz y salto cuando el estallido de un arma de fuego puntúa la orden.

Ryan estruja mi mano. Trago aire y lo retengo, mientras me recorre una ola de pánico.

—¡Pónganse en fila! —grita de nuevo la misma voz, que ordena que todos se pongan en fila.

—¡Ryan! —susurro con mi voz temblando de miedo—. ¿Qué está pasando?

—Quédate aquí —me dice, pero apenas puedo oírle—. Agáchate detrás de ese arbusto y no salgas a menos que yo te llame. ¿De acuerdo? Y ten cuidado con las serpientes.

—¿Qué estás haciendo? —exijo en la voz más baja que puedo.

—Voy a echar un vistazo. —En sus ojos veo una determinación temeraria—. Necesito ver qué está ocurriendo.

—¡No! —Me aferro a su mano, pero él se zafa de mí de un tirón y vuelve a señalar a la maleza—. ¡No te vayas! —A continuación, avanza en silencio hacia el campamento.

Mi atención va de un árbol a otro, de una sombra a otra, mientras el miedo alimenta el ya acelerado latido de mi corazón. Con sumo cuidado para no pisar nada que haga ruido, me dejo caer en cuclillas detrás del arbusto, y casi grito cuando una lagartija se apresura por encima de mi mano.

Sola, no puedo hacer otra cosa que escuchar y esperar, aterrorizada.

—¡Vete de la carpa! —vocifera otra persona, que le ordena a alguien que salga de una tienda. Otro estallido de arma de fuego me hace estremecer. Más personas gritan.

¿Era mi hermano uno de ellos? ¿Era mi prima?

Me pongo de pie, aterrada, pero más aún por no saber nada. Una rama cruje detrás de mí. Ahogo un grito y me doy la vuelta. Un hombre con uniforme verde me apunta a la cara con un rifle.

GÉNESIS

—¿Nos van a matar? —me pregunta Penélope articulando con los labios, pero sin sonido, desde la corta distancia a la que se encuentra, todavía de pie delante de su tienda.

Agito la cabeza. Si estos hombres nos quisieran muertos, habrían podido dispararnos mientras dormíamos.

Mis pensamientos evalúan a toda velocidad la situación y recorro mentalmente los pasos para estimar las amenazas de la clase de supervivencia que mi padre me obligó a tomar hace dos años.

Activo: mis compañeros campistas.

Pasivo: mis compañeros campistas.

Hasta donde sé, ninguno de mis amigos ha seguido un curso de defensa personal, y Holden es la única otra persona que ha disparado un arma alguna vez: un rifle de caza.

Gracias a mi paranoico padre sé cómo apañármelas en una pelea de una contra otro —o incluso una contra tres—, pero hay casi una docena de tiradores armados.

Nico y los demás guías pueden llevarnos de vuelta a la civilización si podemos escapar, pero Maddie...

Maddie y Ryan no están de pie delante de sus tiendas. Tampoco están Luke y al menos dos de los *broders*. Es probable que Maddie estuviera persiguiendo a un conejo por la selva, para asegurarse de que no lo explotaran como residente nativo, pero los chicos podían estar en cualquier sitio.

—¡Pónganse en fila! —grita uno de los hombres armados, señalando con su rifle una zona abierta entre las duchas al aire libre y el poblado de tiendas. Los asustados campistas empiezan a formar una fila irregular, y Holden, Pen y yo nos ponemos en la fila con ellos.

Holden busca mi mano al andar, pero uno de los hombres vestido con ropa de camuflaje usa el cañón de su rifle para apartarlo de mí. Tropieza y suelta palabrotas, y después frunce el ceño mientras desliza su mano en su bolsillo.

En el claro, Indiana y Doménica se colocan en la fila cerca de nosotros, frente al barracón. Ella parece asustada, pero Indiana observa en silencio, sin atraer ninguna atención hacia él.

—No pierdan la calma —les susurra Rog a los *broders*. Me sorprende lo centrado que parece, ahora que no está drogado.

—¿Debería llamar a mi padre? —me pregunta Holden, cuando el tirador más próximo se aleja de nosotros al recorrer la fila de rehenes.

—No hagas ademán de sacar el teléfono —le susurro—. Estos no son soldados.

—Sus armas son militares, fusiles M16, carabinas M4 y fusiles de asalto AK. —Rog suelta un largo y suave suspiro—. Eso *no* es tranquilizador.

Observo a los campistas que siguen poniéndose en fila, y busco con los ojos a Maddie y a Ryan, pero con la esperanza de no encontrarlos. Si han evitado ser capturados, serán capaces de informar sobre el secuestro.

Nico se encuentra entre los últimos en salir de la ciudad de tiendas de campaña.

—Todo irá bien —susurra al ocupar un lugar junto a mí.

Holden entreabre los ojos.

—O tu inglés no es muy bueno o me he perdido algo en la traducción —murmura—. Porque esto está bastante lejos de ir bien. —Una mezcla tóxica de temor y rabia arde en sus ojos.

Unos hombres armados nos están tomando cautivos, pero es Holden quien me pone nerviosa.

—Pensé que habías dicho que esta mierda no volvería a suceder —me sisea—. Dijiste que este lugar era *seguro*.

—Lo es —insiste Nico antes de que yo pueda responder—. Probablemente son RDP. Su problema es con el gobierno colombiano, no con nosotros —reitera, mientras su mirada pasa de uno a otro de nuestros captores.

—Ah, bueno, entonces creo que no pasa nada porque un puñado de psicópatas nos arrastren fuera de la cama a punta de pistola. ¿De qué lado estás tú?

Nico mira a Holden con el ceño fruncido.

—Solo estoy diciendo que podría ser peor.

El estallido de un disparo se traga su última palabra. Varias de las mujeres, que están en la fila, gritan. Holden me agarra la mano y dejo que la sostenga, porque mientras yo logro concentrarme y calmarme con la meditación, él lo hace con la ira. Su agarre es firme como una roca.

—Todos callados y escuchen.

La voz femenina me sorprende y, al principio, me parece que es una de las rehenes quien ha hablado. Pero entonces veo a una secuestradora, con el rifle todavía apuntando al aire. En lugar de uniforme, lleva una camiseta verde con sus pantalones de camuflaje y botas negras, y su maquillaje es tan dramático como sus fieros ojos marrones. Cuando su mirada se posa en mí, no veo nada tierno ni complaciente en su expresión.

Como su voz, toda esta mujer es duros planos y bordes afilados.

—Tres de mis hombres recorrerán la fila de un extremo a otro —indica—. Al primero, le entregarán su teléfono móvil; al segundo, su pasaporte y, al tercero, cualquier objeto electrónico, los relojes o joyas de valor.

Su acento es pronunciado, pero su inglés es impecable. No pregunta si entendemos, aunque los rehenes representan a al menos seis países, y no estoy segura de que todos hablen inglés. Con una mujer así no se puede negociar. No cederá ni a la empatía, ni a la lógica.

No nos dejará ir hasta tener todo lo que quiera.

—Si intentan escapar o llamar pidiendo ayuda, serán abatidos —explica mientras sus hombres recorren la fila y confiscan nuestras pertenencias—. Si desobedecen una orden, se les disparará.

Holden vacila y aprieta su teléfono; le agarro la mano de nuevo al ver la rebeldía en sus ojos. Nunca, en toda su vida, se ha aplicado a él lo de verse en la situación más desfavorable. Siempre ha sido la excepción a todas las reglas.

No se cree realmente que los secuestradores le dispararán ni aunque estén dispuestos a matarnos al resto de nosotros.

—¿Sabe usted quién soy yo? —exige, sosteniendo su teléfono por encima del bolso abierto, mientras me estremezco. Si nuestros captores no lo odian ya personalmente, ahora lo harán.

—Dales el teléfono —susurro, pero es demasiado tarde.

—¿Qué pasa? —La mujer que está al mando se acerca a nosotros; pisa fuerte y su forma casual de apuntar su rifle al estómago de Holden hace que el mío se encoja—. Pasaporte. —Extiende la mano que tiene libre y Holden le suelta su pasaporte en la palma. Ella entrecierra los ojos y lo abre con una sola mano—. Holden Wainwright. —Alza la mirada y lo mira de nuevo, con la ceja arqueada—. ¿Se supone que esto deba tener algún significado para mí?

Holden frunce el ceño.

—Wainwright. Como Wainwright Pharmaceuticals.

A mis amigos y a mí siempre nos ha parecido divertidamente irónico que la riqueza de sus padres proceda de uno de los mayores fabricantes de medicamentos con receta, teniendo en cuenta su afición por las drogas recreativas.

—¿Vales algo? —La mujer lo mira de arriba abajo, como si le resultara difícil de creer.

—Solo un par de miles de millones —le espeta Holden, tan manifiestamente enojado por la falta de reconocimiento como lo está por haber sido secuestrado.

—Párate ahí, Wainwright Pharmaceuticals.

La mujer señala al soporte de una antorcha no encendida, cerca de la parte delantera del barracón.

La extraña satisfacción en los ojos de Holden no tiene sentido, hasta que entiendo que cree estar siendo invitado al salón VIP de esta situación de rehén.

—¡Óscar! —le grita la mujer a uno de sus hombres armados.

—*Sí*, Silvana. —Un pistolero de mi edad más o menos trota hacia ella, con su rifle que apunta al suelo.

Silvana saca una pistola de la parte trasera de sus pantalones y se la entrega a su hombre.

—Si Wainwright Pharmaceuticals se mueve, dispárale en la pierna.

El paso de Holden es inestable. Sus hombros se ponen rígidos. Ahora lo entiende.

Pero cuando Óscar apunta a su muslo izquierdo, Holden ni siquiera se estremece. Mira detenidamente la pistola. Piensa que se vengará.

Me *aterroriza* que su venganza haga que nos maten.

Silvana se vuelve hacia mí.

—Génesis Valencia. De Génesis Shipping. —No es una pregunta. No necesita mirar mi pasaporte. Sabe quién soy y sabe lo que valgo.

Yo he sido su objetivo todo el tiempo.

MADDIE

—¿Hablas español? —pregunta el hombre del rifle y sus ojos oscuros se clavan en mí.

Lo único que puedo ver es el arma que apunta a mi cara.

—Sí. —Mi voz suena extrañamente hueca. El corazón me late demasiado fuerte.

Esto no puede estar pasando.

—*Marcha*.

Paralizada de miedo me vuelvo lentamente, rezando para no estar a punto de morir de un disparo por la espalda. Cuando vacilo, él me empuja con el cañón del rifle y ahogo un grito. Jamás he tocado un arma en mi vida. Nunca me han amenazado con nada peor que confiscarme mi teléfono.

Camino hacia adelante y no oigo más que el rugir de mi pulso, aunque mis botas hacen crujir ramas y hojas.

La respiración se me hiela en la garganta y mis piernas dejan de funcionar.

—¡Ándale! —grita el hombre armado y me estremezco—. De vuelta al barracón.

—Está bien. —Levanto mis brazos lentamente para mostrarle que no ofrezco resistencia—. ¿Quién es usted?

Vuelve a empujarme con el rifle y tropiezo. Mi corazón galopa a toda prisa y la visión se me vuelve borrosa. La selva empieza a girar en torno a mí.

Cálmate, Maddie. Sigues viva por alguna razón. Piensa en ello.

Respiro hondo y doy otro paso. Luego otro. Por fin mis piernas funcionan solas, y también mis pensamientos.

—¿Tiene esto que ver con la cocaína? —¿Nos hemos visto atrapados en algún tipo de incidente relacionado con... el tráfico de drogas?

—¡Cállate! —El hombre me empuja de nuevo, y mis mandíbulas se cierran de golpe—. Silencio.

Todo va a ir bien, Maddie. Pero nunca he sido una buena mentirosa. Ni siquiera conmigo misma.

44 HORAS ANTES

GÉNESIS

—¿Quién más está con Génesis Shipping y Wainwright Pharmaceuticals? —pregunta la demandante Silvana.

Para mi sorpresa, Indiana da un paso adelante.

Al segundo siguiente, Doménica se une a él. Oigo cómo susurra al pasar por delante de Silvana:

—*No soy americana. Por favor, no me mates.*

—Me importa un bledo que no seas estadounidense. —Silvana la empuja con la culata de su pistola para que siga caminando hacia nosotros.

Temblorosa, Penélope da al fin un paso adelante, mirando fijamente al suelo.

—Yo soy su guía turístico —indica Nico y se pone con nosotros.

Silvana lo empuja de nuevo hacia la fila.

—Ustedes cuatro, allí. —Con un gesto nos señala el poste junto al que se encuentra Holden. Luego estudia uno por uno a los restantes rehenes. Tras un par de minutos, empuja a Rog hacia nosotros y después les ordena a todos los demás que se echen a tierra, boca abajo y con las manos a la espalda.

Los hombres armados no dicen a las personas que se echen boca abajo en el suelo, porque están a punto de entregarles caramelos y enviarlos a todos a casa. Se me erizan los vellos de brazos y piernas. El perro callejero del guía turístico está acostado junto a él y tiene el hocico metido entre sus patas.

Penélope observa con los ojos muy abiertos y llenos de lágrimas, e Indiana parece enfermo cuando uno de los hombres armados avanza con un manojo de bridas. Empieza a atarles las manos a la espalda a los rehenes que están boca abajo en el suelo.

Dos de las mujeres lloran, con las mejillas húmedas apretadas en la tierra; quiero apartar la mirada. Ocuparme de mi propio terror es más que suficiente. Pero sé lo que les va a ocurrir y no quiero desviar la mirada de su dolor.

Esta vez no.

«No mires, Génesis». Se está ahogando con sus lágrimas, boca abajo en el suelo, pero todavía la puedo entender. «Cierra los ojos, baby».

«Escucha a tu madre». El rostro del hombre está en la sombra, pero su cuchillo lanza destellos de luz.

«Mantén los ojos cerrados, baby, oigas lo que oigas». Está sollozando, y no sé qué hacer. «Todo habrá acabado en un minuto».

Así que cierro los ojos.

Me niego a mirar hacia otra parte.

Pero cuando el hombre armado ha acabado de atarlos a todos, se limita a ponerse detrás de ellos, con el rifle preparado. Lo va a alargar. Los va a torturar con la inevitabilidad de su propia muerte.

Bastardo.

—¡Silvana! ¡Vamos!

Sigo la voz y descubro a otro hombre de uniforme que sale del barracón, y lleva un rifle automático.

—Oh, *mierda*. Sebastián. —El amigo de Nico que bailó con Maddie en Cartagena. No nos siguió a la playa. Nos *condujo* a Tayrona por medio de Nico. Después, nos dejó en la selva.

Aprieto fuerte mis manos, para evitar que tiemblen.

Hemos sido objetivos desde el momento en que bajamos del avión.

MADDIE

Los gritos del campamento se escuchan más conforme el hombre armado me hace marchar cada vez más cerca del lugar.

—¡Silencio!

—¡Formen una fila!

—¡Pongan sus teléfonos en la bolsa!

Los excursionistas están siendo secuestrados. Yo estoy siendo secuestrada.

Las ramas chasquean bajo mis pies. Una rama me golpea en el brazo. Tengo que *hacer* algo, pero no sé qué, sino seguir poniendo un pie delante del otro.

Entro en el claro con el rifle apretado contra mi columna vertebral. El terror recorre todo mi ser. Al menos hay ocho hombres armados y dos de ellos son soldados apostados en el barracón. Los hombres que me observaron entrar en mi tienda la noche anterior. ¿Quién se supone que debe proteger a los turistas de cosas como estas?

La mayoría de los excursionistas están en el suelo, boca abajo, atados con bridas de plástico. Reconozco a dos de los *broders* y a Nico, pero Ryan, Génesis y Luke no están con ellos.

Casi en pánico, registro con la mirada el resto del claro. Génesis y sus amigos están delante del barracón, con dos hombres armados. Mi hermano no está con ellos.

Génesis parece aliviada al verme, pero entonces articula con los labios el nombre de Ryan, y sus cejas arqueadas en señal de interrogación.

No puedo más que encogerme de hombros, pero un pequeño aliento de esperanza aflora entre mi miedo. No han atrapado a Ryan. Puede ir en busca de ayuda.

—Silvana —llama el hombre armado que tengo a mi espalda.

Una mujer con pantalones de camuflaje y la cabeza llena de esponjosos rizos se voltea. Arquea las cejas.

—¿Qué me traes, Moisés?

—La encontré en la selva.

Silvana se acerca con un rifle automático que cuelga de su hombro. Su mirada fija se posa en mis botas baratas, en mi camiseta descolorida y después en el bulto de mi cintura. Alarga la mano para agarrar el dobladillo de mi camiseta y doy un paso atrás para alejarme de ella. Moisés me mantiene quieta, mientras ella levanta mi camiseta y ve mi bomba de insulina.

Noto que está sopesando alguna decisión, como si mi valor pudiera establecerse según una columna de positivos y negativos. Se van a llevar a Génesis y sus amigos a otra parte, pero las personas que están en el suelo tienen armas apuntando a su espalda.

Mi cabeza gira con tanta rapidez que el campamento se desdibuja a mi alrededor.

—Soy más fuerte de lo que parezco. Puedo ir de excursión a pie.

No quiero morir.

Ella hace un gesto hacia los rehenes atados.

—Échate boca bajo y pon las manos a la espalda. —Mi fuerza y mi determinación no la han conmovido. Mi vida no significa nada para ella. Mira a Moisés:

—Si intenta levantarse, dispárale.

—¡No! ¡Por favor! —grito mientras él me arrastra por el suelo. Mis lágrimas borran el claro—. ¡Por favor!

—¡Espere! —grita Génesis—. Es mi... —pero otro hombre armado le apunta a la cabeza con su pistola, y ella cierra la boca de golpe.

Los cautivos en el suelo se esfuerzan por levantar la mirada hacia mí. Varias de las mujeres lloran.

Moisés se echa el rifle al hombro, me hala y me lleva más allá de las mesas de picnic. Tropiezo y lucho por cada respiración llena de pánico. Mis pies se arrastran.

Agarro una rama mientras Moisés me hala hacia unos espesos matorrales raspándome la palma de la mano al soltarla.

El matorral cruje. Un contorno borroso con pantalones negros y una camiseta azul que me resulta familiar se abalanza al claro.

Mi hermano golpea a Moisés en el hombro. El hombre armado cae, arrastrándome a mí con él. El impacto me deja sin respiración.

Ryan alarga el brazo para agarrarme. El temor arruga su frente. Por encima de su hombro veo a otro pistolero que apunta su arma.

—¡No! —grito.

El rifle truena. Ryan se tambalea hacia adelante.

La sangre florece en la parte delantera de su camiseta como una rosa que se abriera por segundos. Se derrumba de costado, fuera de mi alcance.

—¡Ryan! —El nombre de mi hermano rasga salvajemente mi garganta, pero él no responde. Ni siquiera se mueve—. ¡Ryan, mírame!

Todavía respira, aunque el charco rojo se expande debajo de él.

Uno de los guerrilleros atraviesa el claro y grita:

—*Dame tu chaqueta.* —Se deja caer de rodillas junto a Ryan, y cuando levanta la mirada para tomar la chaqueta que le ofrece uno de los otros hombres armados, me doy cuenta de que lo conozco.

Sebastián. Del bar de Cartagena. No lo entiendo. Lo besé. Ahora va vestido de camuflaje y sostiene un rifle automático, mientras presiona la chaqueta en la herida de mi hermano.

La atención de Sebastián se fija en el pendiente que cuelga de la cadena que lleva Ryan al cuello. Arruga la frente y sus manos se aprietan en torno a la chaqueta. Tiene los ojos cerrados como si estuviera rezando.

Por fin se pone de pie y le ordena a uno de los otros hombres que se encargue él en su lugar.

—Maddie. —Su mirada se encuentra con la mía—. *Lo siento.*

Las lágrimas corren por mis mejillas.

—¿Lo *sientes?* ¡Haz algo! —le grito. Poner presión sobre la herida no es suficiente—. ¡Llama a alguien que pueda ayudar!

Sebastián les hace gestos a dos hombres que levantan a mi hermano y lo llevan a una tienda de campaña anaranjada. No puedo verlo.

—¡No! ¡No, Ryan! —Desesperada, me vuelvo hacia Sebastián—. ¡Tráelo de vuelta!

Sebastián sacude la cabeza y me mira sombrío.

Moisés me lleva a la fuerza; yo araño, golpeo y doy patadas, pero es como si peleara contra un muro de hormigón. Grito cuando el mundo se derrumba debajo de mí.

Grito cuando la gente me mira fijamente, apuntan pistolas hacia mí y gritan órdenes que ya no puedo escuchar.

De pronto, empiezo a gritar y no sé cómo parar.

43.5 HORAS ANTES

GÉNESIS

El disparo retumba en mi cabeza y Ryan cae al suelo. La impresión me golpea como un puñetazo en el pecho.

—¡No! —Avanzo hacia mi primo. Los rifles oscilan en mi dirección.

Indiana me hala y me aprieta con su pecho. Siento su respiración en mi oreja, pero no puedo oír lo que me susurra.

Maddie grita mientras le da patadas y araña al hombre que intenta apartarla de su hermano, pero tampoco la puedo escuchar a ella. No puedo oír nada con el pitido que tengo en los oídos.

Indiana no me dejará ir.

Recupero el oído como un rugido. Los hombres armados gritan. La gente llora. El perrito del guía turístico ladra con tanta fuerza que todo su cuerpo se estremece.

Pero Maddie...

Maddie empieza a gritar y todos los demás se quedan en silencio. Su voz es una marea de dolor y angustia que taladra el oído, mientras lucha por llegar hasta su hermano.

El resto del mundo se sale de enfoque mientras miro fijamente a Ryan, deseando que sus pulmones se expandan. Espero que respire.

Vamos, Ryan.

La herida es demasiado grande. Hay demasiada sangre.

Esto no puede ser real.

Por favor, Dios, haz que esto no sea real.

Por fin la espalda de Ryan se eleva, de una forma tan imperceptible que ni siquiera estoy segura de lo que estoy viendo.

—¡Julián! —Silvana agarra el rifle de quien ha hecho el disparo y le estampa la culata en la nariz. La sangre brota del rostro herido de Julián, que suelta un aullido hasta que empieza a atragantarse con él.

—¡Ryan! —grita Maddie, pero sus sollozos se tragan la mitad del hombre y yo apenas puedo verla a través de mis propias lágrimas—. ¡Llamen a alguien que pueda ayudarlo! —exige de nuevo, pero Silvana solo se encoje de hombros.

—No tiene sentido.

—¡No! —Las piernas de Maddi se doblan y Moisés tiene que sostenerla. Dos hombres llevan a Ryan a una tienda de campaña.

Indiana me suelta y me tambaleo hacia mi prima. Pero, entonces, me detengo petrificada. Conozco ocho formas de derribar a un oponente desarmado y tres métodos para desarmarlo. Sin embargo, no puedo tumbar a tantos hombres armados de una vez.

Por fin, Maddie consigue soltarse. Moisés le apunta con su arma, pero mira a Silvana y espera una orden; después de lo de la nariz de Julián, los guerrilleros temen actuar por su cuenta.

Maddie sigue gritando y retrocede para alejarse del hombre armado. Su voz es ronca. Tiene los ojos abiertos de par en par y le tiemblan las manos.

Silvana asiente con la cabeza en dirección a uno de los pistoleros.

—Dispárale.

—¡No! —Sebastián se lanza por ella, pero yo soy más rápida.

Empujo a Maddie detrás de mí y miro fijamente, con la respiración entrecortada, al rifle que ahora apunta a mi pecho.

—¡La tengo! —grito, y el pulso truena en mis oídos. Me pueden oír a mí, porque a Maddie casi no le queda voz—. Es mi prima. —Alargo el brazo detrás de mi espalda y la agarro por el brazo para mantenerla detrás de mí. Fuera de la línea de fuego.

Silvana frunce el ceño y puedo ver la orden que tiene en la punta de la lengua. Quiere que Maddie se ponga boca abajo en el suelo y solo quedará satisfecha con la obediencia absoluta.

Sebastián se pone entre el hombre armado y yo.

—¡Deténganlas! ¡Las necesitamos! —le grita a Silvana. El sudor escapa por mi frente, mientras espero que su insistencia en que nos necesitan pese más que el ego de Silvana.

Ella frunce el ceño y hace un gesto despectivo en dirección nuestra. Los hombres armados bajan sus rifles. La respiración que, sin darme cuenta, yo estaba reteniendo explota de mis pulmones.

Sebastián pasa por delante de Silvana y saca a Maddie de detrás de mí.

—*Lo siento.* —Señala hacia la tienda a la que llevaron a Ryan y mi dolor aumenta—. Un accidente. —Luego, se vuelve otra vez hacia Silvana.

—Madalena *vendrá con nosotros.*

—Muy bien —espeta Silvana—. Madalena viene. —A continuación, se dirige al resto de nuestro grupo—. Tienen cinco minutos para reunir alimentos y suministros, pero nada que se pueda usar como arma. Cualquiera que corra será abatido. —Fija su atención en mí, y después pasa a Maddie, que mira fijamente al suelo con la mirada perdida.

—Cualquiera.

Odio a Silvana con el fuego de mil infiernos, y esto es *exactamente* lo que acarrearé sobre ella antes de que esto acabe.

Conduzco a mi prima hacia las tiendas con los demás, escoltadas a ambos lados por hombres armados. Al pasar por delante de la tienda donde han puesto a Ryan, alarga la mano hacia la portezuela, y todavía solloza.

—¡Maddie! —le siseo, y tiro de su brazo. Silvana ya viene hacia nosotras con la pistola desenfundada.

Indiana se acerca por el otro lado y la ayudamos a llegar hasta su propia tienda.

Sola en la mía, vacío mi mochila y vuelvo a empacar rápidamente solo lo básico. Una muda de ropa y mi manta impermeable. Las barras de proteína que me quedan y unos paquetes de atún. El repelente de insectos. Mi linterna. Todas las botellas de agua que puedo encontrar. Enrollo mi saco de dormir, lo amarro a mi mochila y salgo de mi tienda.

Óscar hurga en mis cosas y saca la linterna, porque es lo bastante grande para usarla como arma. Precisamente por esa razón la metí en la mochila.

—¿Qué van a hacer con nosotros? —susurra Penélope desde mi izquierda, al colocarse su mochila en los hombros.

—No te preocupes —le dice Rog, mientras la otra secuestradora mujer examina su mochila—. Cuando consigan lo que quieren, nos dejarán ir.

Penélope se estremece y envuelve sus brazos alrededor de sí misma.

—¿Y si lo que quieren es a nosotros... muertos?

—No nos van a matar —digo mientras veo cómo registran las mochilas de Doménica e Indiana—. Nos van a llevar a lo más profundo de la selva.

—¿Cómo lo sabes? —pregunta Pen.

—Nos necesitan vivos. —Por ahora.

43 HORAS ANTES

MADDIE

Una sombra entra en mi tienda.

—Maddie. —Génesis pone una mano sobre mi hombro y me estremezco.

—Le dispararon a Ryan. —No es lo que quería decir. Pero lo único que puedo escuchar es el eco del disparo. Lo único que puedo ver es a mi hermano cubierto de sangre.

—Lo sé. —Génesis vacía mi mochila y empieza a revisar mis cosas—. Tenemos que hacer el equipaje.

—Yo no voy. —Ya he perdido a mi padre. No puedo perder también a Ryan.

Enrolla una de mis camisetas limpias y la mete en mi mochila.

—Si no vienes, te matarán.

—Si voy, dejarán morir a Ryan.

—No hay nada que podamos hacer por él. —Su voz se casca y, durante un segundo solamente, puedo ver su dolor.

La rabia cruje como el fuego dentro de mí. Le arranco mi mochila de las manos. Ella *no tiene* derecho a esa clase de dolor. Ella no estaba allí cuando recibí la llamada sobre mi padre. Ella no visitó a Ryan cuando estaba en rehabilitación. Permitirle ir de fiesta con sus amigos hizo que empeorara, que no mejorara, y no tiene derecho a...

Génesis me mantiene la mirada, como si pudiera leer mis pensamientos.

—Yo también lo quiero, Maddie.

No puedo pensar.

Mi prima hala la mochila, me la quita de las manos y empieza a meter cosas dentro.

—No podemos abandonarlo —susurro.

Pone la mochila a un lado y empieza a enrollar mi saco de dormir.

—Quedarnos aquí no ayudará a Ryan, sino que hará que nos maten.

Tiene razón. Necesito un plan mejor—. ¿Trajiste un teléfono satelital?

—No. La idea consistía en estar fuera de alcance por un tiempo. —Abrocha mi saco de dormir a la parte inferior de mi mochila y después toma una pequeña ampolla que estaba escondida debajo de este. La ampolla de insulina que me faltaba—. ¿Necesitas esto?

Mis ojos se anegan de lágrimas de nuevo al mirar fijamente la ampolla.

—La había perdido.

Génesis desliza la ampolla en un bolsillo lateral de sus shorts de excursionista y lo cierra con cremallera.

—No podemos permitir que ocurra de nuevo.

—No le habrían disparado si yo no la hubiera perdido. —No puedo evitar moquear.

Génesis pone frente a mí la mochila que me ha vuelto a preparar.

—Julián fue quien apretó el gatillo. No tú.

—¿Así que se supone, sencillamente, que *abandonemos* a Ryan aquí? —Mis palabras suenan medio ahogadas, nuevas lágrimas me enturbian el interior de mi tienda de campaña.

Ella baja la voz hasta que prácticamente estoy leyendo sus labios.

—Pagarán por esto, Maddie. Te lo *juro*. Pero hasta entonces, es necesario que mantengas la boca cerrada y la cabeza baja.

Mis lágrimas no quieren dejar de correr.

—Pero él *morirá* si lo abandonamos.

—*Moriremos* si no lo hacemos. —Exhala lentamente—. ¿De qué le serviremos entonces? —Puedo percibir cómo atrae el dolor y el temor a sus pensamientos. Se desconecta de todo, como hizo cuando su madre murió.

Eso me asusta más que una banda de secuestradores armados.

GÉNESIS

—¡Sebastián! —Nico alza el cuello para levantar la mirada del suelo, donde está atado con quince rehenes más—. ¡No hagas esto! —Su atención pasa rápidamente de mí a nuestros captores—. Llévame, por favor. ¡Déjame ayudar!

—¡Déjalo! —grito al balancear la mochila para ponérmela en los hombros. El pensamiento de tener cerca a ese bastardo traidor hace que se me ponga la carne de gallina—. ¡Ha hecho más de lo necesario!

—Génesis, yo no... —Nico lucha por levantar la cabeza lo suficiente para verme—. Esto no estaba...

—¡*Cállate*! —grita Silvana, levantando la mirada del mapa que sostiene Sebastián—. O yo misma te meteré una bala.

La mandíbula de Nico se cierra de golpe, pero nos sigue observando.

—¿Estás listo? —le pregunta Silvana a Sebastián.

—Sí. Vámonos. —Sebastián dobla el mapa y lo empuja dentro de su bolsillo trasero, mientras Silvana les da a sus demás hombres una señal de «rodéenlos» por encima de la cabeza de él.

Nadie habla mientras nos conducen fuera del claro flanqueados por siete de los nueve hombres armados. El octavo está en la tienda de campaña con Ryan, y los dos restantes vigilan a los cautivos atados boca abajo, en el suelo.

Indiana camina junto a Maddie, mientras ella anda a paso lento delante de mí. Penélope y Doménica miran fijamente a tierra, como si las asustara ver o escuchar demasiado y que las mataran por ello. Me quedo con cada detalle. Como dice mi padre, hombre precavido vale por dos.

Mi padre también afirma que Colombia no es segura. Pero ¿cómo se suponía que yo supiera que hablaba en serio, cuando su nivel cotidiano de paranoia me sentenció a años de Krav Maga, defensa personal y clases de supervivencia?

Si me hubiera dicho que había una amenaza específica en Colombia, yo no le habría pagado nunca al piloto para que nos trajera aquí. Mis amigos y yo no estaríamos dirigiéndonos ahora al interior de la selva a punta de pistola.

Ryan no habría recibido el disparo.

Maddie solloza cuando pasamos por delante de la tienda de Ryan. Luego se suelta de Indiana de una sacudida y se dirige hacia donde está su hermano.

Intento agarrarla por el brazo, pero llego tarde. Sebastián la engancha por la cintura y la arrastra de nuevo hacia mí.

—Anda, Maddie —le susurra al oído.

A mí me dice:

—Ayúdala o va a salir lastimada —y la advertencia me hiela la sangre.

—¿Qué ha dicho? —pregunta Indiana cuando Sebastián trota hacia el principio de nuestro grupo y se saca el mapa del bolsillo.

—Dijo que si no la ayudo, no saldrá viva de la selva.

Agarro a Maddie por un brazo e Indiana lo hace por el otro. Durante los primeros pasos tenemos que llevarla a rastras. Está decidida a quedarse con Ryan, aunque eso signifique que la entierren con él.

No puedo permitir que eso suceda.

Quizás Maddie se sienta responsable de lo que le ha ocurrido a Ryan, pero todo esto es culpa mía. Yo los arrastré a todos conmigo a la selva. *Tengo* que sacarlos a todos de aquí.

42.5 HORAS ANTES

MADDIE

No está muerto. No está muerto. No está muerto.

Camino sin ver el sendero. Sin escuchar realmente a los pájaros, a las ranas ni a los monos. No puedo procesar nada a través del embudo de dolor que va estrechando mi atención a ese único momento. A la visión de mi hermano cayendo sobre el suelo de la selva.

—Maddie —susurra Génesis, cuando hacemos crujir las ramas y apartamos densas matorrales—. Necesito que mantengas la cabeza en el juego. No me hagas vengar a Ryan sola.

¿Vengar?

Me obligo a centrarme de nuevo en el mundo. Ella parece exactamente su padre.

Está bien. Que vengue a Ryan. Génesis es *estupenda* en la venganza.

Tengo que volver con mi hermano. Pero si salgo corriendo, solo conseguiré que me disparen. Necesito una distracción. O una oportunidad.

Me libero del agarre de mi prima y, al ver que esta vez no echo a correr, me deja tranquila.

Génesis piensa que he tirado la toalla. Pero pronto descubrirá lo mucho que tenemos en común.

42 HORAS ANTES

GÉNESIS

—Yo no quería esto. —La nariz de Julián ha dejado por fin de sangrar, pero su susurrada insistencia de que él no se había alistado para aquello suena como un quejido nasal—. No me gusta esa puta.

Moisés asiente con la cabeza.

Es obvio que hay disensión en las filas y, si es mucho más que la nariz rota, yo debería ser capaz de explotar su ira y abrir una brecha entre nuestros captores.

Pero sería de gran ayuda saber por qué nos estaban secuestrando. Por desdicha, no sé nada sobre la situación política colombiana, excepto que Maddie afirma que las guerras del narcotráfico y la revolución de la guerrilla —las principales fuentes de violencia que mi padre recuerda— han acabado prácticamente. O se equivoca, o esto gira en torno a otra cosa.

Silvana sabía quién era yo. Los hombres armados pronunciaron mi nombre cuando registraban las tiendas de campaña. Mi padre me dejaría ir a cualquier lugar del mundo, excepto a Colombia. Esto tiene que ser algo más que política local.

Tiene que ver conmigo. Pero ¿por qué?

Mi padre y mi madre se mudaron a Miami cuando yo tenía doce años. Mi tío David nació seis meses después y estaba obsesionado con su herencia colombiana, pero mi padre nunca habla sobre su infancia en Cartagena. Hasta donde yo sé, no ha vuelto desde el día en que se fue.

Me agacho en la senda para anudar el cordón de mi bota, y dejo que Rog y mis amigos me pasen hasta que me encuentro a una distancia en que pueda escuchar lo que dicen Óscar y Natalia, la otra mujer secuestradora, que cubren la retaguardia. Pero lo único de lo que me entero es que, decididamente, ella *no* es su hermana.

Cuando me pongo de pie, un disparo retumba por toda la selva.

Maddie se vuelve hacia mí, con los ojos muy abiertos y nadando en lágrimas.

—No —le susurro, y la agarro del brazo—. No, Maddie, no ha sido Ryan.

—¿Cómo lo sabes? —pregunta entre sollozos entrecortados.

Lo sé, porque no necesitan otra bala para matar a Ryan. Lo único que tienen que hacer es abandonarlo.

—¡*Vamos!* —grita Silvana y Maddie salta. Indiana le retira la mochila y pasa un brazo alrededor de sus hombros, instándola a seguir adelante.

Se oye un segundo disparo desde detrás de nosotros, y Penélope empieza a llorar. Luego deja de caminar.

—Haz que se mueva o será la siguiente —ordena Silvana, y camina hacia atrás para poder mirarme.

Me trago un gruñido y paso mi brazo alrededor de Penélope. No puedo dejarla morir, aunque me hubiera apuñalado por la espalda como lo hizo.

—Eh —le susurro muy cerca del oído—. Tienes que seguir caminando.

—No puedo. —Agarra mi brazo y su presión es tan grande que mis dedos empiezan a hormiguearme—. Nos van a matar. Somos los siguientes.

—No lo van a hacer... —ambas nos estremecemos cuando resuena el tercer disparo.

Rog cierra los ojos e inclina la cabeza durante un segundo.

—¡Marchen! —grita Silvana.

Halo a Penélope hacia adelante cuando nos llega el sonido del cuarto tiro. Seguimos avanzando, su mano muy apretada en torno a la mía, mientras disparan bala tras bala, cada una de ella separada de la anterior por una breve pausa.

Pen se estremece con cada una de ellas, pero yo las cuento.

Diecisiete disparos. Pero solo dejamos atrás a dieciséis rehenes atados y en el suelo.

41 HORAS ANTES

MADDIE

El bosque se torna gris y silencioso a mi alrededor. No escucho nada, sino el eco del disparo.

Diecisiete disparos, dieciséis cautivos atados. Incluido Nico. Solo tiene sentido si cuento a Ryan.

A menos que encontraran a Luke.

La culpa trae nuevas lágrimas a mis ojos.

Mis piernas dejan de moverse, pero Indiana me hala.

—No sabemos lo que esto significa —insiste—. Tal vez hayan disparado al suelo para hacernos creer que están dispuestos a matarnos. Para mantenernos a raya.

Me aferro a esa lógica, porque es lo que necesito oír. Si están dispuestos a matarnos, ¿por qué intentarían salvar a Ryan? ¿Por qué no dispararles a los demás rehenes delante de nosotros?

Nada ha cambiado. Mi hermano podría seguir con vida.

Me aferro a ese pensamiento mientras nuestra senda se va haciendo más escarpada, y tengo que asir bambú y puñados de bejucos para colgarme y sortear los obstáculos del camino. Sudo demasiado y bebo poca agua. Pero, entonces, la estrecha senda gira y desciende colina abajo, y la marcha se hace más fácil. Estoy atenta a la primera oportunidad de correr.

—¡Cinco minutos de descanso! —grita Silvana cuando llegamos a un claro y exhalo lentamente.

Holden, Penélope, Indiana y Doménica se reúnen en torno a Génesis sobre unos troncos caídos, mientras comen algo de la comida que llevan en las mochilas.

La reina Génesis podría recibir en audiencia en el infierno, sin nada más refrescante que agua hirviendo que ofrecer. Socialmente, nada ha cambiado. Sin embargo, ella no parece estar escuchándolos.

—¿Cómo está tu nivel de glucosa? —pregunta al abandonar a su séquito.

Me encojo de hombros. Mis ojos se llenan de lágrimas al sacar una barra de proteína de mi mochila. Ryan siempre se aseguraba de que tuviera muchos tentempiés bajos en hidratos de carbono.

—Maddie. —Génesis pone una mano sobre mi comida, para que tenga que mirarla—. ¿Qué indica tu bomba?

Compruebo la pantalla. El azúcar en sangre está en torno a ochenta. Demasiado alto.

—Solo necesito un tentempié. —Pronto tendré que cambiar la colocación de mi bomba de insulina e instalar un recambio nuevo, pero eso requerirá tiempo y energía que no quiero gastar ahora.

—¡Vamos! —vocifera Silvana y nos ponemos en marcha de nuevo.

—¿Adónde crees que nos llevan? —le pregunto a Génesis mientras me seco el sudor de la frente.

Ella se encoje de hombros.

—Conseguir un rescate lleva tiempo. Ni siquiera han enviado todavía una petición. De modo que tienen que tener un campamento en algún lugar.

—Ryan no *tiene* tiempo —murmuro.

Holden se acerca a mi prima por el otro lado.

—Despierta, Maddie. Tu hermano está *muerto* —susurra ferozmente, y yo respiro hondo e intento contener las lágrimas—. La única forma de impedir que nos ocurra lo mismo al resto de nosotros es tomar medidas. Necesitamos...

—*¡Cállate!* —Génesis lo empuja con ambas manos, y Holden tropieza y se cae sobre un árbol. Los rifles se mueven en nuestra dirección. De repente, la marcha se detiene.

Holden se impulsa sobre el tronco para ponerse derecho. Su cara es de color rojo intenso y está furioso.

—Pero ¿qué demonios? —exige con sus dientes apretados.

—Sé útil o quítate de en medio. —Génesis me agarra del brazo y me aparta de él.

Silvana se ríe.

—*¡Vamos!* —grita. Y reanudamos la marcha.

GÉNESIS

—¿Oyes eso? —miro hacia la selva con el ceño fruncido y me concentro en el nuevo sonido—. Caminar colina abajo suele conducir a...

—Agua. —Indiana acaba la frase. El sonido de la corriente se intensifica con cada paso y, entonces, la senda se abre en un amplio claro. Pero no hay río. Tras escrutar el espacio vacío durante un segundo, entiendo por qué.

El claro acaba en un acantilado que da a un rugiente rápido tan por debajo que no alcanzo a ver el agua desde donde me encuentro.

Dejo caer mi mochila al suelo y me acerco al borde para mirar al río. Indiana me sigue con un brazo extendido. Preparado para agarrarme si me caigo.

—¡Maldita sea! —La frustración sobrecarga mis brazos y mis piernas. Estamos cansados, hambrientos y sucios, y no puedo justificar beber más de mi agua hasta saber si puedo rellenar las botellas.

—¿Creíste que ibas a nadar, *princesa*? —Silvana me habla con desprecio y se mantiene bien alejada del acantilado—. Vamos.

—Madalena... —La voz de Sebastián contiene una sobrecogedora tensión y me vuelvo para ver a mi prima que camina lentamente hacia mí. Hacia el borde. Sus manos tiemblan.

—Maddie. —Se me pone la piel de gallina, a pesar del calor. Alargo los brazos para retenerla, pero ella se acerca aún más.

—Agárrala —ordena Silvana desde el tenso silencio que hay detrás de nosotras. Pero nadie más está lo bastante cerca, porque hay que estar loco para acercarse tanto a esa especie de caída.

O desesperado.

—Maddie —la llamo, pero ella no me oye. Su mirada rastrea río abajo. El río fluye hacia el este. En la dirección al barracón.

—No lo hagas —le digo, mientras el tenso silencio se alarga detrás de nosotros—. No va a salir bien. —Miro hacia abajo y me da vértigo.

Los extremos delanteros de sus botas están en el aire y me acerco unos centímetros para reunirme con ella. Mis botas arrancan diminutos terrones sueltos de tierra, que caen rodando a la lejana agua debajo de nosotros. Agarro su mano.

—Vamos.

Maddie me permite que la hale un paso atrás. Luego otro. Al tercero, exhalo poco a poco. En el quinto, la suelto.

Indiana pone su mano en la parte inferior de mi espalda, tacto que es tranquilizador.

—¡*Vamos!* —vocifera Silvana, haciéndonos gestos con su pistola.

—¡*Vamos!* —Sus hombres siguen su ejemplo e intentan acorralar con los rifles y miradas furibundas.

Maddie me mira, mientras todos los demás están distraídos. En sus ojos brilla la desesperación. Corre hacia el borde del acantilado. Intento sujetarla, pero sé que es demasiado tarde.

Maddie se lanza al abismo.

GÉNESIS

Caigo de rodillas y miro por encima del borde, pero Maddie ya no está.

Cierro los ojos, tomo una honda bocanada de aire y lo suelto poco a poco. Lo alejo todo de mí.

Luego, me pongo de pie.

Con los hombros erguidos, abro los ojos y me doy la vuelta.

Doménica me mira fijamente. Se tapa la boca con las manos.

—Ah, mierda —exclama Penélope en un soplo—. Ahmierdamierdamierda. Gen...

—¡Basta ya! —La agarro del brazo y la miro directamente a los ojos—. Contrólate *ahora mismo*. —Que entres en pánico no ayudará. Llorar tampoco. Cuando pierdes a alguien, te recompones y *sigues adelante*, porque es lo único lógico.

Penélope se echa hacia atrás para apartarse de mí. La dejo ir.

—*Mierda*. —Silvana por fin se acerca al acantilado y atisba por encima.

—Nos van a matar —susurra Penélope—. Maddie nos jodió a todos.

—*Idiota* —sentencia Silvana y varios de los hombres armados se ríen. Ella se vuelve hacia mí.

—Tu prima acaba de ahorrarme una bala. —Pero algo falta en su voz. Se esfuerza demasiado para convencernos de que todo eso la hace feliz.

—¡Vamos! —ordena Silvana—. ¡Génesis Shipping! ¡Andando!

Le devuelvo la mirada sin moverme, a un metro y medio del acantilado. Ni todas las pistolas del mundo pueden hacer que ella me controle de verdad.

—Agárrenla —ordena Silvana.

Moisés me agarra por el hombro, pero con el antebrazo me zafo de él. Lo agarro por el interior de su bíceps, le giro el brazo hacia adelante y me deslizo detrás de él. He realizado esa maniobra tantas veces que ni siquiera tengo que pensarlo.

Pero la parte siguiente... Si intento una llave de estrangulamiento y uso el peso de Moisés en contra suya, eso nos arrastrará a ambos por encima del acantilado. En vez de ello, clavo los talones y lo empujo.

Cae en cuatro patas. Su rifle se balancea en la correa y araña el suelo.

Un impresionante silencio desciende sobre el claro del acantilado. Es entonces cuando me doy cuenta de que la he liado. Dejo que la memoria muscular haga el trabajo que debería haber realizado mi cabeza, y ahora he dejado ver mis intenciones.

Mientras que Moisés se pone de pie, echo un vistazo por encima del hombro justo cuando algo sale a flote en el río.

Es la mochila de Maggie.

Moisés me agarra de nuevo, y la furia arde en su mirada; retuerzo mi brazo y me zafo de él.

—Si me vuelves a tocar, vas a mear sentado el resto de tu vida.

Silvana apunta su pistola a mis costillas. Su mirada es fría.

—De rodillas, *princesa*. —Me señala el acantilado—. Ahí.

—Haz lo que tengas que hacer —le digo, contando con el hecho de que no me puede matar. Me tomaron como rehén por alguna razón—. No me voy a arrodillar.

Silvana entrecierra los ojos. Mueve la pistola en dirección a Penélope.

—Arrodíllate o le meto una bala en la cabeza a tu amiga.

Pen ahoga un grito. Las lágrimas anegan sus ojos. Me mira fijamente como si de verdad fuera a dejar que muriera por acostarse con mi novio.

Pagará, pero no así.

Me dirijo al arrecife, pero camino hacia atrás para no tener que volverle la espalda a Silvana. El miedo alimenta los rápidos latidos de mi corazón, pero aprieto la mandíbula y estabilizo mis pasos. Miro por encima del hombro una y otra vez, a medida que se acerca el borde del terraplén.

Pen y Doménica están pálidas de terror. Holden e Indiana parecen destrozados, como si no pudieran decidir si una intervención me beneficiaría o pondría las cosas peor para mí.

—Arrodíllate —ordena Silvana.

A menos de treinta centímetros del borde, me dejo caer cuidadosamente de rodillas; después me siento sobre mis talones. Mi certeza de que no me va a disparar flaquea mientras contemplo fijamente el cañón de su pistola.

—¡Tú! —le grita Silvana a Penélope. A continuación, se dirige al resto del grupo—. Todos ustedes, pónganse con ella. —Al ver que nadie se mueve, le da la vuelta a su arma y apunta con la culata a mi cara.

Me estremezco, cierro los ojos y me preparo para el golpe.

—¡Aguarda! —grita Indiana, y levanto la vista para ver cómo se dirige hacia mí. Rog escolta a Penélope con el brazo sobre sus hombros, y Doménica los sigue de cerca, con los dedos tan aferrados a las correas de su mochila que están blancos. Su expresión es ceñuda.

Holden llega de último.

A pesar de su bravuconada con pasar a la acción, no sabe qué hacer cuando un arma apunta a mi cabeza. Cuando hay un problema que ni su dinero ni su apellido pueden resolver.

Estamos en fila, arrodillados a la orilla del arrecife, al estilo ejecución. Silvana hace señas a sus hombres para que avancen y que apunten sus rifles a nuestras cabezas.

Lucho por estabilizar mi respiración. Por el rabillo del ojo observo la respiración entrecortada de Penélope, que lloriquea ahora con una especie de hipido de pánico, agudo y aterrorizado, y estoy segura de que ni ella misma se da cuenta de ello.

Vamos a morir aquí, de rodillas. Humillados y derrotados.

Y soy *yo* quien ha causado todo este embrollo.

Silvana levanta una mano con los dedos extendidos. Mi corazón golpea contra mi pecho cuando los va doblando uno a uno, y hago la cuenta atrás de los segundos que restan para mi muerte.

—Cinco. Cuatro.

Uno de los hombres armados sonríe. Natalia se mueve incómoda y observo que no nos mira a ninguno de nosotros.

No toda la gente de Silvana está contenta con esta demostración.

—Tres.

Tras la línea de ejecutores se encuentran Sebastián y Óscar, con los rifles que apuntan al suelo. Sebastián tiene la mandíbula tensa. Óscar mira a sus pies.

—Dos. —Solo queda su dedo meñique.

Penélope solloza.

—Siento mucho que nos veamos en esto —le susurro. Mi rebeldía ha hecho que para nuestros captores sea más fácil matarnos que aguantarnos lo suficiente como para pedir un rescate.

Silvana deja caer su mano sin pronunciar el último número.

—Esto es lo que tardaré en matarlos si intentan escapar.

A mi izquierda, Penélope tiembla tanto que me asusta que esté sufriendo un ataque. Dejo caer la cabeza hacia delante, y espero que mi pulso se ralentice.

—Álvaro. —Silvana le hace señas con la cabeza al soldado que está frente a mí. Miro hacia arriba cuando él saca un machete de un bucle de su cinturón. Pone la hoja en mi garganta.

Sofoco un grito y me quedo helada. El templado metal hace presión sobre mi carne. Si respiro demasiado hondo, derramaré mi propia sangre.

—Y esto es lo que ocurrirá, si alguno intenta rescatarte —me indica Silvana.

El hombre del machete sobre mi garganta me guiña un ojo y me recorre un escalofrío. Por fin da un paso atrás. Caigo hacia delante, inclinada sobre mis rodillas y seco las lágrimas de mi mejilla, tan pronto como se producen.

No estoy muerta.

Cuando recojo mi mochila y vuelvo a ponerme en la fila, paso junto a Silvana y Moisés.

—*Busca el cuerpo* —le susurra ella.

Aprieto la mandíbula hasta que mis dientes crujen. Le acaba de decir que busque el cuerpo de Maddie.

40.75 HORAS ANTES

MADDIE

Grito mientras me zambullo en el río. El agua me llena la boca.

El río me lanza corriente abajo y vuelo contra la corriente. Me golpeo el codo contra una roca. Los pulmones me arden.

Lucho por subir a la superficie y trago tanta agua como aire. La corriente es demasiado fuerte. Mi mochila también es demasiado abultada. El río me la arranca cuando reboto contra las rocas y las ramas que flotan.

Vuelo río abajo.

Totalmente fuera de control.

GÉNESIS

La lluvia empieza a caer a media mañana, lo suficiente como para mantenernos húmedos e irritables.

Nadie habla. Estamos todos perdidos en nuestros pensamientos, tierra adentro en el temor y el agotamiento, aislados por el sonido de la lluvia y la dificultad de caminar. Me agacho en el descenso de colinas embarradas, y agarro puñados de bambú y bejucos colgantes; se me desuellan las palmas de las manos y me magullo las rodillas, pero no dejo de pensar en Maddie y Ryan.

Mis primos. Se han ido. Igual que mi madre.

Me cuesta respirar. Cada paso exige un esfuerzo tremendo.

¿Podría estar equivocada? ¿Siguen vivos? ¿Lo podrán estar por mucho tiempo?

Solo estoy segura de que todo es culpa mía.

40.5 HORAS ANTES

MADDIE

Me estrello contra algo que sobresale en la orilla. Una raíz gruesa. El agua se precipita a mi alrededor. Me hala. Ruge en mis oídos. Pero aguanto.

Tomo una honda bocanada de aire.

Primero una mano y después la otra, me impulso hacia la orilla.

39 HORAS ANTES

GÉNESIS

—¡Quince minutos para almorzar! —grita Silvana.

Soy una habitual del ejercicio, pero me duele todo por culpa del penoso ritmo de la marcha. Mi ropa está mojada por la lluvia intermitente y mis botas están totalmente cubiertas de barro.

Indiana y Doménica arrastran por el barro un tronco caído, hasta donde me encuentro; mis amigos se reúnen en torno a mí, y sacan de sus mochilas comida y botellas medio vacías de agua.

Estoy muerta de hambre, aunque estoy harta de atún y de barritas de proteína, así que le cambio a Indiana un paquete de atún con limón y pimienta y doce galletas saladas empapadas por dos cucharadas (aproximadamente) de manteca de cacahuetes y un pastel de harina de avena.

Lo que daría por una cazuela de *crème brûlée*. Incluso por un simple sándwich de pavo.

—¿Y bien? —La lluvia gotea sobre la barrita energética gourmet sin abrir de Penélope. Ambas nos centramos en el lugar donde nuestros captores se han dividido en dos grupos: uno en torno a Sebastián, el otro sentado alrededor de Silvana—. ¿Cuál es el plan? —Su labio tiembla—. ¿Vamos a esperar sin más a que vengan a rescatarnos?

—No. —Holden ocupa un lugar junto a ella en el tronco—. Vi a Sebastián con un teléfono satelital, pero todavía no ha llamado para comunicar sus exigencias. —Pone su mano torpemente sobre su propia pierna. Es como si quisiera halar a Pen y abrazarla, pero sabe que si la toca tendrá mucho más que temer que a nuestros secuestradores—. No nos van a rescatar a corto plazo.

—Eso no puede ser bueno —susurra Doménica.

No, no puede serlo. Significa que se trata de algo más que el dinero del rescate. Quiere decir que están preparados para retenernos durante largo tiempo, y que no tienen por qué mantenernos a todos con vida para conseguir lo que sea que quieran.

Le echo una mirada segura, confiada, como si me protegiera el rostro de las últimas gotas de lluvia con una mano.

—Solo significa que esperan hasta llegar a su base de operaciones para decidir a quién llamar y qué pedir.

Holden abre una bolsita de cacahuetes con más fuerza de la necesaria.

—Lo que significa es que esto no va a acabar pronto, a menos *que nosotros le pongamos fin.*

38.75 HORAS ANTES

MADDIE

Me derrumbo sobre la tierra mojada, sin resuello. Tengo una hoja pegada a la mejilla. La hierba se afianza a mi ropa empapada.

El codo me da punzadas. Mi barbilla está en carne viva. Mis extremidades pesan cincuenta kilos cada una. Pero estoy viva, solo ligeramente mareada por la deficiencia de insulina.

La insulina...

Con un gemido, me obligo a ponerme en pie y me levanto la camiseta para comprobar la condición de mi bomba. Mis hombros se encorvan de alivio. Sigue funcionando. Nada más importa.

Nada, sino recuperar a mi hermano.

Me froto la cara con las manos. *¡Piensa!*

No pudimos caminar más de una hora hacia el sur del barracón y el río me transportó hacia el sureste. Ryan no puede estar a más de una hora de camino hacia el norte.

Bueno... hacia el norte... *aproximadamente.*

Salgo a tropezones en la dirección que espero sea la correcta y me mantengo en pie por las pendientes embarradas con la ayuda de ramas y raíces a las que me agarro. Me alejo más y más hacia el nordeste.

Cada vez más cerca de mi hermano.

«Por favor, que estés vivo».

Las lágrimas me difuminan la selva. Mi bota se engancha en algo y me estrello contra el suelo. Me vuelvo a levantar, ahora corro.

Las ramas me golpean en la cara. Los espinos agarran mi ropa. Sigo corriendo.

GÉNESIS

Sin Moisés, nosotros somos seis y ellos también. Holden rasga un paquete de almendras saladas mientras camina, y varias de ellas caen en el sendero.

—Las probabilidades son las mismas.

—Las armas inclinan la balanza a su favor —señala Indiana mientras salta un charco de barro.

Holden se encoge de hombros.

—Bueno, pues les quitamos un par de ellas.

—Brillante. —Tengo que luchar por no poner los ojos en blanco—. Quiero decir, estoy segura de que nos entregarán sus armas sin más, si se lo pedimos con amabilidad.

La mirada de Holden se endurece.

—Te he visto convencer al empleado de la seguridad de la discoteca solo con una blusa escotada. ¡Demonios, lograste meternos en un tour privado del parque, haciéndotelo con Nico! —Le lanza una mirada a Indiana, y es evidente que espera una reacción por su parte, pero Indiana es inmune al drama, y esto enoja aún más a Holden—. Estoy seguro de que puedes utilizar tus superpoderes, pero esta vez para bien. Distrae a un par de los guardias el tiempo suficiente para que les quitemos sus armas.

Me ruborizo y, enseguida, mi incomodidad estalla en una ira candente por su hipocresía. Mi mirada va, sin rodeos, de Holden a Penélope, y viceversa; Penélope se estremece. Pero no les echo en cara su traición, porque a diferencia de mi temperamental novio, no necesito ponerme histérica para hacer un comentario.

Al contrario, le digo que eso es mentira.

—A ver si lo he entendido bien. ¿Pretendes que yo me lleve, no a uno, sino a *dos* de estos hombres armados a los matojos, que me desnude con ellos para que tú puedas intentar quitarles el arma?

La mirada de Holden adquiere un destello cruel.

—Acabarías haciéndolo, así que ¿por qué no ahora?. —Intenta que arremeta contra él para demostrar que mi carácter es tan inestable como el suyo. Que no tengo más autocontrol que él—. De alguna manera me lo debes.

—Oye, tío. —Indiana intenta interponerse entre nosotros en el camino—. Esto no es...

—¿Que yo te lo *debo*? —Interrumpo a Indiana, porque no quiero verle arrastrado a la basura que somos Holden y yo.

—A todos nosotros. —Las palabras salen con tanta rapidez de la boca de Holden que apenas puedo seguirlas—. Tú tienes la culpa de que estemos aquí. Génesis dice salta y todos nos lanzamos al cielo. Génesis dice una excursión a la selva y todos nos abastecemos de repelente de insectos. —Salta desde una pequeña pendiente, donde el agua ha regado la tierra desde debajo de una gran raíz de árbol y después me mira—. Si por mí fuera, ahora estaríamos de fiesta en la plana de Cartagena. —La susurrada diatriba adquiere un tono más encarnizado, más frío, y la saliva saltaba de su boca con cada sílaba—. Esto es culpa *tuya*, así que te vas a quitar lo que te tengas que quitar para mantener ocupados a estos salvajes de la selva.

Doménica se estremece.

Penélope pone una mano sobre su brazo, como si pudiera calmarlo con solo tocarlo.

—Está bien, ya hemos tenido *más* que bastante con tus comentarios fuera de lugar. —Indiana salta por encima de la raíz y aterriza en el barro, frente a Holden, con los puños apretados.

Silvana se percata del conflicto y saca un enorme cuchillo de la funda que lleva en la cintura.

—Cállense y sigan adelante —amenaza con el cuchillo a cada uno de ellos, por turno—. O uno de ustedes va a perder un dedo.

Indiana se voltea y me ofrece una mano por encima de la raíz, pero la tensión es más densa que el aire agobiante de la selva misma.

—Muy bien, dejemos a un lado el ofenderme tratándome de zorra y el actuar de proxeneta; esto no es un chiste, Holden —espeto en voz muy baja, decidida a frenar en seco su peligroso plan—. No llevo puesta mi lencería Kevlar.

Holden solo pone los ojos en blanco.

—No es que les esté pidiendo a todos algo que yo no estuviera dispuesto a hacer. Me ocuparé de Natalia. Pero ustedes las chicas solo son tres y los hombres armados son cinco, de modo que... —se encoge de hombros—. Hagan ustedes las cuentas.

—Sí, mis cálculos parecen algo distintos. —Entro en el espacio personal de Holden y lo miro como si yo destacara por encima de él, una habilidad que aprendí de mi padre—. Penélope fue el primer *strike*. Este es el segundo. Uno más y *estás fuera*.

MADDIE

Por mucho que apriete, no puedo llegar allí con suficiente rapidez.

Ryan se está muriendo.

Los bejucos me golpean el rostro. El barro succiona mis botas. El sudor me gotea en los ojos. Me seco la frente, pero mi brazo sudoroso y mi manga húmeda no son de ayuda.

Me pica la pierna y, cuando me rasco, la sangre corre por mi piel. La mancha roja parece flotar delante de mí y, cuando miro de soslayo, veo diminutas picaduras de mosquito dispersas por mi piel.

Se me revuelve el estómago, pero no tengo nada que vomitar. No logro recordar cuándo fue la última vez que comí.

Me levanto la camiseta mojada y echo un vistazo a la pantalla de mi bomba. El nivel de glucosa está en sesenta y cuatro. No es bueno. Me bajo la camiseta y respiro hondo hasta que el vértigo pasa.

Punto para la selva.

GÉNESIS

Doménica mira a Holden, mientras Sebastián nos hace un gesto de «sigan caminando».

—No me quitaré nada —dice ella.

—Nadie se va a quitar nada y *no* vamos a ir por sus pistolas —susurro. Viramos de nuevo al oeste por el embarrado sendero, de cara al sol—. Es necesario que nuestro plan sea absolutamente menos obsceno y suicida.

—De acuerdo. —Indiana se encorva bajo un bejuco que cuelga muy bajo—. ¿Qué tienes en mente?

Pero, en ese momento, Óscar y Natalia se acercan más a nosotros por la senda y tenemos que marchar en silencio hasta que se apartan, quince minutos después.

—Objetivos fáciles y manipulación psicológica —respondo cuando estoy segura de que no nos escuchan.

—Bueno, tú estás calificada como nadie para eso. —Holden lo suelta a modo de insulto, pero yo valoro cada arma de mi arsenal.

—Silvana podría estar tallada en piedra —susurro, en un tono lo bastante alto para que tres de ellos lo oigan—. Sin embargo, Sebastián intentó ayudar a Ryan. No creo que quiera que alguien salga herido. Podemos usar eso.

Holden me mira como si yo hubiera perdido la razón.

—¿Entonces... quieres... qué? ¿Ponerlo de nuestra parte?

Me encojo de hombros.

—O al menos quitarlo del lado de Silvana. Él es diferente a los demás. No parece gustarle la violencia y es amigo de Nico.

Holden pone los ojos en blanco.

—Nico tenía su lengua dentro de tu boca, así que es natural que confíes en tu amigo con tu vida. *Esa* es una sólida estrategia para tomar una decisión.

Mi mirada se estrecha cuando lo miro.

—¿Y chulear a tu novia con un secuestrador armado a cambio de una pistola es mejor plan?

—*Sí*. Nico *está metido en esto*, Génesis —insiste—. No podemos confiar en nada de lo que haya dicho o hecho.

Al principio, yo también lo pensaba. Pero los secuestradores habían dejado a Nico atrás. Es probable que le hubieran disparado. Creo que lo han estado utilizando desde el momento en que aterrizamos en Cartagena.

Desde el instante en que entré en casa de mi abuela y lo vi arreglando un armario, ellos lo estaban usando para llegar hasta *mí*.

MADDIE

Bananas. Montones de ellas. Pero todas están demasiado verdes y son difíciles de comer.

Sigo tropezando, apartando bejucos y ramas borrosas de mi camino hasta que un fruto familiar, de color verdoso-marrón, capta mi atención.

Es una especie de espejismo de la selva: mi cerebro me muestra lo que necesito ver, no lo que hay realmente aquí.

Pero, entonces, arranco uno de los aguacates que cuelgan a unos treinta centímetros por encima de mi cabeza. Es real.

Su piel es lo bastante blanda como para permitirme atravesarla con la uña de mi pulgar, así que me arrodillo en el barro y halo un trozo de cáscara verde. Me como la carne como si fuera una pulposa manzana, hasta que llego al hueso.

Agarro tres más y me los como mientras camino.

El alimento me hace recobrar el enfoque y me percato de que no tengo ni la menor idea de dónde me encuentro.

Miro de árbol a árbol, de bejuco a bejuco, en busca de algún punto de referencia familiar.

A Ryan no le queda tiempo para eso.

Cálmate, Maddie. Piensa.

Cierro los ojos y respiro hondo. *Utiliza el sol.*

Alzo la mirada. Si estoy en el hemisferio sur, estar frente al sol significa que me encuentro de cara al norte. De modo que giro a mi derecha y tomo el rumbo más próximo al este-noreste que puedo.

En pocos minutos llego a un sendero estrecho. En medio de él hay un tronco cubierto de musgo con el que tropecé poco después de que los secuestradores empezaran a sacarnos del campamento.

Aliviada, corro camino abajo. A unos cuarenta y cinco metros encuentro una colilla de cigarrillo manchado del maquillaje de Silvana. Comienzo a correr, tropezando a cada paso, y cuando veo la parte superior de una tienda de color amarillo brillante, me detengo en medio del camino, sollozando.

Lo he conseguido. Yo sola.

Un punto para la chica diabética.

Lucho contra la urgencia por atravesar el campamento corriendo, en busca de mi hermano, pero opto por arrastrarme siguiendo el costado trasero de la línea de tiendas. Aguzo el oído para ver si se oyen pasos y voces de alguien que pudiera haber quedado atrás, pero no escucho nada que supere el sonido del rugido de mi propio pulso.

A Ryan le dispararon al final de esta fila de tiendas. Me encuentro tan solo a unos metros. Una única tienda de campaña anaranjada me tapa la vista.

Mi corazón late tan fuerte que amenaza con hacerme perder el equilibrio. Retiro la portezuela de la tienda naranja.

Ryan no está.

El campamento está vacío.

Pero hay una pila de tierra suelta debajo de un árbol, al borde del claro.

Una tumba individual.

37 HORAS ANTES

GÉNESIS

Los hombres armados nos empujan con sus rifles y nos obligan a ir cada vez más rápido en el barro resbaloso, hasta que prácticamente nos deslizamos colina abajo. Penélope tiene la mirada perdida y, cada vez que necesitamos subir o bajar, tengo que sacudirla para que regrese a la realidad.

La tentación de abofetearla para que despierte es casi irresistible, pero la conmoción en que se encuentra es demasiado grande como para entender que mi motivación es, al menos, retribución y amistad a partes iguales.

Si la golpeo, quiero que comprenda por qué lo hago.

Indiana intenta ayudarme a mantenerla en marcha, pero Holden está perdido en sus propios pensamientos y, por las veces que mira los rifles de los hombres armados, puedo decir que sus pensamientos conseguirán que nos maten.

Por fin, Silvana anuncia una pausa para ir al baño.

—Cinco minutos —grita—. *Nada más.*

Pen, Doménica y yo nos dirigimos a los bosques para aliviarnos, escoltadas por Natalia y su rifle. De vuelta al claro, escucho discutir a Sebastián y Silvana en voz baja. Me detengo detrás de un árbol e intento escuchar, pero solo puedo percibir algunas briznas de conversación.

—*No se suponía que iba a morir...* —sisea Sebastián—. *No se suponía que muriera.*

Están hablando de Ryan. Mi mano se aferra a la correa de mi mochila, hasta clavarme la hebilla. ¿Saben que está muerto o solo lo suponen?

—*... mi jefe se pondrá furioso... Se va a cabrear.*

—Mi jefe no dará una mierda, mientras no consiga lo que quiere —responde Silvana.

La cabeza me da vueltas. Ella no trabaja con Sebastián. Y es obvio que no le importa si alguno de los rehenes muere. Podría formar parte de algún grupo político escindido o tal vez sea miembro de un cártel de la droga. Maddie dijo que el conflicto en Colombia había acabado, pero no es propio que la gente haya dejado de usar las drogas.

Un palo cruje bajo mi pie y, asustada, retengo la respiración, esperando ver si me han oído. Pero siguen discutiendo.

Silvana deja que el rifle cuelgue de su correa y apoya sus manos en sus caderas.

—Ocúpate tú de los rehenes y déjame a mí que haga mi trabajo.

¿Significa eso que él va a encargarse de nosotros?

—*Llámale* —responde él, y se saca el teléfono satelital de su mochila—. *Enseguida. Llámalo. Ahora mismo.*

Silvana lo mira fijamente. Pero después toma el teléfono y aprieta un botón.

Oigo una serie de tonos suaves al marcar el teléfono de forma automática. Se lo lleva al oído y, un segundo después, habla.

—*Buenas tardes*, Hernán. *Tenemos a Génesis, a Ryan y a Madalena.* Ya sabes lo que queremos por ellos.

Darme cuenta de lo que sucede es para mí como la impresión de una lluvia fría.

—¡Papá! —corro hacia ella para quitarle el teléfono, pero Sebastián me intercepta y me agarra por la cintura—. ¡Papá!

—¡Génesis! —la voz de mi padre es suave, distorsionada por la distancia y por la conexión inalámbrica, pero puedo percibir el poder que tiene. Está gritando. En la oficina que tiene en casa, es probable que la vitrina de cristal detrás de su escritorio vibre.

—¡Vamos! —golpeo la barbilla de Sebastián con el tacón de mi bota. Solo consigo que su agarre se tense. Le clavo el codo en las costillas. Suelta un gruñido y la sujeción se debilita—. ¡Estamos en la selva! —grito—. En algún lugar cerca de...

Silvana saca su pistola con la mano izquierda y apunta hacia mí.

—Detente —susurra Sebastián en mi oído con un fuerte acento.

—¡Está mintiendo! —grito—. No tienen...

La mano de Sebastián me tapa la boca.

—Danos lo que queremos y los tendrás a los tres de vuelta —dice Silvana por teléfono.

—¡No la toquen! —grita mi padre—. Silvana, si la tocas, te...

—Tienes hasta las tres de la tarde de mañana. Veinticuatro horas, Hernán.

Silvana me lanza una sonrisa engreída y da por concluida la llamada.

MADDIE

Caigo de rodillas en tierra. Las lágrimas llenan mis ojos y hacen que todo lo que me rodea sea borroso.

No es Ryan. No puede *ser él.* Oímos diecisiete disparos. Cualquiera podría estar enterrado bajo ese árbol.

Pero no podrían estar los diecisiete. Es una tumba individual.

Me arrastro hacia la tierra fresca. Las rocas me hieren las palmas de las manos y me produce cortes en las rodillas. El resto del campamento se desdibuja y se desvanece por el rabillo de mis ojos.

Tengo una misión y solo consta de dos partes.

Excavar la tumba.

Ver *cualquier otra cara en el mundo* que no sea la de mi hermano.

Agarro el primer terrón de tierra, empiezo a cavar, echando con frenesí un puñado de tierra tras otro, por encima de mi hombro. La tierra se mete debajo de mis uñas. Los insectos aterrizan en mi cuello, pero apenas siento las picaduras. Mi respiración duele con cada inhalación. Me ahogo con mi propio miedo.

A unos cuarenta y cinco centímetros, araño una franja de algodón cubierta de barro. Caigo hacia atrás sobre mis talones y me seco la cara con las dos manos mugrientas; respiro a pesar del ardiente dolor que envuelve y aprieta mi pecho. Ahora *clavo* mis uñas en la tierra, sorbo mis lágrimas y cada poco de tierra que aparto, deja al descubierto una camiseta manchada de sangre y suciedad.

Mis dedos arañan metal, me quedo helada.

No.

Aparto la tierra. Me tiemblan las manos cuando agarro el medallón.

Mi padre llevaba uno exactamente igual. Lo usaron para identificar sus restos, en la camioneta calcinada donde lo encontraron, en las afueras de Cartagena.

Como mi padre, Ryan nunca se quitó su medallón.

—No, no, no. —Halo a Ryan por los hombros, destrozada por la dócil resistencia de su peso, al abrazarlo contra mi pecho.

—¡Ryan... Ryan! —Esto no puede ser real. No puede haberse ido.

Una rama chasquea a mi izquierda y levanto la mirada, todavía aferrada al cuerpo de mi hermano.

Moisés está a unos cuatro metros de mí y su rifle apunta a mi cabeza.

—Vaya, vaya, ¡cuánta ternura!

GÉNESIS

—¿Por qué llamaron para pedir rescate solo por *ella*? —pregunta Doménica cuando vadeamos el estrecho río.

Penélope sigue su camino a través de pequeñas rocas que sobresalen del agua.

—Su padre es el dueño de la compañía de transporte independiente más grande del mundo.

—¿Cómo UPS? Doménica frunce el ceño—. No será tan grande si hasta esta mañana nunca había oído hablar de ella.

—Génesis Shipping es una compañía de transporte de mercancía —explica Pen—. El padre de Gen tiene una enorme flota de camiones, aviones, trenes y cargueros que mueven mercancía y materiales para empresas de todo el mundo. Incluso tiene contratos con varios gobiernos. Un rescate por ella es un día de cobro *masivo*.

Piensan que estoy demasiado molesta para escuchar.

No me conocen en absoluto.

—Yo soy mucho más valioso que ella —insiste Holden. Pero es evidente que nuestros secuestradores piensan que pueden conseguir tres rescates de mi padre, mientras que no sepa lo ocurrido con Maddie y Ryan.

Pero él *debería* saberlo. Mi tía y mi abuela deberían saberlo.

No puedo ser la única en saber lo ocurrido. Otra vez no.

«Génesis. Mija. ¿Dónde está tu madre?». Mi padre se arrodilla junto a mí sobre la alfombra del salón. Parece asustado.

Nunca he visto a mi padre asustado.

«Génesis».

Lo veo. Lo oigo. Pero no puedo responder. Quizás si cierro

142

los ojos, ni siquiera estará ya aquí.

Me toma las manos, luego las deja caer y me mira fijamente con horror al ver la sangre en las palmas de sus manos. La sangre que hay en las mías. Después, mira más allá de mí. En la cocina.

—Génesis —Indiana me toma la mano y le dejo que me meta en el agua poco honda. Es fácil fingir que estoy sumida en un shock más que en mis pensamientos y cuanto más me subestimen los secuestradores, mejor estaré.

Mi padre estaba *ahí precisamente*. Yo quería decirle que sentía haber venido con todos aquí. Por mentirle. Por ponernos a todos en peligro.

En mi mente vuelvo a reproducir la llamada telefónica cuando salgo del río en la orilla opuesta, pero sigue sin tener sentido. Mi padre conocía el nombre de Silvana. No se molestó en poner precio, porque cree que él ya sabe lo que ella quiere que sepa.

Entender eso me hiere como un cuchillo en el estómago. Lo que esté pasando aquí es la razón por la que nunca se me había permitido venir a Colombia. Incluso puede ser la razón por la que mataron al tío David.

Mi secuestro y su asesinato en un solo año, en el mismo país, *no* puede ser una coincidencia.

36.75 HORAS ANTES

MADDIE

La boca de Moisés se convierte en una fea mueca de desprecio, sus cejas se amontonan hacia la mitad de su frente.

—Sal del boquete.

—No. —Estoy cubierta de tierra de la tumba de mi hermano, sosteniendo su cuerpo aún tibio, pero de repente se desata una tormenta de ira en lo profundo de mi ser.

—*Salga del agujero* a menos que quiera que la entierre en él.

Poco a poco, deposito a mi hermano de nuevo en el suelo. Mis lágrimas dejan huella en sus mejillas, cómo si estuviera llorando.

—No me vas a disparar —le digo mientras deslizo una mano por el cabello de la sien de Ryan y se lo arreglo como él lo llevaba—. Tampoco se suponía que le dispararas a mi hermano. —Es posible que mi tío no fuera un hombre como mi padre, pero pagará para que me liberen.

También habría pagado por Ryan.

Me levanto despacio, me limpio las palmas de las manos en los shorts, pero no sirve de nada. Estoy cubierta de suciedad de pies a cabeza.

—Silvana me necesita, ¿no? —Me obligo a apartar la vista del dedo que tiene en el gatillo, y nuestras miradas se encuentran.

—Ella cree que usted está muerta. Se alegrará de verla con vida, por magullada que llegue del camino.

Me paso una mano por la nariz; los mocos y las lágrimas se mezclan con la tierra que llevo en la cara, y puntualizan mi determinación de no llorar más.

—Soy diabética y estoy a punto de tener una reacción de insulina por haber comido muy poco y haber hecho demasiado ejercicio. —Le muestro mi bomba de insulina—. Si me obligas a caminar, mi cuerpo dejará de funcionar y moriré. ¿Cuánto se cabreará Silvana si pierdes a *otro* de sus rehenes? —A mí misma me cuesta creer mi osadía. Pero no me va a matar y no tengo nada que perder.

—De Silvana ya me preocupo yo. —Moisés agarra su rifle con una sola mano y saca una cuerda de nilón de cinturón. Reconozco la cuerda; la cortó de una de las tiendas de campaña cuando iba hacia el claro—. Voltéese y ponga las manos en la espalda.

No puedo escapar de él. No sin descansar, sin comida y sin insulina. Pero tampoco puedo ceder.

Mi corazón se acelera, doy un paso atrás y tropiezo con un montón de tierra; y caigo en la tumba de mi hermano. El impacto hace que me clave los dientes. La boca se me llena de sangre porque me he mordido la mejilla por dentro.

Moisés se echa el rifle a la espalda y me levanta del brazo.

—Todas las estadounidenses mimadas son iguales. —Me tira en el suelo. Mis manos y mis rodillas golpean la tierra y gruño del impacto.

—Creen que las normas no se aplican a ustedes. Creen que no hay nada que no se pueda comprar, pero están a punto de saber...

La diatriba de Moisés acaba en un *uuf* de dolor y sus manos caen. Aterriza en el suelo junto a mí, con los ojos cerrados. A treinta centímetros de su cabeza, un puño sostiene una piedra.

Con una sacudida me pongo sobre las manos y la rodilla, con los ojos muy abiertos.

Luke está a tres metros de mí con el brazo derecho echado hacia atrás, y mira fijamente al pistolero inconsciente. Está preparado para tirar otra piedra.

GÉNESIS

—¿Tenemos tiempo para descansar? —pregunta Julián mientras él y Óscar levantan un árbol caído y lo apartan de la senda.

—¡No! —grita Silvana—. ¡Seguimos adelante!

Doménica gime al pasar por encima de un tronco. Yo cambio mi mochila del hombro izquierdo al derecho y el alivio es inmediato. Ser conducida a través de la selva, a una velocidad vertiginosa es más agotador que cualquier ejercicio que jamás haya hecho.

A pesar de su pedigrí olímpico, hasta Pen parece exhausta.

A la cabeza de nuestra desordenada procesión, Sebastián y Silvana discuten de nuevo. Me acerco para poder escuchar.

—¿Qué están diciendo?», —pregunta Indiana al ponerse a mi altura, con un paquete de cacahuetes en la mano.

—Sebastián quiere saber por qué nos está exigiendo tanto esfuerzo —le susurro.

—Porque el envío se realizará en esta noche —responde Silvana.

Se lo traduzco a Indiana.

Él toma mi mano y vuelca algunas nueces en mi mano ahuecada.

—¿Qué envío?

—No lo sé. Están siendo muy cuidadosos con los detalles, porque saben que algunos de nosotros hablamos español. —Lo que Holden habla es más bien la versión jerigonza—. Gracias —le digo y le señalo los cacahuetes. Luego me los meto en la boca.

Sebastián se aparta de Silvana con un resoplido de indignación y ocupa una posición en la retaguardia del grupo.

Esta podría ser mi oportunidad. Mis amigos están todos aquí por mi culpa, y cuando Silvana decida que son demasiada molestia, los matará. Aunque un par de ellos valgan una fortuna.

A menos que pueda convencer a Sebastián de que nos deje marchar.

—Vuelvo enseguida —le susurro a Indiana. Enseguida me voy rezagando hasta caminar junto a Sebastián.

—¿Qué quieres? —Su acento es marcado, pero sus palabras son claras.

—Quiero que esto acabe antes de que muera alguien más, pero no voy a tratar con Silvana. —He visto un millón de veces cómo se trabaja mi padre a las personas en los negocios. Dirigir una compañía marítima internacional tiene que ver, sobre todo, con formar relaciones. Una parte de adulación, una parte de verdad, y un todo de fuerza de voluntad Valencia. —*Contigo*, sí negociaré.

—¿Negociar? —Sebastián descansa sus manos sobre su rifle mientras caminamos y se siente cómodo en lo que él cree que es un juego—. ¿Qué aportas tú?

—Dinero en metálico. Pon tú el precio —Espero un momento, mientras él decide si tomarme en serio o no. Luego entro a matar—. Por *todos* nosotros.

Ofréceles algo que quieran, pero en tus términos, Génesis.

Mi padre me enseñó esa estrategia cuando yo tenía once años. Me fue útil en la escuela y mucho más con Holden. Pero aquí, podría salvar vidas.

Sebastián arquea sus cejas oscuras.

—¿Crees que puedes conseguir que *papá* pague por seis rehenes?

—Puedo conseguir que pague por ocho. Él no sabe que Maddie y Ryan... ya no están. —Me trago mi dolor y mi rabia, y sigo presionando con mi oferta inicial—. Si conocieras a mi padre, sabrías que me dará lo que yo le pida, y puede tener un avión aquí en un par de horas. Te llevarás el mérito por habernos rescatado. ¿Qué quieres? ¿Cien de los grandes por cada uno?

Sebastián se ríe, tengo que esforzarme por aflojar mi mandíbula.

Cuando tengas dudas, añade otro cero dice la voz de mi padre en mi cabeza.

—Un millón por cada uno. Son *ocho millones de dólares.* —Mi padre guarda mucho más que eso en la caja fuerte que tiene en casa para emergencias.

Pero ahora Sebastián parece insultado y una alarma resuena en mi cabeza. No tengo ni idea de cuánto iban a pedir por liberarnos.

—Pon tú el precio. Solo déjame llamar a mi padre —insisto. Pero él ya está negando con la cabeza. Frunce el ceño. Me estoy perdiendo algo—. A menos... que no se trate de dinero.

De repente, mi mochila parece más pesada que hace unos segundos. ¿Habré interpretado mal toda esta historia?

—¿Por qué todo es cuestión de dinero con ustedes los estadounidenses? —exige Sebastián y la alarma aumenta hasta convertirse en una sirena—. Necesitamos los recursos de tu *papá.* —Hace que me detenga y se inclina hasta que solo puedo ver su mirada clavada en mí—. Necesitamos que Hernán Valencia recuerde dónde debería estar su lealtad.

MADDIE

—¡Mierda! —Luke parpadea asombrado y la piedra que no ha usado se le cae de la mano—. No puedo... —parpadea de nuevo, se frota la cara con ambas manos—. ¿Crees que está bien?

—Espero que no. —Moisés respira, pero la grieta que tiene en la parte trasera de la cabeza está sangrando y se está hinchando hasta formar un enorme bulto—. ¿Cómo has hecho eso? —Me obligo a ponerme de pie—. ¿Juegas al béisbol?

—Solo en mi consola. Ni siquiera tenía los ojos abiertos, Maddie. Ha sido un golpe de suerte. —Pone una mano sobre su gorra de béisbol, todavía aturdido y caigo en cuenta.

De alguna manera, sigue vivo. Ya no está capturado. Y acaba de salvarme la vida.

—Luke... —Lo halo y lo abrazo, parece más sólido de lo que esperaba—. Pensé que estabas muerto.

Él me devuelve el abrazo con uno torpe de los suyos.

—Abandoné el campamento para orinar, antes de que los soldados llegaran, y cuando escuché que estaban reuniendo a todos para llevárselos, me escondí en los arbustos. ¿Estás bien?.

—No —dejo que me toque la cara con sus manos temblorosas y cubiertas de tierra.

—Tal vez deberíamos... —con el pie aparta el rifle automático del alcance del pistolero.

La brecha de la parte trasera de la cabeza de Moisés sigue goteando sangre sin cesar.

—Desearía que lo hubieras matado —susurro.

—Yo no.

Miro a Luke sorprendida.

—Él y sus amigos... —la palabra se atasca en mi garganta—. ¡Ellos *asesinaron* a mi hermano! *Todos* merecen morir por ello.

—Ellos son unos asesinos. Yo no. Tenemos que atarlo. —Luke arranca la cuerda de nilón del puño débil de Moisés, se pone en cuclillas sobre sus anchos muslos, pero solo puedo mirar mientras lucho por mantener el mundo enfocado.

Nada de esto parece real.

—¿Epa, Maddie? ¿Me ayudas un poco?

Me agacho en la tierra y levanto los brazos de Moisés en posición, detrás de su espalda. Luke da vueltas a la cuerda alrededor de los puños del pistolero y, a continuación, hace un nudo complicado.

Me concentro en sus dedos.

—¿Dónde aprendiste eso?

—Con los *scouts*.

Por supuesto, es un *boy scout*. Porque ¿qué otra cosa sacaría a un genio de las matemáticas y jugador de quince años de casa los fines de semana?

—Voy a buscar más cuerda. —Deslizo un gran cuchillo de la funda atada al cinturón de Moisés y me dirijo a la tienda más próxima, donde corto un largo trozo de una de las cuerdas que la mantienen en su sitio. Cuando vuelvo, Luke ha vaciado por completo los bolsillos del pistolero. Ha encontrado un pequeño kit de pesca, una botella de agua, una multiherramienta plegable y una radio bidireccional grande y tosca.

—Aquí tienes —le entrego más cuerda para atar los tobillos de Moisés—. ¿Funciona esa radio?

—Sí, pero no en el rango de ninguna de las demás. Lo único que obtuve cuando lo intenté fueron interferencias.

—¿Si *estuviéramos* en rango, qué... escucharíamos? ¿A los demás secuestradores?

Mi mirada se siente atraída de nuevo hacia mi hermano.

Ryan tiene los ojos cerrados. Parece que duerme, pero *se ha ido*, y no volveré a recuperarlo jamás.

Mi hermano no despertará nunca. Pero Moisés sí.

La rabia se derrama para llenar el agujero que ha quedado en mi corazón, cuando miro al pistolero inconsciente. Echo el pie hacia atrás y le doy una patada en el muslo con toda mi fuerza. Pero no hay reacción y eso no hace más que avivar la furia que crepita dentro de mí.

Así que le doy una patada en las costillas. Y otra y otra.

Algo cruje y se despierta gritando.

GÉNESIS

—Silvana. —La llamo en voz alta y clara, mientras me acerco hasta la cabeza de la fila. Holden me mira, mueve levemente la cabeza y Penélope parece aterrorizada. La mirada de Indiana va de un captor a otro, evaluando sus reacciones con su habitual y tranquila intensidad.

Rog me observa sombrío, no tengo ni idea de lo que está pensando.

—¿Qué ocurre, *princesa*? —Silvana me habla con desprecio—. ¿Necesitas un descanso para arreglarte la pintura de las uñas?

—Acabemos con esto. —Todavía no quiero hacer un trato con ella, pero si con esto logro crear una brecha entre nuestros captores... —Estoy preparada para darte cualquier cosa que quieras.

Sebastián mueve la cabeza a modo de advertencia.

—¿Estás preparada...? —Silvana suelta una carcajada y la mayoría de sus hombres ríen entre dientes—. No *eres* más que una niñita consentida.

—Tienes razón. Mi padre me dará cualquier cosa que le pida. Déjame hablar con él.

—¿Para decirle que tus primos están muertos? —Niega con la cabeza, y sus pendientes tintinean—. Regresa a la fila.

—Te juro que no se lo diré.

—¿Y yo debería creerte, porque pareces tan dulce e inocente? La hija de Hernán Valencia le quitaría la comida a los huérfanos, si con eso pudiera salirse con la suya. Igual que su padre. Vamos.

La ira me quema bajo la piel como si fueran carbones encendidos.

—*Soy* exactamente como mi padre. —En el sentido de que ella no tiene *ni idea* de lo que cualquiera de nosotros dos somos capaces de hacer—. No le voy a decir nada sobre Maddie y Ryan, porque cabrearte no es lo que más me conviene. Así que dime solamente por qué necesitas sus recursos y yo lo haré realidad.

Silvana viene hacia mí pisando fuerte, salpicando barro alrededor de sus botas con cada paso. Me agarra por la mandíbula y me hace daño; lucho contra el impulso de soltarme de un tirón, porque sé de esto. Como Holden, ella necesita creer que es la que manda; hasta este momento le he mostrado que no lo es.

—¿Recursos? —Su mirada furiosa pasa de mí hasta Sebastián y confirma que acabo de hacer que la brecha entre ambos sea más profunda. No se suponía que él me lo dijera.

—¿Qué quieres? ¿Camiones? ¿Barcos? ¿Qué intentas pasar de forma ilegal por la frontera? ¿O *a quién* intestas escabullir?

Silvana resopla y sus hombres refunfuñan de enojo.

—¿Por qué los estadounidenses siempre dan por sentado que todos los demás quieren lo que ellos tienen? —reclama Álvaro.

—Porque son unos consentidos y unos egoístas —responde Julián.

—No estamos metiendo a gente de contrabando en Estados Unidos. Vamos a usar los «recursos» de tu padre para darles una lección de humildad a ti y al resto de tus paisanos privilegiados y arrogantes.

Me recorren escalofríos al ver la sonrisa alegre y cruel con la que Silvana subraya su mensaje. Los recursos de mi padre pueden entregar cualquier cosa a cualquier lugar del mundo en cuestión de horas, pero dudo que ella planee enseñarnos una lección con resmas de papel y estibas de maquillaje labial.

Usará a Génesis Shipping para pasar armas de contrabando. O explosivos.

Bombas.

Silvana y sus hombres no solo son secuestradores. Son *terroristas*.

El miedo me pega la lengua al paladar, pero mantengo su mirada para disfrazar mi horror.

Si mi padre colabora para salvar mi vida, los estará ayudando a matar a sabe Dios cuántos centenares de personas inocentes.

MADDIE

Vuelvo a darle otra patada a Moisés. Y otra. Y otra. Con cada golpe, él grita maldiciéndome en español.

Mi siguiente patada le parte el labio y la sangre mana de su boca.

—¡Maddie! —grita Luke, pero apenas lo oigo con los gruñidos de Moisés y el rugido de mi propio pulso enfurecido.

Mi bota abre una grieta en la mejilla de Moisés. Vuelvo a echar el pie hacia atrás, para asestar otro golpe, pero Luke me envuelve en sus brazos y me arrastra para alejarme de mi blanco.

—¡Déjame! —golpeo y pateo, en un intento por romper su agarre, pero es más fuerte de lo que parece.

—Maddie. Matarlo no te va a devolver a Ryan. —Me lo tiene que decir justo en el oído para que pueda escucharlo por encima del griterío de Moisés. Le *hice* verdadero daño al bastardo.

—Lo sé —dejo de luchar y él me suelta—. Callémoslo antes de que haga venir a todos los hombres armados que hay en la selva.

—Lo tengo —Luke se dirige a la fila de tiendas de campaña y vuelve con un retazo de tela blanca y un rollo de cinta adhesiva con tanta rapidez que solo podría haberlos conseguido de entre sus propias pertenencias.

Le mete la tela a Moisés en la boca y, a continuación, lo sujeta con una tira de cinta adhesiva. Por encima de la cinta sobresale un poco de elástico.

—¿Eso es... una prenda interior?

Luke se encoje de hombros.

—Está limpio. Es lo único que tenía que fuera lo suficientemente pequeño para caberle en la boca. Eso no significa que mi ropa interior sea pequeña. —Se ruboriza—. Tampoco es que sea tan grande. Lo que quiero decir... —finalmente tira la toalla con un suspiro—. Deja de hablar mientras vas adelante, Luke —murmura.

—No estoy segura de que, en realidad, vayas adelante.

Me arrodillo junto a mi hermano y, con sumo cuidado, desabrocho su medallón. Es lo único que me queda de él y de mi padre, así que me lo abrocho alrededor del cuello y lo meto por debajo de mi camiseta.

Luke se aclara la garganta mientras vuelve hacia el barracón, obviamente renuente a inmiscuirse en mi momento privado.

—Hmm... Iré por la pala. La puse en el cobertizo.

—¿Tú...? —lo miro parpadeando, porque de repente lo entiendo—. ¿*Tú* lo enterraste?

Luke se encoge de hombros.

—No podía abandonarlo ahí.

—Gracias —me pongo de pie y le doy otro abrazo, y mis lágrimas empapan su hombro—. Tú... gracias.

Cuando lo suelto, él asiente tímidamente con la cabeza, se pone la gorra sobre sus rizos y se dirige hacia el barracón.

Mientras que Luke se va, coloco los brazos de Ryan sobre su pecho, y empiezo a empujar la tierra sobre él de nuevo. Moisés ha dejado de gritar bajo la mordaza, y los sonidos ambientales de la vida silvestre se han desvanecido en un segundo plano; durante un momento, es como si toda la selva rindiera honores a mi hermano con un momento de silencio.

Nuevas lágrimas me enturbian la vista mientras trabajo, y vuelvo a sorber mis mocos otra vez, cuando la mano de Luke se posa sobre mi hombro.

—Déjame a mí.

Me pongo en pie y él va echando la tierra suavemente a paladas sobre el rostro de mi hermano, mientras yo lucho contra las lágrimas.

—Ryan casi muere en una ocasión anterior —susurro—. El año pasado. Después de que muriera nuestro padre. Empezó a beber, solía encontrarlo desmayado. Apenas respiraba. —Mi dedo sigue el trazo de la línea rosa en la parte trasera de mi brazo—. Así que una noche le mostré lo que se estaba haciendo él solo.

—¿Así es como te hiciste tu cicatriz? —pregunta Luke—, mientras seca el sudor de su frente.

Asiento con la cabeza.

—En la fiesta de Halloween de mi prima. Yo bebí parejo con él, copa tras copa, hasta que me desmayé y mi brazo atravesó una botella de cristal. Él ingresó en rehabilitación el día que yo salí del hospital, y desde entonces no volvió a beber. Él... —Mi voz se quiebra. Me aclaro la garganta y empiezo de nuevo—. Decidió vivir.

GÉNESIS

—¿Darnos una lección? —Penélope sisea al abrirse camino entre Indiana y yo en el estrecho sendero—. ¿Nos van a castigar solo por ser estadounidenses? ¿Pero qué les ha hecho nuestro país?

—Envenenar sus cosechas, su ganado y a las personas con herbicidas —dice Doménica sobre su hombro, desde unos centímetros atrás—. Y no solo en Colombia. Pasó en la granja de mi tío en Perú.

—¡Eso no es verdad! —insiste Penélope.

En realidad, Doménica se está riendo.

—La guerra de tu país contra el narcotráfico involucra a los aviones fumigadores de las cosechas que bombardean las granjas de coca y amapolas con químicos tóxicos que enferman a las personas. Provocan abortos. Y están destrozando a los pobres granjeros que no se aprovechan del comercio de la droga como hacen los cárteles.

Penélope pone los ojos en blanco y pasa por encima de un charco de barro.

—No *hay forma...*

—Y la CIA de ustedes patrocina tratos ilegales con un cártel de droga para que asesine a los miembros de otro cártel rival, a fin de inhabilitar el comercio de la droga.

—Tiene razón —le digo. Mi padre siguió esa historia muy de cerca cuando saltó la noticia, y después me inscribió en otra clase de defensa personal. En ese tiempo, pensé que estaba siendo paranoico.

—¿Estás con nosotros o con ellos? —exige Holden con los dientes apretados.

—No *hay* un nosotros o ellos —le espeto, molesta de que ocupe un lugar al otro lado de Pen—. Estos terroristas no representan a toda Colombia, como tampoco nosotros representamos a todos Estados Unidos.

—Bueno, la parte que ellos representan quieren volar por los aires la que representamos nosotros —insiste Penélope y le lanza una mirada a Holden— Debería ser bastante sencillo decidir de qué parte estás.

—Ninguna de ellas es simple —Indiana se pone a mi otro lado—. Esos tipos no tienen derecho a bombardear a Estados Unidos como tampoco estos tienen derecho a matar sus cosechas y envenenar a su gente.

—A lo que no tienen derecho es a convertirnos en títeres de su homicida manifestación política —dice Holden en voz tan baja que tengo que aguzar bien el oído para poder escucharlo por encima del crujir de las ramas bajo mis botas—. Si el padre de Gen se niega a enviar sus bombas, empezarán a escogernos uno a uno para demostrarle que van en serio. Tenemos que salir de aquí antes de que esto suceda.

—¿Y adónde vamos? —susurro—. Las personas que deambulan por la selva sin estar preparadas para ello, por lo general no consiguen salir de ella.

—Tomaremos todo lo que podamos llevar y nos dirigiremos de regreso al campamento base. —La mochila de Holden se queda enganchada cuando se sube sobre un tronco, en el sendero, y Penélope alarga el brazo para desengancharlo—. Mañana habrá otro helicóptero y podemos informar sobre estos psicópatas tan pronto como estemos fuera de aquí.

—Es la única forma de salir vivos, Gen —me dice la que antes fue mi mejor amiga.

Puede ser. Pero... echo un vistazo a mi alrededor para asegurarme de que ninguno de nuestros captores están lo bastante cerca para escuchar.

—Silvana le dio a mi padre un plazo de veinticuatro horas. Si él cede, ella conseguirá mañana su avión, su barco o lo que sea que esté pidiendo. Un avión de carga es el peor escenario posible. Suponiendo que consiguiéramos llegar al campamento base a tiempo para subir al helicóptero, si ella ha pedido un avión, *ya* podría haber metido sus bombas en Estados Unidos, o haberlas lanzado contra un edificio. El vuelo a Miami solo dura dos horas.

—¿Qué estás diciendo? —reclama mi novio.

—Nadie más está al corriente de esto, Holden. —Le dejo un momento para que lo asimile—. No hay nadie más para detener este ataque terrorista. Solo nosotros.

36.25 HORAS ANTES

MADDIE

—Recojamos todo lo que podamos transportar. —Corro hacia la ciudad de tiendas de campaña abandonada, entusiasmada a pesar de mi agotamiento, por la imperiosa necesidad de *avanzar*—. Nos llevan una ventaja de seis horas.

—¿Quiénes?

—¿Sigues teniendo tu teléfono móvil?

—Sí —Luke lo saca de su bolsillo—. La señal no es lo bastante fuerte para hacer una llamada, así que le envié un mensaje de texto a mi madre, pero no estoy seguro de que lo recibiera.

Pongo la mirada en el pequeño barracón.

—Seguro que hay una radio.

—La rompieron. Esto es lo único que tenemos. —Da unas palmaditas a la radio bidireccional que lleva enganchada al cinturón.

—Tayrona está a un día de marcha hacia el este, ¿no es así?

—No lo sé —Luke se encoge de hombros—. Perdí la noción de la orientación cuando nos desviamos hacia el barracón. Si partimos en la dirección equivocada, podríamos estar perdidos por días en la selva.

—Está bien. —No puedo permitirme perderme. Mi insulina casi se ha agotado—. Y ese helicóptero que trae provisiones para los soldados viene cada dos días, ¿verdad? Por tanto, no regresará al menos en veintitrés horas.

—Creo que sí.

Me limpio la tierra de las manos en los pantalones, luchando por pensar ahora que el chute de adrenalina empieza a remitir.

—Nadie sabe que faltamos y no queda nadie para ayudarlos.

—¿A quiénes? —Luke sacude la cabeza cuando por fin entiende cuál es mi intención—. Maddie, no podemos ir tras ellos.

Observo a Moisés, apaleado en el suelo como una oruga enojada. Silvana, Sebastián y sus hombres mataron a mi hermano y secuestraron a mi prima. Sebastián me *utilizó* en Cartagena. *Tienen* que pagar por ello. Pero no puedo arrastrar a Luke a ningún peligro más. Ni siquiera estaría aquí, de no ser por mí.

—Tienes razón. Deberías encontrar algún lugar cercano para acampar hasta que llegue el próximo envío de provisiones. No puedes esperar aquí. Es el primer lugar en el que mirarán al ver que Moisés no regresa. —Me escabullo en la tienda de mi hermano en busca de provisiones—. Sigue intentando ponerte al habla con tus padres. Con un poco de suerte, volveré antes de que el helicóptero llegue aquí.

—Maddie...

Agarro la camiseta limpia de reserva y, cuando Luke se da cuenta de que me estoy cambiando, se sonroja y se da la vuelta.

Vestida, elevo una silenciosa disculpa a mi hermano, y vacío el contenido de su mochila en el suelo de la tienda para hacer un inventario. Mi mano se cierra alrededor de una forma que me resulta familiar, en uno de los bolsillos de su mochila, y aguanto la respiración cuando saco un cartucho de insulina y lo agarro fuerte como el salvavidas que supone para mí. Ryan guardó el resto de insulina que suelo tirar cuando cambió el lugar de inyección de la bomba. Por si acaso.

El cartucho contiene un tercio de su capacidad y todavía me queda un poco en la bomba. Equivale, más o menos, a unas treinta horas de insulina, al ritmo que mi cuerpo la usa por regla general.

Pero, de costumbre, mi cuerpo no atraviesa la selva tres días seguidos.

—¡No puedes meterte en la selva tú sola! —Luke se planta en la abertura de la tienda y me bloquea el paso—. ¡Y tampoco puedes enfrentarte a unos secuestradores armados!

De modo que deslizo la ampolleta en mi bolsillo antes de que él pueda verlo y tomo prestada la jugada de la media verdad del manual de estrategias de mi prima.

—Génesis tiene el resto de mi insulina.

Luke cierra la boca de golpe, y casi puedo ver en sus ojos cómo cavila su mente.

—Muy bien. Te acompaño.

No tengo tiempo para discutir con él. Silvana se aleja con cada segundo que perdemos.

—Entonces agarra lo que puedas llevar y vámonos.

Solo encontramos otras dos mochilas abandonadas en el campamento: la de Luke y la de Moisés. Y no hay sangre en el lugar donde alinearon a los campistas en el suelo.

—¿Quiere decir esto que se llevaron vivos a los demás rehenes? —pregunto. ¿Acaso los tiros que se oyeron fueron solamente para impresionarnos o los mataron en otro sitio?

—Lo desconozco. —Luke mete en su mochila varias barritas energéticas y una linterna que agarró en el barracón—. Me escondí demasiado lejos como para escuchar mucho más que disparos, y cuando regresé, solo encontré a tu hermano.

Recordar la muerte de Ryan me comprime el pecho.

Luke se arrodilla para hacerse con el rifle de Moisés.

—¿Preparado?

Me echo la mochila de Ryan al hombro.

—¿Sabes, acaso, manejar eso?

—En teoría. —El arma hace *clic* metálico—. Tengo un permiso de fusil, pero nunca he disparado uno automático.

Un *boy scout* con arma. No sé si estoy impresionada o preocupada.

Cuando Luke y yo abandonamos el barracón con nuestras mochilas cargadas, me detengo junto a la tumba de mi hermano, y me arrodillo en la tierra.

—Ryan, te juro que cuando esto acabe, te *llevaré* a casa.

36 HORAS ANTES

GÉNESIS

Holden se sienta junto a mí sobre el tronco húmedo. Incluso antes de que abra la boca, sé que escucharé su voz «razonable»... esa que guarda para las figuras de autoridad y las personas a las que quiere impresionar.

La que nunca usa conmigo, porque sabe que yo puedo ver más allá de ella. Pero Doménica y Rog están compartiendo un paquete de galletas a corta distancia de nosotros y oyen todo lo que él dice.

—¡Eh!, Gen. Tú y yo siempre hemos sido un buen equipo. —Les echa una mirada a los terroristas reunidos en torno a una radio encendida, estáticos al otro lado del claro—. Deberíamos esforzarnos e intentar estar en la misma sintonía.

Saco atún de un envase de papel de aluminio con una de mis últimas galletas saladas.

—¿Qué sintonía sería esa?

—Es necesario que afrontemos la realidad de la situación. —Baja la voz y me mira a los ojos de una forma muy directa, como si hablara en algún código que yo debería entender. Casi espero que me guiñe un ojo o me haga una señal para que robe la tercera base—. Ya han matado a todos los que dejamos en el campamento base. A menos que haya otra banda de asesinos vagando por el norte de Colombia —lo que admito es una posibilidad—, estos son los mismos tipos que quemaron a aquella pareja en su auto el otro día. No tenemos razón alguna para creer que nos van a dejar ir, aunque tu padre les dé lo que ellos quieran.

No lo hará. Sencillamente, mi padre *no puede* permitir que Silvana y su banda de hermanos psicópatas maten a centenares —¿quizás millares?— de personas.

Pero... si no lo hace...

Holden está en lo cierto. Es probable que nos maten.

Respiro hondo y voy soltando el aire lentamente. Tengo diecisiete años. Se supone que tendré los próximos ochenta y cinco años, aproximadamente, para ampliar mi juventud con cada crema de diseño y que tendré un aspecto estupendo por ello; luego moriré mientras duermo, cuando tenga ciento cuatro años, rodeada por premios humanitarios, premios de diseño y de personas que no pueden concebir el mundo sin que yo esté en él.

El mundo me odiará si dejo que los terroristas bombardeen a Estados Unidos. Yo también me odiaría.

Pero no estoy preparada para morir.

—*Tenemos* que escapar —susurra Holden—. Y tenemos que trabajar todos juntos para conseguirlo o alguien se quedará en el camino.

Muerdo mi galleta salada crujiente y la mastico lentamente. Lo dejo que se preocupe un rato.

—Te necesito conmigo en esto, Génesis. Las personas te escuchan.

De nuevo tiene razón.

—Por eso tenemos que quedarnos. —Me inclino más hacia él para susurrar, y soy bien consciente de lo íntima que debe de parecer nuestra conversación—. No puedo disuadir a Sebastián de lo que sea que estén planeando. —*Tengo* que hacerlo—. Es necesario que haga una declaración de intenciones, pero no creo que quiera perjudicar de verdad a nadie. Me escuchará cuando esté seguro de poder confiar en mí.

Holden entrecierra los ojos.

—¡Es un *terrorista*! Somos todo lo que él y sus amigos odian en este mundo, y nos matarán a cada uno de nosotros solo para demostrarlo.

—¿Así que vas a escapar y dejar que maten a millares de personas inocentes? —le susurro con ferocidad, pero me cuido de mantener mi expresión tan neutral como puedo, en caso de que nuestros captores nos estén observando.

—Esas personas *no son responsabilidad nuestra*. No hay nada que puedas hacer por ellas sin poner *nuestras* vidas en peligro. *Nosotros somos* las personas por las que deberías preocuparte. Te hemos respaldado desde el principio.

—¿Qué me has...? —Lucho por permanecer calmada cuando la ira estalla en lo profundo de mi ser—. ¿Tú y Penélope me han cubierto las espaldas? ¿Ustedes son las personas de las que me debería preocupar?

Holden pone los ojos en blanco.

—Está bien. Tienes razón en lo que a Pen y a mí respecta. Pero solo pasábamos el tiempo.

—Estaban pasando el tiempo. Con mi *mejor amiga*. —Es como si no se escuchara hablar.

—No significó nada. Nunca es nada importante. Ya lo sabes.

—¿Lo sabe *ella*? —Miro intencionadamente a Penélope, sentada con las piernas cruzadas sobre un trozo de musgo; nos observa con las manos tan apretadas en su regazo que corre el riesgo de romperse sus propios dedos.

—No sé qué sabe ella —espeta Holden—. ¿De verdad quieres dejarnos morir aquí en el barro por unos cuantos polvos de un estúpido borracho?

—¿Unos *cuantos*?

—Gen, no lo estás entendiendo.

—No, *eres tú* quien no lo estás entendiendo. —Me inclino sobre él hasta que casi le estoy escupiendo en la oreja, para disfrazar nuestra discusión—. Tu vida no vale más que la de cualquier otro. —¡Me siento *tan* bien al decirle esto!— Ni la de Pen. Ni la mía. Esto no es como los servicios comunitarios ordenados por el tribunal. Esto es *real,* Holden. Es la vida real. La muerte real. La responsabilidad real. Tenemos la oportunidad de impedir algo *terrible.*

—*No* voy a dejar que Silvana utilice la empresa de mi padre para masacrar a gente inocente. Tienes que madurar y estar de acuerdo con *esa* realidad, porque si tu intento de escape provoca que maten a alguien, esa sangre estará sobre *tu* conciencia. No la mía.

34.5 HORAS ANTES

MADDIE

—... pero esto sería probablemente como el Sandbox, el videojuego de mundo abierto, considerando que podemos ir donde queramos para salir aquí. O tal vez no. Lo que *sí* debemos hacer es ceñirnos al sendero para encontrar a tu prima. Pero estaría muy bien que pudiéramos disminuir el nivel de dificultad y no tener que comer para recuperar fuerzas o energía. O así se ganaría PE más rápido —es decir, puntos de experiencia— y aprenderíamos cosas como cazar y despellejar conejos para alimentarnos. Como en el juego *Red Dead Redemption*. O...

—¡Luke! —Me doy la vuelta y me pongo de cara a él—. ¿Tienes que llenar *cada* momento con el sonido de tu propia voz?

Él baja la mirada al suelo y yo, yo quiero darme patadas a mí misma por herir sus sentimientos. He aguantado una hora y media de charla inacabable sobre qué serpientes son venenosas, qué ranas se pueden comer y qué hojas de planta no deberían usarse como papel higiénico, pero me niego a debatir la dificultad que una «aventura» como esta tendría en algún videojuego del que no he oído hablar jamás.

—Lo siento. Yo solo... —Se ajusta la gorra sobre sus sudorosos rizos—. En el velatorio de mi abuela todo el mundo estaba realmente callado y eso hacía que me fuera imposible pensar en ninguna otra cosa. —Se encoge de hombros—. Así que pensé que hablar podría distraerte de... Ryan.

Soy la peor idiota del mundo.

Aparto mechones de pelo que parecen grasientos hilos, de mi rostro y exhalo lentamente.

—Lo siento. Eres muy considerado.

Seguimos sendero abajo. Durante varios minutos no oigo nada de él, sino el ruido que hacen sus botas al arrastrar los pies por la senda. Luke tiene razón. El silencio es mucho menos apacible y mucho más torpe de lo que yo pensaba, así que me aclaro la garganta y pulso el botón de reinicio.

—Oye, Luke. ¿Qué me decías antes sobre cierto tipo de anfibios sin patas?

—¡Oh! Hace unos cuantos años descubrieron en Brasil una nueva especie que crece hasta los ochenta centímetros de largo y que se parece a...

La voz de Luke se corta tan de repente que me volteo para asegurarme de que no se lo ha comido algún animal. Su rostro está ruborizado, del color de la pimienta de cayena y, enseguida, me pica de verdad la curiosidad.

—Se parece ¿a qué? No me dejes con la intriga.

—Se parece... hmm... a cierto órgano reproductor masculino.

—Oh. —Vuelvo a girarme y camino como si tuviera fuego en los pies, y no ralentizo hasta escuchar el sonido del agua que corre con fuerza. Un minuto después, hemos llegado al acantilado y aguanto la respiración, como hice la primera vez. El sol poniente pinta ondas de fuego por la superficie.

—¡Mierda! —Luke respira mientras mira con cuidado desde el borde.

—*Ahí* es donde perdí todas mis provisiones.

Sus ojos parecen ocupar la mitad de su cara.

—¿Saltaste?

—Desde más o menos sesenta centímetros a tu izquierda —podía haber muerto. *Debería* haber muerto.

Luke retrocede del borde, con la frente bañada en sudor.

—¿Cómo hiciste para esquivar los peñascos?

—Ryan dice que Dios observa de cerca a aquellos que no tienen la capacidad mental de cuidar de sí mismos. Mi supervivencia parece demostrar esta idea. —Pensar en mi hermano me produce una ráfaga de dolor que atraviesa mi pecho y cierro los ojos, decidida a no llorar de nuevo.

Es la hora de la venganza.

—Vamos. Está oscureciendo. —Doy dos pasos, pero Luke no se mueve.

—Eres valiente —susurra.

—Ahora mismo estoy asustada. —¿Y si Génesis ya está muerta? ¿Y si no conseguimos salir nunca de la selva?

¿Y si los asesinos de mi hermano se salen con la suya?

—Está bien, pero usas el miedo como un superpoder. Lo aprovechas para el bien o lo que sea. —Su mirada se enfoca en tierra, puedo ver que se arrepiente de haberlo dicho. No porque no fuera lo que quería decir, sino porque cree que suena estúpido.

—¿De verdad lo piensas?

—Saltaste desde el acantilado para ayudar a tu hermano. ¿Una estupidez? Sí. Pero muy valiente. —Luke sostiene mi mirada con una atrevida confianza que rara vez he visto en él, y algo revolotea en lo profundo de mi estómago.

—Me estás atribuyendo demasiado mérito. Vamos.

Cuando seguimos camino, miro fijamente al suelo, hiperconsciente de que cada decisión que tome desde ese momento en adelante podría llevarnos en la dirección equivocada.

Ya no sigo mis pasos. Aquí es donde la selva se hace real.

GÉNESIS

—¡Vamos! —grita Silvana delante de nosotros, y supongo que se dirige a uno de los rehenes, hasta que veo que hemos llegado a un pequeño claro en cuyo centro hay una hoguera semipermanente, donde Julián ya ha tomado sitio.

—*Queremos café y tenemos que hacer pis* —insiste y tengo que ahogar la risa.

—¿Qué ha dicho? —me pregunta Indiana.

—Dijo que querían café y que necesitaban orinar.

—Estoy con él en ambos aspectos —dice Indiana.

No he bebido suficiente agua en las dos horas transcurridas desde nuestro último descanso como para necesitar una pausa para ir al baño.

Silvana maldice en español, pero cuando Álvaro se sienta con Julián, se ablanda.

—No te pongas cómoda, *princesa* —me dice cuando pongo mi mochila en el suelo—. Nos vamos en veinte minutos.

Penélope se queja.

—El sol se está poniendo. Pensé que por fin iba a mostrarnos un poco de misericordia.

Me siento en un parche de hierba y Pen interpreta mi silencio como una invitación a sentarse junto a mí.

—Holden y yo no pretendíamos hacerte daño, Génesis. —Endereza la columna y respira hondo—. Ocurrió sencillamente.

—Nada «ocurre sencillamente» con Holden. —Me encojo de hombros y rebusco en mi mochila, como si esa conversación no significara nada para mí. Como si no estuviera perdiendo a mi mejor amiga, cuando hoy ya he perdido todo lo demás en el *mundo*—. De no haber sido tú, habría sido otra.

—Pero *fui* yo.

Levanto los ojos y sostengo su mirada.

—¿Y crees que esto te hace especial? ¿Qué eres diferente de sus otros ligues?

La cruda vulnerabilidad que veo en sus ojos responde por ella.

—Sé que estás socialmente atrofiada porque dedicaste la mayor parte de tu adolescencia a las barras asimétricas, así que permíteme darte la versión *SparkNote* de *Ligues para tontos*: si empiezas como el pequeño secreto sucio de alguien, eso es *lo único que serás para siempre*. —La miro directamente a los ojos y me agrada verlos anegados en lágrimas—. Es evidente que no tienes respeto alguno por mí, pero al menos deberías intentar respetarte a ti misma.

—Génesis, ¡tú ligas con chicos todo el tiempo!

—¡Pero no me acuesto con ellos! —susurro, demasiado bajo como para que alguien más lo pueda oír—. Y *jamás* habría ligado con el novio de mi mejor amiga. —Hago una breve pausa y después enfundo la espada—. Espero que mereciera lo que has pagado por ello.

Penélope se estremece.

Me trago mi culpa, agarro mi mochila y la dejo mirando fijamente hacia mí, para que no pueda ver el húmedo parpadeo de mis ojos.

La mayoría de nuestros captores se han reunido en torno a una cafetera colocada sobre un fuego que alguien ha hecho en el hoyo. Sostienen tazas de camping y Óscar distribuye cucharadas de café instantáneo que hay en una lata.

Sebastián está sentado a unos centímetros, con una taza vacía y observa las llamas. Esta parece una buena oportunidad para establecer una conexión personal. Convencerlo de que los secuestradores pueden llamar la atención sin quitar más vidas.

De repente soy horrorosamente consciente del terrible aspecto que debo tener: llevo casi tanto sudor y barro como ropa. Ni siquiera me he lavado los dientes hoy, todavía. Pero no voy a tener mejor oportunidad que esta, así que saco de mi mochila una pastilla de menta para el aliento y me siento junto a Sebastián.

Él levanta la mirada, sorprendido, y señalo el café instantáneo de Óscar.

—Si Colombia produce los mejores granos, ¿por qué todos toman instantáneo?

Sebastián se ríe y las cabezas se voltean en dirección nuestra. Casi puedo sentir que todos nos observan.

—Exportamos los mejores granos —me explica en su marcado pero comprensible acento.

—¿Todos? —No parece justo que quienes producen el mejor café no lo beban.

Rog ríe entre dientes, cuando pasa por detrás de nosotros.

—Los agricultores colombianos son demasiado inteligentes para beberse su propio cultivo industrial, cuando se lo pueden vender a unos estadounidenses lo bastante tontos como para pagar en un mes más por el café que en sus facturas de teléfono móvil.

El metal tintinea y me volteo para ver cómo Óscar vierte agua caliente en las tazas que sus compañeros captores extienden hacia él. Se dirige hacia nosotros cuando Sebastián levanta su taza.

En mi vida he necesitado tanto un café.

Cuando Óscar se aparta, y finjo olisquear el aire y disfrutar del aroma.

—Huele bien.

Sebastián parece divertido cuando me tiende su taza de metal para que pueda ver varias hojas verdes pequeñas remojadas en agua amarillenta. El aroma del café no procede de su taza.

—Té de coca —me indica—. ¿Quieres un poco?

¿Quiero té de cocaína?

—En realidad, no hay verdadera cocaína en él —me explica Rog y me doy la vuelta para ver que está sentado con la espalda apoyada en un árbol; se recoge su largo pelo de pequeños rizos en un moño bajo masculino—. Un sorbo no te hará daño.

De modo que acepto la taza de Sebastián. Él observa mientras trago un sorbo. Hago una mueca. El té es amargo y sabe a hierbas.

Él se ríe de nuevo.

—Gracias. —Le devuelvo la taza y observo cómo sorbe él de ella, mientras considero un acercamiento que intensifique la brecha entre Silvana y Sebastián y que a la vez le haga saber que puede confiar en mí—. Lo siento si te he metido en problemas con Silvana. —Lo miro directamente a los ojos para transmitir sinceridad—. Por lo de los «recursos» de mi padre.

Sebastián frunce el ceño.

—Yo no le rindo cuentas a Silvana.

—Oh. —Me hago la sorprendida—. Eso está bien. Es algo... horrible.

—No le pagan para que sea dulce.

—Bueno, si «ellos» pretendían contratar a una maníaca homicida, creo que le han sacado partido a su dinero. ¿Quién más querría meter bombas de contrabando en Estados Unidos en un avión de carga? —No importa si mi conjetura es correcta o no. Lo importante es su reacción a mis palabras.

Sebastián se inclina más cerca de mí y baja la voz.

—No queremos un avión.

No estoy segura de creerlo. Un avión sería el medio más rápido y directo para meter una bomba en el país, y él no ha negado que eso es lo que harían.

—Sabes que todo lo que pasa por la aduana se inspecciona, ¿no? —susurro mientras estudio su reacción—. No es tan sencillo como cargar una bomba en el aeropuerto y marcharse con...

El horror me inunda de olas que me estremecen. Tal vez no se marcharían con la bomba. ¿Y si estuvieran planeando hacer explotar un aeropuerto?

Como no añade nada más, le echo una mirada a Silvana y vuelvo a mirarlo a él, con una mirada amistosa.

—Sé que no se supone que me digas de qué va todo esto. ¡Es una maniática controladora!

Sebastián ríe entre dientes.

—Si fueras la mitad de lista de lo que tú crees, serías una chica muy peligrosa.

—Si tú tuvieras la mitad de huevos de los que finges tener, serías tú quien mandara aquí —le devuelvo sin alterarme.

Sebastián parece sentirse insultado. Luego se ríe en voz alta.

—Yo mando mucho. Y eso es lo único que necesitas saber.

34 HORAS ANTES

MADDIE

—¡Ahí! ¿Lo oyes? —Agarro la mano de Luke y sus dedos se ponen rígidos—. Definitivamente es agua.

Sonríe.

—Buen oído.

Viramos al norte y pronto descubrimos la orilla del río mismo al que salté siete horas antes.

Mientras Luke reúne ramas secas, yo desenvuelvo la pequeña hornilla de leña de camping, que rapiñamos del tesoro tecnológico que Holden abandonó en su tienda y, juntos, nos las apañamos para encender un fuego compacto, pero ardiente.

—Espera. —Frunce el ceño mirando a la hornilla y, después, a las botellas de plástico del agua que se derretirán a la primera lamida de las llamas—. Necesitamos algo donde hervir el agua antes de beberla.

—Tenemos algo. —Me siento en un tronco caído, le quito la parte superior a dos latas de sopa y le tiendo una—. Come rápido.

Tenemos que echarla poco a poco en la boca, directamente desde la lata, porque no tenemos cucharas; sonrío cuando Luke baja la suya y veo medio círculo de la sopa de tomate que mancha las comisuras de su boca, como la sonrisa grotesca de un payaso.

—Sí, bueno, tienes un bigote de sopa de almejas —me la devuelve con una sonrisa, mientras se limpia la cara con la manga. Por primera vez en horas no quiero cavar mi propia tumba y acostarme en ella.

Pero, entonces, la radio que lleva Luke en la cintura empieza a sonar raro y mi sonrisa muere. Solo oímos interferencias, pero que escuchemos algo significa que nos estamos acercando a Génesis y a los demás rehenes.

Más cerca de los asesinos de mi hermano.

Solo voy a tener una oportunidad con ellos. Y más me vale estar preparada.

GÉNESIS

Todos me miran cuando me reúno con los rehenes al otro lado del claro. La sutil sonrisa de Indiana dice que sabe lo que tramo con Sebastián, pero yo ya no estoy del todo segura de ello. Es más difícil leer en él que lo que yo pensaba, y sigo sin tener ni idea de cómo esperan que mi padre haga pasar una bomba por la aduana ni lo que quieren volar. Ni por qué.

—¿Qué *demonios* era eso? —reclama Holden en un susurro. A pesar de su plan para distraer a un par de hombres armados con mi desnudez, está llevando los celos como un suéter de lana... como si le picara.

—¿Qué era qué?

Se inclina hacia mí para susurrarme lo que parece algo dulce, suave, y su respiración roza mi pelo.

—No te puedes trabajar a Sebastián frente a todo el mundo. Tienes que llevártelo a la selva y darle algo mejor que ese rifle a que agarrarse.

Lo empujo hacia atrás hasta que puedo ver sus ojos.

—Lo creas o no, tu acercamiento a machamartillo no es adecuado para cualquier problema —le espeto suavemente—. No puedo detener lo que quiera que estén planeando hasta saber de qué se trata. Y eso no sucederá hasta que Sebastián confíe en mí. Estoy intentando establecer una conexión.

Holden resopla.

—Ambos sabemos que no necesitas hablar para conectarte con un tipo. Cíñete a aquello que se te da bien.

—No tienes *ni* idea de en qué soy buena —le digo con las mejillas ardiendo. Incluso Holden solo ve lo que le estoy mostrando y no volveré a mostrarle nunca más cómo puede herirme.

—Cruzaste una línea con Penélope —le digo en un siseo, con los puños apretados—. Y tú lo sabes *muy bien*. Deberías estar de rodillas ahora mismo suplicando perdón, pero en vez de ello estás intentando que me prostituya con unos terroristas armados. ¿Qué *demonios* de disculpa es esa?

Holden echa una mirada alrededor para ver si alguien está lo bastante cerca como para oír nuestra silenciosa implosión.

—Estás exagerando por completo con esta reacción —susurra—. Y ahora mismo tenemos mayores problemas que...

—Mantente apartado de mí. —Dejo que mi voz se oiga y todos los que todavía no estaban mirando, se voltean a observar. Pen está sentada en el borde de su asiento y espera ver cómo se desarrolla todo—. Hemos acabado.

Sebastián y los demás hombres armados se ríen entre dientes. Silvana hace un comentario sarcástico en español sobre las ineptitudes de Holden, y usa su nombre para que sepa que lo está ridiculizando.

Holden aprieta las mandíbulas tan fuerte que puedo oír cómo le rechinan los dientes. Nunca lo he visto tan furioso, pero mi enojo es tan salvajemente parejo al suyo que no me importa lo insensato que sea hacer nuevos enemigos, cuando ya me tienen a punta de pistola.

Se sienta en el tronco cerca de Penélope y la acerca a él para besarla. Me río en voz alta. La pobre Penélope es la única que no puede ver que su patética manifestación es, en realidad, para beneficio mío.

Indiana me observa mientras guarda una botella casi vacía de agua. Arquea la ceja como formulándome una pregunta silenciosa.

¿Va todo como está previsto?

¿Estás bien?

¿Quieres volver a pensar en este acercamiento?

No estoy segura de cuál de las tres es su pregunta, pero la respuesta a todas es que no.

33.5 HORAS ANTES

MADDIE

—No podemos caminar toda la noche —dice Luke al rellenar nuestra última botella de plástico con el agua que hervimos en nuestras latas de sopa, que ya se ha enfriado.

Sí, eso es exactamente lo que quiero hacer. Estamos lo bastante cerca de los asesinos de mi hermano como para tener interferencias en la radio, pero seguirán alejándose mientras nosotros «descansamos». Como si yo fuera capaz de dormir mientras los secuestradores están ahí afuera y se salen con la suya respecto al asesinato. Y estarán en mi búsqueda si se han dado cuenta de que Moisés no me lleva de vuelta.

—Vamos. —Luke me quita la mochila de los hombros—. Ellos tampoco van a estar marchando toda la noche.

Debería insistir en que continuemos. En que esta es nuestra oportunidad para ganar algún terreno. Sin embargo, cuanto más esfuerce mi cuerpo, menos predecible será el uso de la insulina que me queda.

De modo que, al hundirse los últimos rayos de luz del día tras el dosel de la selva, armo con renuencia nuestra tienda unipersonal a la orilla del río. Mientras Luke reúne más leña para la hornilla de acampada, enumera sus películas favoritas en las que algunas personas se pierden en la naturaleza salvaje.

—Y, después, está *Vivos* —prosigue mientras mete dos palos más en la hornilla—. Esa en la que se estrella un avión en los Andes y los supervivientes tienen que recurrir al canibalismo.

Lo miro con el ceño fruncido mientras busco con los ojos la última varilla de la tienda de campaña.

—¿Crees que podrías dejar a un lado todas las películas que no tengan un final feliz?

El repentino silencio de Luke me tranquiliza poco en cuanto a nuestras oportunidades. De repente, la selva parece construida de sombras más que de árboles.

—Estaremos bien —insisto mientras me arrastro al interior de la tienda—. Estamos en la Sierra Nevada de Santa Marta. No en los Andes.

Él se mete detrás de mí, cierra el techo transparente y la sección de la puerta con la cremallera.

—Es verdad. Aunque no estamos lejos de la punta más septentrional de los Andes.

Por supuesto, ¡cómo no iba a saber él eso!

33 HORAS ANTES

GÉNESIS

Delante de nosotros, varios haces de luz de linterna atraviesan la oscuridad e iluminan partes del sendero selvático como si procedieran de una bola de discoteca inconexa. Las ramas y las vides parecen cernirse sobre nosotros y saltar cada vez que la luz cambia.

Estoy empezando a pensar que nos van a obligar a caminar toda la noche.

Holden y Penélope están casi a la cabecera de la fila y caminan tan juntos el uno del otro que sus hombros se rozan entre sí. Álvaro ocupa una posición a mi derecha, la forma en que me observa me hace sentir como si todavía estuviera arrodillada en aquel arrecife. Como si aún tuviera su machete en mi garganta y esperara que yo me estremeciera.

Por dicha, pierde el interés en mí cuando Óscar engancha una pequeña radio portátil al tirante de su mochila y empieza a buscar una emisora en la banda FM.

El otro hombre armado discute en español sobre si estamos bastante cerca de su campamento base para alcanzar una señal. Como Óscar no encuentra una, sino tres emisoras distintas, los pistoleros vitorean y siento la tentación de unirme a ellos. Si ellos pueden captar una señal de radio, podrían hacer lo mismo con la de un teléfono móvil.

Óscar sube el volumen y el sonido se oye en las ondas radiales. Me trastabillo con mis propios pies cuando oigo pronunciar mi nombre en la radio.

«...Génesis Valencia tiene diecisiete años. Sus primos Ryan y Madalena Valencia tienen dieciocho y dieciséis. Penélope Goh, medallista de plata olímpica en barras asimétricas y una celebridad local, tiene diecisiete. Holden Wainwright, único hijo de...»

Al principio me impresiona tanto la familiaridad de la voz que no la identifico.

—Neda... —Penélope se voltea para mirarme, y es evidente que se olvida de que la única razón por la que ella y yo seguimos estando en el mismo continente es que nos tienen retenidas a punta de pistola—. ¿Cómo ha conseguido estar en la radio?

—¡Shhh! —De repente, los pies no me duelen. Las picaduras de mosquito no me pican. El resto del mundo se desvanece cuando los pistoleros se alegran al ver que sus esfuerzos han logrado abrirse camino en un programa de radio en lengua inglesa; con seguridad es la primera parte del mensaje que intentan enviar, cualquiera que este sea.

Escucho, desesperada por tener información de fuera de la selva. Llevo once horas sin mi móvil y ya siento como si el mundo siguiera moviéndose sin mí.

—Neda, ¿qué puedes decirnos sobre los demás que fueron secuestrados en la selva, al norte de Colombia junto con tus amigos? —pregunta otra voz y reconozco la experimentada cadencia de Bill «El Trueno» Lewis, uno de nuestros disjockeys de Miami.

Están entrevistando a Neda. O la radio de Óscar está captando una señal de Florida —¿es eso posible?— o han vendido el programa a repetidoras locales.

Comoquiera que sea, es obvio que nuestra desaparición se ha convertido en una *gran* noticia.

—No tengo los nombres de todos los demás que han desaparecido —afirma—. Pero estoy trabajando de forma muy estrecha con las autoridades de Estados Unidos para responder a sus preguntas lo mejor que pueda. Y aprecio esta oportunidad para contar mi historia al mundo.

Fue *una* clase de escapada, Bill. De no haber sido evacuada por aire de la selva la noche anterior, yo estaría allí ahora, luchando por sobrevivir. Solo con mi lesión, ya habría estado en clara desventaja.

Sí, claro. ¡Porque la diabetes de Maddie le facilitó mucho las cosas!

—Me lo puedo imaginar. —Bill chasquea la lengua en señal de empatía con la chica que *no fue* secuestrada a punta de pistola—. Hacemos una pequeña pausa necesaria y volvemos con Neda Rahbar, para saber más sobre los seis adolescentes de Miami que desaparecieron en la selva colombiana esta misma mañana.

—¡Saben que estamos desaparecidos! —exclama Penélope aferrándose al brazo de Holden cuando la radio pasa a la pausa publicitaria; mis dientes rechinan tan fuerte que puedo oír como cruje mi mandíbula.

Indiana me lanza una sonrisa y apunta el pequeño haz de luz de su linterna al suelo, delante de nuestros pies, para alumbrar el camino.

—Al parecer solo están al tanto de las personas de las que le ha apetecido hablar a tu amiga en la radio —comenta Natalia y la sonrisa cáustica que dirige a Indiana, Rog y Doménica parece extrapetulante bajo la luz indirecta del haz de la linterna de Óscar.

—Bien, entonces de lo que más saben es de Neda. —Intento esbozar una sonrisa, como si pensara que el narcisismo de mi amiga ausente fuera, de alguna manera, divertido, cuando el resto de nosotros estamos retenidos a punta de pistola.

—Al menos saben algo —señala Doménica mientras caminamos penosamente a través de un charco de barro que la linterna de Indiana no iluminó.

La suave risa de Silvana es cruel.

—Sí, saben que ustedes están aquí, *en algún lugar*, y que solo tienen *seis hectáreas cuadradas* de densa selva donde buscar a pie para poder encontrarlos. ¡Los rescatarán en un abrir y cerrar de ojos!

MADDIE

—Bueno... ¿cuál es el plan, Maddie? —Luke pregunta mientras se echa boca arriba en el suelo de la tienda, con las manos cruzadas bajo la cabeza—. De verdad. —Su tono es cuidadosamente neutro, como si le asustara incomodarme con la pregunta—. ¿Por qué estamos realmente aquí, en vez de esperar al helicóptero cerca del barracón?

—Ya te lo dije. —Agarro una cuerda que cuelga del lateral del saco de dormir y evito el contacto visual, porque no quiero mentirle a la cara, aunque esa mentira sea en parte verdad—. Tengo que encontrar a Génesis y conseguir mi insulina.

—Casi no le has echado un vistazo a tu bomba en todo el día. No pareces muy preocupada de que te quede poca.

Estaría más preocupada por mi insulina si no encuentro a Génesis antes de mañana por la tarde. Pero eso no es lo que me está preguntando.

—Yo... —Luke merece la verdad. Pero no me va a disuadir—. Luke, no tenías por qué venir. Te dije que te quedaras cerca del barracón. Tú...

—Quise venir contigo y no te voy a abandonar aquí —insiste—. Pero necesito saber cuál es el plan. El plan *real*.

—Ellos tienen que *pagar* por lo que le hicieron a mi hermano —contesto cuando por fin lo miro.

—Está bien, pero aunque ese fuera un objetivo plausible, y la mayoría de los pensadores críticos estarían de acuerdo en que no lo es, ¿qué vas a hacer? —Se incorpora y ahora nos miramos a los ojos—. Somos dos contra quien sabe cuántos hombres armados. Por no mencionar la selva misma. ¿Tienes idea de cuántas cosas podrían matarnos ahí afuera, aunque no encontremos nunca a los secuestradores? Jaguares. Pirañas. Ranas venenosas. Caimanes. Serpientes.

Arañas. Tendríamos suerte si no nos contagiamos de malaria con el mosquito que acaba de picarme. O podríamos ahogarnos en el río o caer desde un acantilado.

—Ya he sobrevivido a un arrecife, un río y a más de un hombre armado. Y este mosquito... —Alargo la mano, lo aplasto contra la parte superior de la tienda y deja una pequeña mancha de sangre en el techo transparente de la tienda—. En cuanto al resto, solo debemos mantener los ojos abiertos.

—Maddie, Ryan ya no está, pero tu prima sigue viva y necesita ayuda —dice Luke—. Debemos informar de su desaparición; se lo debemos a ella y a sus amigos.

—Informar a quién —exijo—. Incluso si encontramos a la policía o a más soldados, no podemos estar seguros de que no estén metidos en esto, como los soldados del barracón.

Luke parece estupefacto, y me doy cuenta de que él no sabe esto por haberse perdido el verdadero secuestro.

—¿Qué oíste mientras estabas escondido? —le pregunto.

Se encoje de hombros.

—Estoy en segundo año de latín, no de español.

Arqueo las cejas. ¿Cómo es posible que alguien que vive en Miami no hable nada de español?

El temor surca su frente, pero no intento dejar que vea lo asustada que estoy yo también.

—Mira. No hay a quien informar de esto. Nadie más puede ayudar a Génesis. —Y, la aprecie o no, *no* voy a perder a otro miembro de la familia.

—¿Tienes alguna idea de dónde se están llevando a los secuestrados?

Muevo la cabeza.

—Lo único que sé es que nos dirigíamos al noroeste. Si no estás dispuesto a hacerlo, lo entiendo. Pero tengo que...

—Estoy contigo, Maddie —me dice suavemente, pero las palabras no encierran la menor duda.

Exhalo en la oscuridad, agradecida de saber que no estaré aquí sola en la selva.

32.5 HORAS ANTES

GÉNESIS

Todos dejan de hablar cuando Bill Lewis vuelve al aire.

«Gracias por sintonizar Power 85 FM por esta entrevista exclusiva con la estudiante de secundaria Neda Rahbar, cuyos amigos desaparecieron en la selva esta mañana. Para aquellos que acaban de sintonizarnos, la embajada de Estados Unidos recibió, hace unas diez horas, un informe de la madre de Luke Hazelwood, uno de los adolescentes desaparecidos, tras leer en su teléfono el mensaje de texto de su hijo en el que le decía que unos hombres armados habían tomado una base de aprovisionamiento en el Parque Tayrona, en la costa más septentrional de Colombia».

—¿Luke? —Holden se voltea para caminar hacia atrás e, incluso en la oscuridad, puedo afirmar que está frunciendo el ceño al mirarme—. ¿Tu padre no ha informado de nuestra desaparición?

—Hernán sabe mejor lo que hay que hacer —afirma Silvana con una risa.

Y el perrito faldero, enfermo de amor, de Maddie ha demostrado ser más ingenioso de lo que yo supe reconocer. Sin embargo, es evidente que sigue desaparecido.

—Tenemos una llamada especial en línea —anuncia Bill «El Trueno» Lewis en la radio, y todos vuelven a quedarse callados—. Sí, ¿Señora Wainwright?

—Sí, aquí Elizabeth Wainwright.

Holden hace un extraño sonido, como si se atragantara, desde la cabeza de la fila.

—Gracias por responder a nuestra llamada. Por favor, díganos algo sobre su hijo.

—Holden es mi único hijo. Es un chico dulce —responde Elizabeth, y parece creerlo de verdad—. Es alérgico al moho y, en realidad, nunca ha ido a pescar ni a acampar sin llevar comida previamente envasada, de modo que la selva tropical es un entorno menos que ideal para su salud.

Silvana dirige su haz de luz hacia él y la mandíbula de Holden está tan apretada que temo que llegue a dislocársela. Le encanta hablar de ir de safari con su padre, como si eso lo convirtiera en un tipo duro, pero nunca menciona al guía privado que cocina, carga el Jeep y se ocupa de todos los preparativos del viaje.

Holden acampa como un niño rico.

—Por ello, si me está escuchando quien lo tiene retenido, por favor díganos qué quiere. Haremos cualquier cosa. Solo envíenos a nuestro chico de regreso a casa, *por favor*.

Ahora, la parte trasera del cuello de Holden está encendida. Si fuera un dibujo animado, el fuego le saldría por las orejas.

—Señora Wainwright, espero que los captores de su hijo hayan escuchado su súplica. Eso es todo por esta noche, amigos. Les rogamos que vuelvan a sintonizarnos mañana cuando estemos en directo con Neda Rahbar en la vigilia en Elmore Everglades Academy. ¡Y no olviden que pueden recoger sus pulseras de «mantén la esperanza viva» aquí, en el estudio!

Silvana se pone delante de Holden cuando Óscar apaga la radio.

—Oh, por favor, envíenlo de regreso. ¡No vale nada, pero pagaremos lo que sea!

Los hombres armados se ríen; ella se voltea y actúa para su audiencia.

—Si la *mami* de Wainwright pagará una fortuna por su hijo *entero*, ¿qué pagaría si se lo vamos enviando pedazo a pedazo? —Silvana hala a Holden del brazo para que se detenga y aplasta la hoja de su enorme cuchillo sobre la parte izquierda de la nariz—. ¿Cuánto por su preciosa naricita?

Ahora, todos hemos dejado de caminar. La mayoría de las linternas apuntan hacia ellos, para que todos podamos ver el espectáculo.

Holden está paralizado. Pen parece aterrorizada y yo quiero vomitar.

Todo esto es culpa mía.

Los hombres de Silvana se ríen a carcajadas; ella lo deja ir, murmurando en español sobre lo inútil que es.

Holden está furioso, humillado. Penélope lo observa, obviamente sin saber cómo ayudarlo.

Yo debería mantenerme alejada de él, porque cuando se enfada actúa sin pensar. Pero alguien tiene que hablar con él para calmarlo, antes de que cometa una estupidez.

—¿Estás bien? —le pregunto suavemente, mientras todos los demás empiezan a andar de nuevo.

Holden se vuelve contra mí.

—En la primera oportunidad que tenga, me cargo a esa perra. —La saliva vuela de sus labios y habla con los dientes apretados—. ¿Estás conmigo Génesis? Porque si te interpones en mi camino, acabaré contigo también.

Al adelantarme por la senda oscura de la selva, veo la furia propagarse en cada paso que da. Estoy aterrorizada de que, aunque el resto de nosotros seamos rescatados, Holden no vaya a salir vivo de esta selva.

32 HORAS ANTES

MADDIE

—Es lunes por la noche. —Me siento en el extremo inferior de nuestro saco de dormir con forma de momia y miro fijamente a los árboles, a través de la parte superior transparente de nuestra tienda, y escucho el coro de *crocs* y el canto de las cigarras alrededor nuestro. Todo parece extrañamente apacible—. Hemos perdido el auto que, supuestamente, nos iba a llevar a la entrada del parque. Pero los planes de Génesis cambian de hora en hora, y no hay cobertura para el móvil en el parque. Abuelita no considerara que estamos realmente desaparecidos, hasta al menos veinticuatro horas más tarde.

En la parte superior del saco de dormir, Luke saca su camiseta exterior y la enrolla para darle forma de almohada.

—Aunque no recibieran mi mensaje de texto, cuando no regrese esta noche, mis padres llamarán a la Guardia Nacional. O cualquiera que sea su equivalente colombiano.

—¿Saben con quién estás? ¿O dónde fuiste?

—Yo se lo dije, pero no se sabe cuánto procesaron.

—¿No les importa adónde vas ni con quién estés?

—En realidad no es eso. Mis amigos, cuyos padres están divorciados, piensan que es fantástico que los míos estén tan compenetrados. Pero lo que pasa con los padres felizmente casados es que, a veces, seguirían estando felizmente casados si no fueran padres. —Se encoje y se desata las botas—. Pero una vez que se den cuenta de que me he ido, decididamente harán sonar las alarmas.

—Bien.

—Entonces... ¿cómo quieres hacer esto? —Luke baja la mirada tan deliberadamente hacia el saco de dormir que me percato que está evitando mirarme. Pero no hay nada que pueda hacer respecto al rubor que le sube por el cuello—. Yo dormiré en el suelo. Tú puedes quedarte con el saco de dormir.

—Lo justo es que lo compartamos.

—Sí. Está bien.

Abro la cremallera del saco, pero extenderlo en ese espacio tan reducido es como jugar a Twister en una caja de cartón. La cara de Luke enrojece más cada vez que choco con él o que tengo que agacharme debajo de su brazo, pero se queda dentro de la tienda como si necesitara demostrar que se siente cómodo compartiéndola conmigo.

—Deberíamos dormir un poco —digo finalmente—. Es necesario que nos levantemos con las primeras luces del alba.

Me duelen las piernas y tengo la cabeza como un bombo; ahora que hemos dejado de caminar, no puedo imaginarme dar un paso más antes de que salga el sol. Aunque no pueden ser más de las ocho de la noche, jamás me he sentido más exhausta en toda mi vida.

Tras un par de torpes intentos por estar cómodos sin tocarnos, nos rendimos y dormimos espalda contra espalda, y Luke se acurruca entre el rifle de Moisés y yo.

Su calor contra mi espalda me produce una sensación sorprendentemente íntima en la fría noche. De repente soy consciente de cada respiración, porque él puede sentir el movimiento. No logro recordar cómo respirar a un ritmo natural.

Si respiro demasiado rápido, él pensará que estoy nerviosa. Si respiro demasiado lento, él creerá que estoy dormida, y tendré que fingir que lo estoy.

—Eh, Maddie —susurra Luke.

—¿Sí?

—¿Tienes miedo?

—Estoy aterrorizada —le contesto—. ¿Y tú?

—Sí. Yo también.

A través de la parte trasera de su camiseta puedo sentir cómo se acelera su corazón, lo que hace que me pregunte si estará más asustado por los secuestradores armados... o por compartir una tienda de campaña toda la noche conmigo.

31.5 HORAS ANTES

GÉNESIS

Parece que es medianoche cuando por fin llegamos fatigosamente al campamento base de los terroristas, pero solo hace un par de horas que el sol se ha puesto. No pueden ser mucho más de las ocho o las nueve de la noche.

El campamento está alumbrado por fogatas, antorchas amarradas a postes y linternas de camping, de esas que los hombres temblorosos llevan al entrar en cuevas oscuras en las películas de terror. Al menos hay una docena de hombres por allí de pie y beben café en tazas abolladas de metal, pero la mayoría de ellos no viste uniforme militar ni llevan rifles. Varios conversan en inglés sin ningún acento obvio.

Puedo intuir que, por la forma en que los ojos de Holden van de un hombre a otro, los está contando. Intenta calcular qué probabilidad tenemos de escapar ahora que el número de nuestros captores nos supera.

—Vuelvan al trabajo —grita Sebastián y la mayoría de los hombres derraman el café en el suelo y se dirigen a la selva, por un sendero muy trillado, en dirección opuesta al camino por el que hemos venido.

Indiana estudia lo que podemos ver de esa senda, incluso después de que los hombres estén fuera de nuestra vista, y comprendo que está escuchando sus pasos. Espera para ver cuánto tardan en desvanecerse.

Penélope se queja al echar una mirada al campamento. No hay duchas. No hay electricidad. No hay agua corriente. No hay camas.

En el centro del claro hay una pequeña choza con techo de paja y sin ventanas, del tipo que las tribus indígenas han venido construyendo durante siglos. Una guitarra acústica cuelga fuera del habitáculo, de uno de sus postes. Varios hoyos para hoguera se distribuyen por el lugar, cada una de ellos rodeado por una alfombra de grandes hojas y esteras de paja.

Dos largas tiendas improvisadas, abiertas por los lados, contienen filas de hamacas que se extienden entre los postes de soporte, pero la tercera tienda es una anomalía. Es un robusto pabellón verde, de estilo militar, cerrado por los cuatro lados para que no podamos ver quién o qué hay en su interior. Esa tienda es, obviamente, el cuartel general de la organización terrorista.

—Esto es *tan* tercermundista —susurra Penélope.

Pero lo que ella considera unos alojamientos descarnados e improvisados son, en realidad, una base de operaciones bien establecida y sorprendentemente funcional. Los terroristas tienen todo lo que necesitan para vivir allí de forma indefinida, es evidente que han estado allí un buen tiempo.

—¡Vamos! —grita Silvana y, mientras caminamos penosamente detrás de ella, en una visita guiada al campamento, Indiana me da un toque en el hombro con el suyo.

—Todas las comodidades de un campamento para prisioneros —susurra.

—Sin esperanza de rescate. —Se la devuelvo e Indiana ríe suavemente.

—*Los baños*. —Silvana hala la cortina que cuelga frente a una caseta de bambú construida a mano, en el extremo más alejado del claro y enfoca su linterna al interior para mostrar el asiento de un inodoro de plástico clavado a una plataforma de madera—. Después de usarlo, rocíen cal. —Señala un envase sin etiquetar—. Pero no la toquen ni la inhalen.

—¡Qué civilizado! —masculla Holden.

—Se bañarán cada dos días —ordena, señalando un riachuelo que delimita uno de los lados del claro.

Penélope se queja suavemente.

—¿Cuánto tiempo vamos a *estar* aquí?

Silvana hace un gesto para mostrarnos ropa colgada de los bejucos, que se usan a modo de tendedero, por encima de nuestras cabezas.

—Laven su ropa y cuélguenla para que se seque. Si no permanecen limpios, enfermarán y si se ponen malos aquí, morirán.

—Tiene razón —susurra Indiana—. Crecerán hongos en cualquier entorno oscuro y húmedo, incluidos calcetines y ropa interior. Esa es toda la razón por la que los comandos eran conocidos por «no llevar ropa interior» durante todas esas guerras en la jungla.

Penélope pone cara de asco.

—Tienen que hervir el agua para beber y no deben abandonar el campamento sin permiso y sin una escolta. Si no siguen las órdenes, empezaré a cortar trocitos de ustedes y a enviárselos a sus seres queridos. —Silvana menea su dedo meñique izquierdo en una amenaza absurda—. Ahora vayan a dormir. —Señala el hoyo de la hoguera más cercana y se la asigna a los rehenes.

Nos jugamos nuestro lugar sobre las hojas y las esteras de hierba alrededor del hoyo de nuestra hoguera, y mientras todos los demás desenrollan su saco de dormir, yo empiezo a recoger todos los palos y las ramas rotas que puedo encontrar en el claro. Reunir leña es solo una excusa para escuchar a escondidas, pero de lo único que me entero, por lo que puedo oír por casualidad, es que varios de los hombres que trabajan para Silvana y Sebastián son, en realidad, estadounidenses.

Pongo los restos de madera en el suelo y empiezo a disponerlos en el hoyo revestido de piedras.

—Espera. Empieza con esto. —Indiana se arrodilla junto a mí y deja caer un puñado de material crujiente de color entre verdoso y marrón en el fondo del hoyo.

—¿Musgo seco?

Asiente.

—El *agresivamente* maloliente caballero que vigila las provisiones fue lo bastante amable de darnos algo de yesca. —Sus manos rozan las mías al tomar varias ramitas de mis manos—. La mayoría de las personas disponen la leña adosada o en forma de tipi, pero si se hace en forma de pirámide se consigue la hoguera que más dura encendida.

Lo miro y arqueo la ceja.

—Entonces, ¿por qué estás haciendo fuego con madera de cabaña?

Frunce el ceño.

—No estoy...

—Dame esas. —Agarro las ramas y las dispongo en un gran cuadrado alrededor de la yesca y, a continuación, empiezo a apilar ramas cada vez más pequeñas sobre ese cuadrado.

—Eres muy buena en eso —susurra Indiana, mientras observa—. Dime la verdad... ¿te han capturado como rehén anteriormente?

Me río.

—Solo por un padre decidido a escapar de todo, excepto de la naturaleza, al menos dos veces al año.

Una vez lista la pirámide, Indiana enciende otra rama en uno de los otros hoyos y la usa para iniciar nuestra hoguera. Me acomodo en una estera, de espalda a la selva y observo cómo parpadea la luz en su rostro, mientras él aviva la llama.

De alguna manera, la barba de dos días hace que Holden parezca cansado y descuidado, aunque Indiana parece inquebrantable y fuerte.

Vuelve a sentarse en su estera e, incluso cuando me sorprende mirándolo, no puedo apartar la vista. Así que nos observamos el uno al otro cerca del fuego, y aunque estamos rodeados tanto por nuestros captores como por nuestros compañeros rehenes, este momento parece un tanto privado.

De alguna manera... nuestro.

—¿Cuál es tu nombre real? —susurro mirando fijamente unos ojos que parecen más marrones que verdes a la luz del fuego.

—Te lo diré cuando salgamos de aquí —contesta con voz tan suave que apenas lo oigo—. Te lo prometo.

—¿Y si no salimos de aquí?

—Oh, creo que estás bastante motivada. —Su sonrisa es de medio lado. Y totalmente sensual.

De repente tomo conciencia de que tengo barro en la mejilla y musgo bajo mis uñas.

—Llevo encima media selva —le digo mientras me froto la cara.

Me toma la mano y la sostiene.

—Funciona. Pareces *feroz*.

No puedo evitar sonreír.

Indiana extiende su saco de dormir junto al mío, y nuestros captores se instalan para pasar la noche, a excepción de un par de hombres armados que están de patrulla. Me doy cuenta de que, por debajo de los ruidos normales de la selva, oigo el sonido pulsante constante que he conocido toda mi vida.

Agarro el brazo de Indiana.

—¿Oyes eso?

Cierra los ojos y escucha.

—El océano.

—Sí —susurra. Creo que la playa está al final de ese sendero.

Indiana abre sus ojos y parece tan esperanzado como yo.

Donde hay litoral, habrá barcos, y donde hay barcos, hay una forma de escapar.

MADDIE

Me despierto a media noche, gritando.

—¡Maddie!

Abro los ojos y descubro una silueta masculina inclinada sobre mí, dos tonos más oscuros que la noche misma y mi grito se intensifica.

—¡Maddie! —Me sacude tomándome por los hombros—. ¡Shhh! Despiértate, *por favor*, y cállate. ¡Vas a atraer a todos los depredadores de la selva!

Reconozco la voz de Luke y me doy cuenta de que su silueta en la sombra lo hace parecer mucho más grande y amenazador de lo que es en realidad.

—Estás bien —me dice cuando me incorporo—. Solo es un sueño.

—Sí. Yo... —no me percato de que he estado llorando hasta que me seco la cara con ambas manos y la siento mojada—. Soñaba que le habían disparado a mi hermano y que yo cavaba una tumba para él, pero mi padre ya estaba enterrado allí.

—Lo has mezclado todo —susurra Luke y, a modo de respuesta, me dejo caer sobre la camiseta-almohada. Él se echa junto a mí con las manos debajo de la cabeza, y mira fijamente al cielo a través de la parte superior de la tienda—. Todavía es temprano. Podemos dormir un poco más.

Pero no estoy segura de querer dormir más, después de soñar con el asesinato de mi hermano.

—Siento haberte despertado —susurro.

—No lo hiciste. Yo tenía mi propia pesadilla.

Me pongo de lado, frente a él, y Luke se tensa.

—¿Qué ocurría en la tuya?

—Es una estupidez. No tienes por qué escucharla.

—Yo te he contado la mía.

—Sí, pero los temores de tu subconsciente tienen su mérito. Los míos son solo... bobos —insiste y, aunque no puedo ver más que su contorno en la oscuridad, estoy segura de que se está sonrojando de nuevo.

—Ningún temor es bobo. ¿Qué ocurría en tu pesadilla, Luke?

Respira hondo, y sigue mirando hacia arriba, a los árboles.

—Soñé que despertaba y te habías ido. Pero no habías desaparecido. Solo me habías abandonado aquí y te habías llevado todas las provisiones.

Me llevo la mano al corazón. Siento como si alguien me hubiera dado una patada en el pecho.

Pienso durante un minuto e intento averiguar cómo responder. Nunca me he visto envuelta en problemas de abandono de otra persona.

—Luke, ni siquiera puedo cargar sola con todas las provisiones. Te necesito, aunque solo sea como animal de carga.

Finalmente se pone de costado para estar cara a cara, y mis ojos ya se han acostumbrado lo bastante bien a la oscuridad como para ver su mueca.

—Estoy empezando a pensar que tú y tu prima están cortadas por el mismo...

Me río y sus ojos se agrandan.

—Vaya. Estás bromeando.

—Por supuesto que estoy bromeando. No te voy a dejar solo en la selva. Aunque en realidad estarías mucho mejor sin mí.

Luke sonríe al ponerse de nuevo boca arriba.

Bromeando ninguno de nosotros está mucho mejor solo.

22 HORAS ANTES

GÉNESIS

Apenas hay luz cuando una bota se clava en mi costado con la suficiente fuerza como para que me despierte y ahogue un grito. El dolor es desorientador y, al principio, no puedo recordar dónde estoy. Luego, el contorno de Silvana se hace más nítido.

—Levántate, *princesa*. —Su cara de desprecio convierte en insulto el apodo que mi padre usa para mí, aunque también me duele de nostalgia.

—¡Arriba! ¡Es hora de levantarse! —Despierta a los demás rehenes con la orden de levantarse y espabilar, a puro grito. A nadie más le patean las costillas.

Me incorporo y me quejo del dolor en los brazos y las piernas. Ninguna cantidad de jogging por las calles suburbanas ni de ejercicio con mi entrenador personal podrían haberme preparado para una excursión de doce horas por las estribaciones de la Sierra Nevada. Bajo la lluvia.

—Buen día —dice Indiana, y me volteo para verlo observándome desde su saco de dormir con las dos manos dobladas bajo su cabeza. Como si estuviera tendido en una toalla en la playa.

¿Cómo diablos hace que ser tomado como rehén parezca sexy?

Indiana abre su saco de dormir y saca una bolsita plástica de su mochila.

—¿Dónde vas? —le pregunto mientras se levanta.

—A lavarme los dientes. Es posible que más tarde decida besarte.

No me doy cuenta de que estoy sonriendo hasta que veo a Doménica sonriéndome. Ella oyó todo.

Saco mi juego de tocador de mi cartera y, cuando el compacto se me cae, recuerdo que no me he visto en un espejo en más de dos días. Ni me he cepillado los dientes ni lavado la cara.

Saco un pañuelo de mi cartera y me limpio la cara, el cuello y los brazos, pero antes de que encuentre mi cepillo de dientes, Silvana me grita desde el otro lado del claro.

—*¡Princesa!* ¡Agua!

Solo es un pozo. No puedo cepillarme los dientes sin agua limpia.

Mientras recojo cada hervidor y lata vacía que encuentro, que pueda contener agua, Julián le entrega a cada uno de los demás rehenes un CLC —comida lista para comer, al estilo militar, en gruesos sobres marrones— y una pieza de fruta recién traída de la selva.

Penélope ríe con nerviosismo; me volteo y veo cómo alimenta a Holden con trocitos de su harina de avena. Fingen no verme, conozco exactamente cómo es la cara de Holden cuando está actuando para su audiencia.

Espero que el agua que ella usó para preparar la avena les transmita algún tipo de parásito.

De camino al riachuelo, observo que todos los que llevan rifles, y que visten de camuflaje —incluidos Julián y Álvaro— están reunidos alrededor de una hoguera con Silvana. En la otra, solo los hombres no armados, con camisetas sucias y pantalones militares —incluidos varios estadounidenses— están sentados con Sebastián. Óscar y Natalia están en pie en el borde del círculo de Sebastián y los tres son los únicos del grupo que no están armados.

Ahora que están en su campamento base, nuestros secuestradores se han alineado en dos grupos distintos, y se les ve demasiado cómodos en sus círculos para que esto pueda deberse a una nueva disposición.

De repente lo comprendo. Hemos sido secuestrados por dos grupos que trabajan juntos. Y si la tensión entre Silvana y Sebastián es indicación de algo, a ninguna de las dos organizaciones les entusiasma dicha colaboración.

—¡Vamos, *princesa*! —El grito de Silvana me sobresalta y golpeo el hervidor, que está lleno de agua, y este cae al riachuelo. Ella y sus hombres se ríen mientras entro al agua para sacarlo.

Cuando ya tengo agua hirviendo en las parrillas colocadas sobre los tres fosos para las hogueras, desinfecto mi cepillo de dientes en uno de los hervidores. Mientras me estoy cepillando los dientes, se abre la tienda de paredes verdes, y se cierra cuando sale un hombre que lleva una caja de cartón. El sudor baja por su frente y le gotea en los ojos. Parpadea para quitarse el sudor, pero no retira la mirada de la caja ni cuando tropieza con una roca, de camino al estrecho sendero que conduce a la playa.

Esa caja *lo aterroriza*.

El malestar me recorre la espina dorsal cuando lo observo. Las bombas de Silvana se fabrican *aquí*. A seis metros del lugar donde dormí.

No volveré a dormir hasta que esto acabe.

Una vez cepillados mis dientes y después de haber utilizado lo que pasa por un baño, los demás rehenes casi han acabado de desayunar. Excepto Indiana.

—Aquí. —Me pone un abultado paquete marrón en el regazo cuando me siento en la estera de hierba junto a él—. Intenté enganchar una pieza de fruta para ti, pero Doménica es una bestia si no toma un poco de cafeína.

—Sé cómo se siente. —Levanto el sobre marrón—. Si no hay café instantáneo aquí, mi descenso a la locura será rápido y terrible.

Indiana se ríe.

—Alertaré a los hombres vestidos de blanco. A ver, ¿cuál será el banquete de los rehenes esta mañana?

—Menú veintidós: «Tiras de carne al estilo asiático», leo en la parte delantera de mi paquete.

—El desayuno de los campeones. Yo tengo «Menú doce: Pasta fantasía. Vegetariana». —Él rompe su sobre—. *¡Bon appétit!*

Empiezo a rasgar mi sobre pero cuando levanto la vista descubro que Sebastián me observa desde el otro lado del claro.

Son las seis y media de la mañana, según el reloj de camping sumergible de Indiana. Quedan ocho horas y media para que expire el plazo que Silvana le dio a mi padre. El tiempo se acaba.

—Gracias —le digo al devolverle el CLC con renuencia—. Pero creo que oigo cómo la oportunidad llama a mi puerta. Deséame suerte.

—He visto cómo te desenvuelves. No necesitas suerte —me susurra mientras me pongo en pie. Pero puedo percibir la preocupación en su voz y eso me hace sentir extrañamente reconfortada al cruzar el claro.

Sebastián me ve venir y su sonrisa parece, en realidad, acogedora.

—¿Qué pasa, Génesis?

—No me han dado fruta.

Los hombres que lo rodean se ríen, claramente divertidos por mi disposición a exigirle algo a un hombre que sostiene un rifle automático.

—Nos faltó —me explica Sebastián.

—Los rumores afirman que la fruta crece en la selva.

Arquea las cejas.

—Tendrás que procurártela tú misma.

—Entonces necesitaré una escolta. —Hago ademán de ir hacia el estrecho sendero, como si no supiera que conduce al mar—. Tú primero.

Se pone en pie y señala en la otra dirección. Lejos del océano.

Cuando nos dirigimos al claro, las risas *in crescendo* y las bromas groseras de sus hombres nos siguen.

Las ignoro por completo y, en su lugar, me concentro en Indiana. Tiene razón. No necesito que nadie me desee suerte.

Los Valencia se fabrican su propia suerte.

21.5 HORAS ANTES

MADDIE

Cuando los primeros rayos de luz me despiertan, me encuentro a Luke enroscado en mi espalda, con su brazo cubriéndome el estómago, como si hubiera intentado impedirme que lo abandonara durante su sueño.

Por un momento, saboreo su calor. Sin embargo, la realidad entra derribándolo todo de una patada.

Luke no debería depender de mí. Seguirme a la selva casi hace que lo maten. Y todavía puede ser así.

No debería haberle permitido venir, pero ahora no puedo dejarlo, ni siquiera por su propio bien.

No *quiero* abandonarlo.

Con cuidado, le levanto el brazo y me escurro fuera de la tienda. Cuando regreso de aliviarme en la selva, Luke está levantando nuestro campamento.

—¿Sabías que parque Tayrona contiene más de seis hectáreas cuadradas de selva? —me pregunta al plegar la hornilla de camping.

—¿Y qué? —inquiero mientras amarro nuestro saco de dormir a la parte inferior de mi mochila—. ¿Crees que todavía estamos en Tayrona?

—Es probable. La inmensa mayoría del parque es naturaleza salvaje sin explorar y que no aparece en los mapas.

Me encojo de hombros bajo mi mochila.

—Si esta es una analogía de la aguja en un pajar, sabes con exactitud que puedes dejar a un lado tus probabilidades y tus estadísticas. Los *encontraré*.

—Lo sé. Y sigo estando contigo. Pero tengo una idea. Silvana los llevaba a ustedes en dirección noroeste, ¿verdad?

—Sí. Íbamos alejándonos del sol naciente.

Mete la hornilla de camping plegada en su mochila y cierra la cremallera. —Entonces te propongo que, en vez de ello, pongamos rumbo al norte propiamente dicho.

—¿Por qué?

Luke me mira como si ya hubiera captado su idea, me indigna lo desorientada que me hace sentir.

—Porque el Caribe está directamente al norte y, si vamos derecho hacia la costa, significa que vamos cuesta abajo. Esto hará que nos resulte más fácil caminar. Podemos virar al oeste una vez que lleguemos al agua, y la marcha será *mucho* más fácil.

—Te estás olvidando de algo. —Puedo verlo en sus ojos.

Si caminamos a lo largo de la playa, podríamos ver un barco, encontrarnos con otros turistas o tener una señal más fuerte de teléfono.

—No estás intentando ayudarme a encontrar a los asesinos de Ryan. —La traición es como una magulladura en lo profundo de mi pecho—. Estás procurando que nos rescaten.

—Estoy intentando ambas cosas —insiste—. Seguiremos dirigiéndonos al norte y al oeste, pero a un ritmo más rápido. Y si encontramos ayuda antes que a los secuestradores, podemos alertar a las autoridades y que se encarguen ellos. Se lo *debemos* a tu prima y a sus amigos.

—Lo sé, pero... —No quiero que atrapen al asesino de Ryan. Lo quiero muerto.

—Maddie, ni siquiera tienes un plan. —Luke deja caer las manos frustrado—. Aunque estés dispuesta a matar a alguien, y de verdad espero que no, tenemos un rifle, que tú no sabes usar, y la enorme cantidad de cinco cartuchos.

Pero cinco cartuchos es mucho, porque *sí* tengo un plan.

Encontrar el campamento base de los secuestradores. Disparar desde una ubicación escondida. Huir con Génesis y sus amigos en el caos posterior.

Lo duro será decidir si voy por Silvana o por Julián, en caso de que solo pueda hacer un disparo.

—Estás baja de insulina, ambos hemos comido poco —prosigue Luke—. Y si vamos mucho más lejos, no conseguiremos regresar al barracón a tiempo para encontrarnos con el helicóptero esta noche. Así que si vamos a seguir adelante, *tenemos* que dirigirnos a la costa.

Abro la boca para discutir de nuevo, pero él me corta en seco.

—Y si esto no te convence, piensa en esto otro: Silvana y Sebastián también se están dirigiendo a la costa, con *toda seguridad*. No hay forma más conveniente que un barco para los secuestradores de conseguir los suministros que necesitan para mantenerse vivos ellos y sus prisioneros.

Frunzo el ceño y vuelvo a colocar la mochila en mis hombros.

—Entonces, ¿por qué no nos llevaron directamente a la playa en primer lugar?

—Porque *no* quieren ser encontrados. Y es probable que quisieran mantenerlos a ustedes desorientados. —Me observa durante un segundo y me deja que lo medite—. Maddie, esta es nuestra mejor apuesta.

Tiene razón.

—Muy bien. —Sonrío y me echo la mochila al hombro—. Dirige el camino hacia el norte, *boy scout*.

21 HORA ANTES

GÉNESIS

—*¿Qué prefieres?* —me pregunta Sebastián cuando escogemos nuestro camino a través de la selva. Su voz es grave y suave. Es la voz de un locutor o de un político. Una voz a la que las personas quieren escuchar.

Una voz como la de mi tío. Como la de mi padre.

—Bananas, si es que podemos encontrarlas.

—Estás de suerte. —Se dirige al este; es evidente que me lleva a algún lugar que conoce bien.

Cada paso que doy por este parche de selva intacta es como el tic tac de un reloj que marcara la cuenta atrás hacia las tres de la tarde. Hasta el momento en que mi padre me dejará morir o ayudará a estos terroristas a matar a centenares de personas inocentes.

No puedo dejar que ocurra eso.

—¿Quién eres?

—¿Filosóficamente? —Sebastián se ríe—. ¿O me estás preguntando por mi número nacional de identificación?

—No perteneces a un cártel. —Me encojo de hombros—. Es posible que Silvana sí. Pero tú no.

Levanta el brazo y deja que su rifle cuelgue cruzado sobre su pecho, resaltando su uniforme y su arma.

—¿Acaso no doy la imagen?

—No *suenas* como ellos. No vas detrás del dinero y tampoco disfrutas con la violencia.

Vuelve a reírse.

—Apuesto que no es divertido jugar contigo al póquer.

Llegamos a un pequeño grupo de plataneras, que se inclinan con un anillo masivo de racimos de fruta tan pesados que cuelgan a tan solo unos centímetros del suelo. Varios racimos tienen marcas donde alguien ya ha recogido fruta.

Sebastián estudia los racimos y, a continuación, arranca dos bananas. Me las ofrece, y deja que yo escoja.

—Eres un activista, ¿verdad? —Escojo la más madura, pero todavía está más verde que las que nunca he visto en una tienda—. Agarrarás un arma si te ves obligado a ello, pero prefieres pelear con las palabras.

Pela su banana y está perfectamente madura por dentro, a pesar de la cáscara verde.

—¿Con qué pelearías tú, Génesis Valencia?

Con todas las armas que tuviera a mi disposición. Pero no puedo mostrarle eso.

—Si tengo que pelear, he cometido un error en algún momento del camino —contesto mientras pelo mi banana.

—Eso es porque eres una privilegiada. Si acabas en un lugar donde no deberías estar en la vida, es porque *tú* has tomado un giro incorrecto. Para la mayoría de nosotros, alguien más está detrás del volante.

—Yo no me he colocado ahí. —Extiendo los brazos para asimilar la selva y toda la situación de rehén—. Alguien más está conduciendo esta vez. *Tú* estás conduciendo. Me has estado observando desde la noche en que llegué a Colombia.

—¿Y cómo ocurrió eso, Génesis? ¿Cómo acabaste en Cartagena?

—Yo... —lo miro fijamente, perpleja.

—*Ese* fue tu giro equivocado. —Rompe el extremo de su banana—. Ahora podrías estar en las Bahamas.

—¿Cómo diablos sabes eso?

Sebastián solo me observa y da un mordisco a la fruta.

—¿Nico? —mi abuela podría habérselo dicho tan pronto como accedí a venir a visitarla, para que pudiera ayudarla a preparar la casa—. ¿Está él metido en esto?

Sebastián se encoge de hombros.

—Todos desempeñamos un papel, lo sepamos o no.

—¿Y la parte de mi padre? Ya te dije que no puedes introducir una bomba por avión en...

—Y yo *te* dije que no queremos un avión.

—Pero es el medio más rápido... —Cierro la boca de golpe y reflexiono. Los aviones son la forma más rápida de entrar en Estados Unidos, aunque los aeropuertos tienen mucha seguridad e inspecciones de aduanas que están alertas—. Quieres un barco.

Su sonrisa es sombría. Como si estuviera renuentemente orgulloso de mí. —Le dije a Silvana que acabarías imaginándotelo.

La sangre se me sube a la cabeza al luchar contra el pánico.

—¿Qué puerto? —exijo—. ¿A dónde está mandando Silvana sus bombas?

Se encoge de hombros y me mira con tristeza.

—¿Qué importa eso?

—Sebastián, podemos detenerla. —Me pongo más derecha y estamos casi al mismo nivel—. *Sé* que esto no es lo que quieres. No tienes que matar personas para enviar un mensaje.

Deja caer la cáscara de su banana al suelo y cruza los brazos sobre el pecho.

—¿Se te ocurre una idea mejor?

Lucho con el agotamiento y el hambre, e intento encontrar un pensamiento claro. Nunca me he sentido tan desesperada ni tan fuera de mi elemento.

—Sé que el dinero no es lo que buscas, pero puede hacer mucho bien. Y *mucho* dinero puede hacer incluso más. Podrías iniciar una fundación para ayudar a que los agricultores privados de derechos tengan un nuevo comienzo. O establecer becas para sus hijos. O fundar una serie de clínicas gratuitas. O construir casas para los pobres. —Antes de morir, mi tío trabajaba para una organización sin ánimo de lucro que hacía todas estas cosas.

—Esas cosas son tiritas para heridas de bala, Génesis. Hasta que Estados Unidos no deje de interferir, los problemas de Colombia persistirán.

—Está bien, entonces publica un montón de anuncios para informar al público estadounidense. —Empiezo a sentirme como una subastadora, que intenta venderle todas las palabras correctas antes de quedarnos sin tiempo—. O respalda a un político estadounidense dedicado a tu causa. Mi padre lo hace todo el tiempo, para las cuestiones que a él le parecen importantes.

—¿Así que tu padre soluciona los problemas a base de dinero? —La risa de Sebastián es áspera y amarga—. No es ninguna sorpresa.

—Está intentando ayudar —insisto.

—¡Él es el *problema*, Génesis! —Sebastián se pone de pie. Yo me impulso para levantarme y me sitúo frente a él—. La brecha entre el rico y el pobre se está haciendo más grande en todo el mundo. La riqueza y los privilegios crean desigualdades, no las resuelven. —La ira destella en sus ojos y doy un paso atrás, distanciándome de sus puños apretados.

—¿Por eso mataste a su hermano?

Los puños de Sebastián se relajan de repente.

—Tenemos que volver.

—¡Dime! —le exijo—. Era mi tío. ¡Merezco saberlo!

—¿Tú...? —Su voz es suave, pero su mirada es dura—. Lo único que *te* preocupa es lo que *tú* mereces. Porque tú eres parte del problema también.

18 HORAS

MADDIE

—Oigo otro riachuelo. —Luke se pone frente a la dirección del agua corriente como un buen perro de caza—. Es nuestra señal para un descanso.

—No, es demasiado temprano para comer y todavía no estoy cansada. Me pongo más derecha para hacer que mi mentira parezca más convincente. No tengo tiempo de estar cansada.

—Llevamos tres horas caminando. —Luke ajusta los tirantes de su mochila y sus hombros caen—. Tenemos que abastecernos de agua donde la podamos encontrar, Maddie.

Sé que tiene razón. Y la única forma de poder hervir agua es vaciar más latas de sopa.

No me doy cuenta de lo hambrienta que estoy hasta que hago saltar la tapa de mi estofado de ternera y mi estómago gruñe.

Cuando las latas rellenadas están sobre la parrilla de la hornilla de camping, observo que Luke me ve con una sonrisa críptica.

—¿Qué?

—Tengo una sorpresa.

Finjo un grito ahogado.

—¿Cómo *podrías* mejorar lo de la sopa caliente y hervir agua?

Saca una bolsa de plástico transparente de su mochila. Agrupados al fondo hay cuatro especies de algodones blandos y blancos.

—¿Tienes *malvaviscos*?

Se encoje de hombros.

—Es lo único que queda de acampar con mis padres. ¿Alterará esto tu nivel de glucosa?

—No si tomo solo una. —Justo ahora tengo tanto deseo de comerme un malvavisco que me importa una mierda mi nivel de glucosa en sangre. Y esto es fácil de decir, siempre que haya insulina en mi bomba.

Luke busca detrás del tronco sobre el que está sentado y saca dos palitos que debe haber cortado mientras yo fui por el agua. Ensarta un malvavisco al final de cada palo, y cuando me entrega uno, nuestros meñiques se rozan.

Sostenemos nuestros malvaviscos sobre el fuego y el de Luke arde en llamas casi al instante. Me río cuando él hace una mueca y después lo apaga.

Yo aso el mío lentamente, saboreando la breve pausa del dolor, del pesar y de la miseria.

Él saca su malvavisco del palo.

—Vamos, tenemos que comerlos al mismo tiempo.

—¿Es algo de los *boy scouts*?

—No. Solo es algo que mis padres hacen. Es para poder compartir la experiencia. —Se encoge y, por una vez, sus mejillas no se sonrojan—. Sencillamente, es más divertido así.

Bajo mi malvavisco hasta que prende. Él observa cómo soplo y la apago.

—¿Preparado? —le pregunto y él asiente—. Está bien, pero tienes que comértelo de golpe. Así es como Ryan y yo solíamos hacerlo.

Luke asiente solemnemente. Luego, contamos hasta tres y cada uno de nosotros nos metemos un malvavisco carbonizado en la boca.

—Es lo mejor que nunca he saboreado —gime con la boca llena de masilla de azúcar.

—¿Verdad? —Estoy de acuerdo, aunque esto tendría mucho que ver con su forma de observarme, como con la sorpresa dulce.

Cierra los ojos y miro cómo mastica. Por primera vez desde que me dio la otra mitad de su sándwich en la playa del cabo, parece verdaderamente a gusto y confiado.

La bolsa cruje cuando la agarro y sus ojos se abren de inmediato.

—¡No! Tenemos que guardarlos para esta noche.

—Ni siquiera sabemos dónde estaremos entonces. Podrían habernos rescatado. O podrían habernos capturado. O podríamos estar...

—*Muertos.*

—Estaremos bien, y tener algo que esperar nos hará aguantar el día, aunque ese algo no sea más que un ladrillo de azúcar procesada.

—Pero es que *de verdad* quiero esos otros malvaviscos.

Luke me mira de forma sospechosa.

—Dame la bolsa, Maddie.

En vez de ello, sonrío y los escondo deliberadamente detrás de mi espalda. Él alarga el brazo, pero yo me inclino para bloquearlo. No puede agarrar los malvaviscos si es demasiado tímido para tocarme.

Los ojos de Luke se entrecierran. Embiste. Yo chillo y caemos al suelo, y el tronco nos protege de la hornilla de camping. Su codo aterriza en mi pelo, y su cara está a pocos centímetros de la mía. Es guapo, para ser un *boy scout* jugador, y el destello de calor en sus ojos no tiene nada que ver con la hoguera que parpadea en el lado de su cara.

Entonces, Luke se paraliza y, de repente, parece *muy* consciente de que la mitad de su cuerpo está sobre mí, su rodilla izquierda entre mis muslos. Su pecho apretado contra el mío.

—Lo s-siento... —tartamudea y se dispone a levantarse—. No pretendía...

Lo halo hacia abajo y su vacilación se derrite hasta que nuestros labios se encuentran.

Cierro los ojos y ambos nos relajamos en el beso. En unos minutos,

no hay selva. No hay secuestradores ni rehenes. No hay arañas, serpientes ni caimanes. No hay pesar ni dolor.

Durante unos pocos minutos, solo estamos Luke y yo, además del
dulce sabor compartido de los malvaviscos.

17 HORAS ANTES

GÉNESIS

—¡Gen! —dice Doménica al poner sus cartas sobre mi estera de paja. He perdido cuatro manos seguidas, ya nadie querrá jugar al póquer conmigo, porque he ganado todas las pastillas para el aliento de Doménica y todos los rollos de papel de fumar de Rog, que no sirven sin nada que enrolar en ellos.

Caminar por la selva enferma, pero el aburrimiento es su propia clase especial de infierno.

Álvaro sube el volumen de la radio que su grupo está escuchando, junto a la siguiente hoguera.

—Gracias por unirte a nosotros. Son las once de la mañana aquí en Miami... —La voz de Neda suena alta y clara.

Levanto la vista cuando Holden deja, por fin, de succionarle el alma a Penélope por la boca.

—Esta mañana tenemos la confirmación de que un pequeño grupo de excursionistas desaparecidos estaban, en realidad, fuera del campamento realizando un tour durante el secuestro. Salieron de la selva por la noche y han informado sobre sus compañeros desaparecidos. Entre esos estadounidenses no contabilizados se encuentra un matrimonio de Texas, cuatro jóvenes mochileros de San Diego y un desertor escolar de Indiana. En cualquier cadena de noticias tendrán una información más amplia. Lo digo en serio, lo ponen una y otra vez

—prosigue Neda—. Pero lo que sí *tenemos* hoy para ti en South Florida's Power 85 FM es una entrevista exclusiva con el padre de uno de los Miami Six, los adolescentes y amigos personales míos que fueron brutalmente secuestrados a punta de pistola ayer en un barracón del ejército colombiano. Permanezcan sintonizados...

Neda ha encontrado su vocación y, después de todos los años que ha pasado suspirando por una carrera de modelo, me sorprende que sea la radio.

Pensar en Neda hace que eche de menos a mi padre. No me importa que me dé la lata para que pruebe ese asqueroso polvo de proteína al que su entrenador lo ha enganchado o que intente convencerme para que vaya a su alma mater. Solo quiero escuchar su voz.

Cuando el programa vuelve a estar en el aire, Neda estira la entrevista, comparte varias historias breves y divertidas sobre los Miami Six, sin duda con la intención de cimentar su conexión personal con la crisis. Le dice al mundo cómo Penélope puede hacer un salto mortal hacia atrás en una barra de equilibrio de diez centímetros de ancho, pero no es capaz de caminar sobre una rejilla en la calle, por miedo a que se hunda y la haga caer en la alcantarilla. Cómo Holden repartió magdalenas gourmet a los pobres sin mencionar que su servicio a la comunidad era por orden judicial.

—Y Génesis... —La voz de Neda se quiebra por la emoción, y mis ojos se anegan—. Génesis es mi mejor amiga y, de no ser por ella, todavía estaría allí como todos los demás, solo que coja por mi reciente lesión. Fue ella quien lo dispuso todo para que me sacaran de la selva en helicóptero y... —Su voz vuelve a vacilar y el discjockey sugiere otra pausa.

Pero no puedo dejar de pensar en lo que dijo. *Nico* es quien sacó a Neda de la selva. Yo solo pagué el viaje. Como mi padre, yo solucioné el problema a base de dinero, aunque el problema fuera una de mis mejores amigas.

Indiana agarra mi mano y entrelaza sus dedos con los míos.

Neda vuelve al aire y retengo mi respiración cuando presenta a Amanda Goh. Penélope parece estar a punto de llorar y suelto la mano de Indiana para ir a consolarla. Pero, entonces, Holden pone su brazo alrededor de ella, y recuerdo que ella lo escogió a él por encima de nuestra amistad.

«*Por favor*, devuélvannos a nuestra hija», suplica la señora Goh por la radio, con la voz medio ahogada por las lágrimas. «Hemos reunido un poco más de un millón de dólares». Es probable que sean donativos de personas que recuerdan haber visto a Penélope ganar la medalla de plata olímpica en las barras asimétricas. Es una heroína estadounidense y sus fans harán lo que sea para traerla a casa.

Penélope aprieta sus manos contra los ojos para contener las lágrimas. Es algo que siempre ha hecho, desde que tenía seis años y no se clasificó en su primer campeonato de gimnasia.

—¡Un millón por la pequeña acróbata! —Silvana está de pie cerca de la hoguera más cercana a la tienda que es el cuartel general, con los brazos alzados en señal de victoria.

Un momento. Prácticamente le ofrecí a Sebastián un cheque en blanco, ¿y ella está dispuesta a celebrar un mero millón?

«Lo enviaremos donde quieran», añade la señora Goh. «Como quieran. No tienen más que llamar, por favor. Les ruego que nos digan cómo recuperar a Penélope».

—¿*Qué*? —Silvana se gira con una mirada tan furiosa que tengo que recuperar el aliento.

La radio pasa a otra pausa publicitaria, pero ya nadie está escuchando, porque Silvana está en pie de guerra.

Cruza el claro y los hombres se apartan de su camino.

—¿Por qué no sabe ella dónde enviar el dinero, Sebastián? —exige Silvana—. ¿Por qué no has pedido los rescates?

MADDIE

Luke aparta una rama de la senda para que yo pase, pero no permite el contacto visual. No me ha mirado directamente ni ha pronunciado una palabra desde que recogimos después de comer.

Desde que nos besamos.

Pareció gustarle, pero ahora temo haberlo estropeado todo. Es necesario que lo resuelva. Sin embargo, no tengo ni idea de cómo hacerlo.

—Eh —le toco el hombro—. ¿Qué te pasa?

Luke se pone rígido; quiero retirar mis palabras. Es evidente que el acercamiento directo fue un error.

Pero, en ese momento, se oyen interferencias de la radio bidireccional que lleva enganchada en la cintura, y ambos nos detenemos, paralizados. Nos miramos fijamente el uno al otro en tenso silencio mientras esperamos.

La interferencia se queda en nada, pero Luke sigue mirándome fijamente. —¿Por qué me besaste, Maddie?

No estoy segura de cómo responder a eso. Nunca antes había dado yo el primer paso. Debí pensarlo mejor después de Benard. Después de Sebastián. Hasta ahora, besar no me ha salido bien, y no quiero fastidiarlo todo con Luke.

Pero él me está mirando como si toda su vida dependiera de lo que yo diga a continuación, y eso es aterrador; completamente diferente a tener una pistola apuntándome a la cabeza.

—Hmm... Fue para darte las gracias. Por el malvavisco. Por cruzar la selva conmigo. Por enterrar a mi hermano. Por golpear a Moisés con una piedra.

—¿Solo fue para darme las gracias? —Suena herido. ¿Acaso quiere que le diga que es divertido y dulce? ¿Que lo vi mirándome por encima de mí y que con el gorgoteo del riachuelo, el crujido del fuego y el canto de los pájaros a nuestro alrededor, quise tocarlo? ¿Que no lo había pensado realmente?

Y de repente comprendo mi error.

—He soltado una tontería. No fue *solo* para darte las gracias.

Luke cala la gorra sobre sus rizos y baja la vista a sus pies.

—Sabes que me gustas. *Tienes* que saberlo. ¿Verdad?

—Sí... creo que sí. —Me encojo de hombros—. Quiero decir, estás aquí.

—Maddie estoy aquí, porque necesitas ayuda y porque combinando nuestros conjuntos de habilidades tenemos más probabilidades de sobrevivir en la selva que cada uno por su lado. Pero no me *debes* nada. En especial... eso. —Su rubor se extiende hacia el cuello y detrás—. Eso no es lo que yo quería.

—¿No querías que te besara? —Pensarlo hace que se me irrite la garganta.

—No quiero decir eso. —Se cambia la mochila de hombro y, por fin, me mira—. Solo estoy diciendo que no espero nada de ti. No necesito incentivos para estar aquí.

Me arden las mejillas y cierro los ojos. ¿Era lo que él creía que yo estaba haciendo? ¿Manipularlo para mantenerlo cerca? Como si fuera una Génesis.

¿Acaso tiene razón?

Vuelvo a revivir el beso en mi mente y relleno cada momento ambiguo con desconfianza de mí misma.

No. Mis ojos se abren de par en par. Yo *no utilizo a las personas.*

—No estoy intentando sobornarte, Luke. —Me seco los ojos húmedos con ambas manos. No puedo gestionar ninguna complicación más ahora. Esto es de vida o muerte. Es necesario que me concentre—. Si eso es lo que piensas, ni siquiera quiero que estés aquí.

—Oye, Maddie, yo nunca he dicho eso. —Luke alarga el brazo

para agarrarme, pero me aparto de él—. Solo es que no quiero que me beses a menos que quieras hacerlo de verdad. Y no es así.

—¡No pongas palabras en mi boca! No sabes lo que quiero decir.

—Ni siquiera *yo* lo sé—. Lo único que sé es que todo era triste. Entonces me diste un malvavisco y me hiciste reír, y todo fue menos triste. —Vuelvo a secarme los ojos una y otra vez con las manos, con la esperanza de que él no se dé cuenta de lo húmedos que están—. Pero tienes razón. Todo es *realmente* difícil ahora mismo, y yo no debería haberlo complicado besándote. —Me doy la vuelta y sigo caminando sendero abajo—. No te preocupes. No volverá a suceder.

—Eso no es lo que yo... —Luke suena como si le acabara de dar un puñetazo y el golpe también me duele a mí.

—Mira, olvidemos que sucedió alguna vez, ¿de acuerdo? —le espeto mientras él corre para alcanzarme—. Nunca te besé.

Su expresión de dolor se endurece y se convierte en enojo.

—Muy bien. Porque nunca quise que lo hicieras.

Empujo la culpa al fondo de mi mente. Él no quiere decir eso, pero *debería* ser así. Si algo he aprendido de Génesis es que el enojo es mucho más productivo que el dolor.

16.5 HORAS ANTES

GÉNESIS

—¿Sebastián? —llama Silvana con exigencia—. Empieza a hablar.

Toda la base se queda en silencio. Óscar apaga la radio y no deja que nada llene el silencio, excepto los *crocs* y los ululatos de la selva, y yo me trago mi decepción. Estoy *desesperada* por tener noticias de Miami, conforme se va acabando el plazo con mi padre.

—No tengo que rendirte cuentas a ti —responde Sebastián, y todos nos volteamos para observar la tensa volea de poder—. Cuando mi jefe me diga que haga las peticiones, las haré.

—Si no hay dinero, no hay canal de distribución —gruñe Silvana—. Ese fue el trato.

—Y quizás lo seguiría siendo, si en realidad *tuvieras* un canal de distribución. —Sebastián señala en mi dirección sin mirarme—. Hasta ahora lo único que tienes es un tercio de la ventaja con la que se suponía que obligarías a Hernán Valencia a colaborar.

—Ella es mucho —espeta Silvana—. Hernán tiene todavía tres horas y media, *responderá* dentro del plazo. Y lo mismo habrían hecho los demás, si hubieras llamado pidiendo los rescates. ¡*Solo* Wainwright ya vale una fortuna! Haz las llamadas, Sebastián.

Sebastián se encoje de hombros.

—Puedes decirle a Moreno que no tendrá su dinero hasta que Hernán esté de acuerdo...

—¡Cállate! —Silvana lo corta y me lanza una mirada. Pero descubrir que trabaja para Gael Moreno, cabecilla del infame cártel Moreno, no es en realidad una sorpresa.

La parte que no logro descifrar en mi mente es que Silvana y su jefe no estén tras el plan de enviar bombas por barco a Estados Unidos. Solo están en esto por dinero.

Las bombas son solo cosa de Sebastián.

16 HORAS ANTES

MADDIE

—Eh, Tim, ¿cuál es tu TEL [tiempo estimado de llegada]?», pregunta una voz entre interferencias, desde la radio bidireccional que lleva enganchada en la cintura.

Me quedo paralizada; me aferro a una rama fina para ayudarme a no resbalar colina abajo. Luke sigue caminando a mi derecha, con los ojos muy abiertos.

Estamos tan cerca de la playa que podemos oír cómo las olas se estrellan en la orilla.

—No pueden oírnos si no pulsamos el botón, ¿verdad? —susurro.

—Correcto. —Su voz es tan suave que apenas logro escucharlo. No se ha acercado a mí a más de medio metro desde nuestra pelea, y no sé cómo cruzar el abismo que se ha creado entre nosotros. O tan siquiera, si debería hacerlo—. Pero si está lo bastante cerca para que captemos su señal a través de la densa vegetación, podría oír nuestras pisadas, al merodear por aquí. Dependiendo de la distancia.

Suelto la rama con exagerada precaución, por si acaso.

—Me encuentro a media hora —responde Tim a través de la radio, y hay algo en su voz.

—No creo que sean los secuestradores —comento, y Luke me hace callar presionando sus labios con un dedo—. Parecen estadounidenses. Quizás puedan ayudarnos.

Luke saca la radio de su cinturón. Su pulgar ronda el botón lateral.

—¿Debería decir algo?

Miro fijamente la radio, paralizada de miedo. Podrían ser peligrosos aunque no estén con los secuestradores. Pero también podrían acabar salvándonos la vida.

—Podrían salir de nuestro alcance en cualquier segundo —me recuerda Luke.

Finalmente asiento.

—Di algo.

Luke se lleva la radio a la boca.

—Chicos, han visto ustedes a Moisés —pregunta la primera voz entre interferencias.

Una ola de adrenalina me recorre. Arranco la radio de la mano de Luke antes de que pueda apretar el botón. Me mira sorprendido. —¿Qué...?

—Trabajan para Silvana y Sebastián —susurro.

Frunce el ceño:

—Pero parecen estadounidenses.

—Lo sé —murmuro. ¿Por qué se involucrarían unos estadounidenses en un secuestro en mitad de la selva colombiana?

—No lo hemos visto desde ayer por la mañana —responde la otra voz a través de la radio—. ¿Por qué?

—Silvana lo envió a hacer un recado ayer y no ha regresado.

—Los matones de Silvana son problema suyo —contesta Tim—. Llegaré lo antes posible.

La radio se queda en silencio.

Miro fijamente a Luke.

—¿Qué *demonios* está pasando ahí?

15.25 HORAS ANTES

GÉNESIS

Una larga y delgada sombra vespertina cae sobre mí; levanto la mirada y veo que Silvana viene en mi dirección con una silla de metal plegable bajo un brazo. En la mano libre lleva una botella de aguardiente por la mitad y un vaso de plástico, de los de tequila.

Despliega la silla cerca de mi tocón y se sienta.

—Bueno, *princesa*. —Se sirve un trago y pone la botella en el suelo, entre sus pies—. Tú y yo vamos a tener una conversación amable y civilizada.

—Deja de llamarme así.

—¿Por qué? —Me ofrece el trago y, cuando lo rechazo con la cabeza, se lo bebe ella y, a continuación, bebe un poco de agua—. ¿Solo tu *papi* te llama *princesa*?

Mantengo su mirada. Como todos los depredadores, si percibe debilidad, se abalanza.

—¿Cómo conoces a mi padre?

—Nos conocemos desde hace *mucho* tiempo. Profesional y personalmente. —Sus cejas arqueadas implican cosas en las que no quiero pensar.

—Estás mintiendo. —Mi padre la reconoció por teléfono, pero eso no significa que estuvieran alguna vez *liados*.

Silvana se voltea en la silla para mirarme a la cara, con un brazo estirado sobre el respaldo de metal.

—Toma el café con cardamomo y canela, como siempre lo hacía su mami. Duerme en bóxers de raso. Y es un hombre muy generoso cuando está contento. —Se inclina hacia delante, mirándome detenidamente a la luz parpadeante de la hoguera más cercana, y un destello de crueldad en sus ojos oscuros. Está conectada a mi dolor como un perro con el olor de su presa—. Sé cómo hacerlo muy, muy feliz.

Noto cómo me sube un nudo agrio por la garganta. Voy a vomitar. Silvana sirve otro trago y me lo pone delante.

—¿Has cambiado de idea?

Agarro el vaso y ella se ríe cuando me lo bebo de un solo trago.

—¿Qué quieres?

—Quiero que convenzas a tu *papi* de que retomar nuestra relación de negocios será beneficioso para todas las personas involucradas. En particular, para *ti*.

—¿Retomar? —Me entran ganas de volver a llamarla mentirosa, pero no estaría tan segura en su arsenal verbal si estuviera lanzando faroles.

Aunque yo sé mejor que nadie que la verdad puede tergiversarse. Sus tratos de negocio podrían haber sido perfectamente inocentes.

—Hasta hace nueve meses, tu padre enviaba nuestro producto por todo el mundo.

—¿Su producto? —Miro fijamente a Silvana y espero que remate.

—Nieve. —Frunce el ceño—. Ya sabes... polvo. Blanca. *Cocaína*.

Pongo los ojos en blanco.

—Ya sé lo que es. Solo que no te creo.

No me hago ilusiones de que mi padre sea un santo. En los envíos internacionales, como en cualquier otro negocio, hay que sobornar a gente y, a veces, hay que comprar votos. Pero hay líneas que uno no cruzaría jamás.

—Mi padre no trabajaría *nunca* contigo ni con Gael Moreno. —Me pongo de pie y agarro mi mochila.

—Oh, niña. ¿De *verdad* crees que tu padre construyó una compañía de transporte de miles y miles de millones en menos de dos décadas, porque es un brillante hombre de negocios? ¿O porque se dedicó en cuerpo y alma a la empresa? Lo que invirtió en Génesis Shipping es *dinero de la droga*. Le dimos el medio para expandirse antes en su profesión. De invertir en progreso. De comprar a sus competidores. Lo hicimos, porque él sabe a quién pagar en las aduanas y cómo sacar el producto de nuestros narcosubmarinos y cargarlo en sus barcos en medio del golfo, sin ser visto. ¡Me reí cuando naciste y él le cambió el nombre a su sucio imperio! —Su sonrisa es una amarga parodia de gozo, que se burla de mi dolor—. Génesis Shipping es un homenaje a su única hija. Lo único en el mundo a lo que ama más que a la empresa misma.

Atontada, sacudo la cabeza.

—Sandeces. Mi padre trabajó por todo lo que tiene. *Se merece* todo ello. —Todo lo que me ha dado a mí.

—Si, trabaja *muy* duro, niña. —La risa de Silvana me lastima hasta lo profundo del alma—. Hasta hace nueve meses, tu padre era el traficante de drogas de mayor éxito en el mundo.

MADDIE

Miro a través de la línea de árboles, tan aliviada de ver la cristalina costa caribeña que casi puedo saborear el agua salada. Quiero caer de rodillas en la arena, pero no podemos pasear por la playa como turistas. Tenemos que seguir por la costa desde la cubierta de la selva, para que podamos ver a cualquiera que esté en la playa antes de que nos vean a nosotros.

Porque estamos dentro del alcance de la radio de los hombres de Silvana.

Al escoger nuestro camino y atravesar una vegetación más densa, tengo que morderme la lengua para evitar sintonizar a Neda.

La playa está *justo ahí*. Mis piernas anhelan el paso más rápido y fácil de la arena compacta. Sigo deslizando la mirada hacia el rifle. Si pudiera pensar en una excusa plausible para quitárselo a Luke, lo haría.

Necesito estar preparada para el momento en que nos encontremos con Julián.

Luke saca su teléfono móvil del bolsillo y lo orienta en ángulo hacia la playa. Yo verifico la pantalla. Sigue sin haber señal.

—Eh, ¿Shawn? —dice la voz de Tim en la radio, y Luke y yo nos quedamos petrificados en un espeso parche de sotobosque—. No voy a poder llegar a tiempo para ayudar a cargar los submarinos.

—¿Subs? —le articulo a Luke sin sonido.

Se encoge de hombros y mira fijamente la radio. Sigue sin mirarme apenas.

—Recibido. —La respuesta de Shawn se oye con estática—. Lo... sin ti. Eh, ¿has... de Moisés? Silvana está furiosa.

—Ni una palabra. —La señal de Tim es mucho más fuerte.

Shawn suelta toda una retahíla de maldiciones entrecortada por la estática, pero Luke y yo compartimos una sonrisa de alivio.

—¿Qué está pasando ahí? —pregunta Tim

—...perdido a dos de los VIPs —contesta Shawn—. Se confirma que el chico está muerto... hermana... de un acantilado... no ha aparecido todavía. Moisés... también está fuera del mapa.

Luke frunce el ceño.

—Moisés ha debido apañárselas para desatarse solo.

—Entonces, ¿por qué no saben dónde está? —Niego con la cabeza, aunque la respuesta parece obvia. Tiene miedo de volver con Silvana antes de capturarnos. O todavía no lo han buscado en el barracón.

—La estática significa que Shawn está más lejos, ¿no? —susurro, y Luke afirma con la cabeza.

—Entonces, solo les queda un VIP. —Tim suelta un silbido—. Que Dios nos ayude a todos cuando el jefe lo descubra.

En el silencio que sigue, Luke levanta los ojos de la radio para mirarme con asombrada confusión.

—Eres una VIP.

Bueno, por *algo* se empieza.

—Avísame si encuentras la sección del cordón de terciopelo de la selva.

—¿Qué crees que significa eso? —pregunta mientras continuamos por una senda cubierta paralela a la playa, y me alegra tanto que me esté hablando después de horas casi en silencio, que ni siquiera me importa lo morboso que es el tema.

—Es probable que esperen obtener un rescate triple de mi tío, por mí, por Ryan y por Génesis. Pero ¿por qué les preocuparía encontrar mi cuerpo?

—Quizás crean que tu tío pagaría para recuperarlo —contesta Luke suavemente—. Ya sabes. Para un funeral adecuado.

Los bastardos quieren rescatar mi cadáver. ¿Significa eso que planean desenterrar a mi hermano?

Cierro los ojos al ver en mi mente la horrenda escena.

No permitiré que eso ocurra.

Abro los ojos y una nueva furia me arde por dentro. Le fallé a Ryan en vida, pero esta vez podrá contar conmigo.

14 HORAS ANTES

GÉNESIS

La despiadada risa de Silvana lo ahoga todo, excepto el rugido de mi pulso en mis oídos.

Indiana está de pie al otro lado del claro. Puede ver que algo va mal, pero yo le indico con la cabeza que no, que se quede allí. No quiero que oiga nada de esto.

Traficante de drogas.

Mi padre dejó de trabajar para Moreno hace nueve meses.

El tío David murió hace nueve meses.

No son coincidencias.

Mi voz es un susurro airado.

—¿Dejó de trabajar mi padre para ustedes, porque mataron a su hermano, o fue al contrario?

—¿Hermano...? —Silvana se ríe de nuevo, pero esta vez el humor no llega a sus ojos. No va a responder a mi pregunta. Nadie quiere hablar de lo que le sucedió a mi tío.

—Siéntate, *princesa.* —Me sienta de un empujón, de nuevo sobre el tocón, y mi mochila toca la tierra junto a mis pies—. ¿Quieres hablar con tu papá? *Vale.* Te voy a dar diez segundos para que convenzas a tu padre de que envíe el producto de Sebastián —me dice, mientras saca el tosco teléfono satelital de su bolsillo.

Su reloj marca las dos y media. A mi padre le quedan todavía treinta minutos hasta que se cumpla el plazo, pero es evidente que ella cree que necesita un codazo.

Me trago el nudo de la garganta.

—No le voy a pedir que les ayude a matar personas. Eso no va a resolver los problemas del mundo.

Silvana me agarra de la barbilla y finjo que no me duele.

—No te confundas, niña. Yo no soy un alma generosa como Sebastián. Me importan una mierda los problemas de Colombia. Estoy aquí para recoger los rescates y asegurar la distribución, así que puedes convencer a tu padre para que colabore, o lo dejamos escuchar al teléfono mientras Álvaro te destroza cachito a cachito.

Me suelta y mi mirada vaga hasta Álvaro, que está afilando su machete con una piedra grande.

De repente, el tocón sobre el que estoy sentada parece inestable. Lo único que puedo oír es el chirrido metálico de esa roca por la hoja de Álvaro. Lo único que puedo ver es el destello de la luz del sol en el afilado borde.

Lucho por aminorar mi respiración y cuando aparto mis ojos del machete, van directamente a Indiana. Está apoyado contra un árbol, en el borde del claro, y me observa. Está preparado para dar un paso a la primera señal de que yo necesite ayuda, a pesar de su propio riesgo.

Si le digo a mi padre que no ayude a Sebastián, estaré sacrificando a Indiana y a todos los demás rehenes, junto a mí misma. No tengo derecho de hacerlo. No *quiero* hacerlo. Pero no puedo...

Silvana pulsa la marcación automática del teléfono y mi corazón va a toda velocidad, mientras que suenan las llamadas. Una. Dos.

—Si intentas decirle a tu *papi* dónde estás, le rebanaré a tu novio el cuello delante de ti.

—¿Hola? —responde mi padre, y un sollozo estalla en mi garganta.

—¿Silvana?

Me entrega el teléfono; lo agarro como se aferra quien se está ahogando a un salvavidas.

—¿Papi?

—Génesis. —Suena tan aliviado—. ¿Estás bien? ¿Te han herido?

—Yo... —Las palabras se congelan en mi lengua.

—Escucha, *princesa*, no hables con ellos. No los escuches. Ni siquiera los mires. No te muevas y sé inteligente. Te voy a sacar de ahí...

—No lo hagas, papá. —Me trago un sollozo y me aclaro la garganta. Respiro hondo y digo lo peor que le he dicho nunca a mi padre. Lo único que funcionará—. Si los ayudas a perjudicar a esas personas, *te juro por Dios*, que me corto el cuello aquí en la selva.

Silvana me arranca el teléfono y me da una bofetada, tan fuerte que aterrizo en el suelo, a medio metro del tocón sobre el que estaba sentada.

—¡Génesis! —grita mi padre del otro lado de la línea.

Indiana salta a la acción y se paraliza cuando Silvana le apunta con la pistola. Pero su atención sigue pegada a mí.

—Ambos sabemos que tu *princesa* no lo va a hacer —espeta al teléfono, mientras yo me llevo la mano a la mejilla izquierda, que me arde—. Álvaro está aquí, Hernán, y *rabia* por mostrarle a Génesis aquello de lo que la has estado protegiendo, encerrada en la torre de marfil.

Por eso es mi padre tan paranoico y tan protector. Por esa razón tuve que tomar clases de Krav Maga y aprender a disparar. Por eso no quería dejarme venir a Colombia.

Por lo que asesinaron a mi tío. Por lo que me secuestraron. Por lo que mataron a Ryan.

¿Y a mi madre...?

Oigo un ruido sordo y mi madre hace un extraño sonido.

Un sonido doloroso. Las lágrimas se derraman por el rabillo de mis ojos cerrados. Suena otra vez ese ruido y ella ahoga un grito. Todo mi cuerpo tiembla.

Ese ruido apagado sigue y ella deja de hacer sonidos. Pero mantengo los ojos apretados.

Soy una buena niña.

«Esto es culpa de tu papá», dice el hombre y sus pasos sue-nan más cerca.

Mi padre grita desde el otro extremo de la línea, pronuncia amenazas que no puedo entender, y el corazón me martillea en los oídos.

—Te voy a dar una oportunidad más —dice Silvana por teléfono—. Si no tengo noticias tuyas alrededor de la medianoche, con las coordenadas de tu barco más próximo, sabes lo que le haré a ella, Hernán. —Silvana cuelga el teléfono y lo desliza en su bolsillo.

Los gritos furiosos de mi padre se repiten en mi cabeza, cuando ella recoge su botella y me deja en el suelo, temblorosa, en las ruinas del engaño en el que he estado viviendo toda mi vida.

13.5 HORAS ANTES

MADDIE

Otro estallido de estática procede de la radio.

—Epa, Shawn, ¿puedes confirmarme...?

Agarro la mano de Luke cuando más estática absorbe el resto.

—Es Julián. —Los escalofríos me recorren la columna. *Jamás* olvidaré su voz—. El hombre que mató a Ryan.

La mano de Luke se pone rígida; me trago mi desilusión. Todavía no confía en mí. Pero, entonces, sus dedos se entrelazan con los míos y le aprieto la palma de la mano con agradecimiento.

En el momento en que lo necesito, ahí está.

—Hmm, un segundo... —La voz de Shawn desaparece entre más estática, mientras que Luke y yo miramos fijamente la radio—. ...agarra la lista. —La radio se queda en silencio durante un minuto y, después, vuelve la estática—. De acuerdo, yo... Ángeles, Chicago, DC, Menfis... York y Miami. ¿Los tienes todos?

—*Sí* —responde Julián—. Y Langley, Virginia.

—No, hombre, Sebastián dijo que el jefe tachó Langley de la lista la semana pasada.

—Silvana... *muy* claro —insiste Julián, con el acento marcado y endurecido por el enojo—. Langley no, no hay trato. Tú *no*... enfadar a Moreno.

—De acuerdo... hablo con Sebastián... vuelvo a hablar contigo —le dice Shawn y acaba la estática.

Vuelvo a apretar la mano de Luke, y después la suelto.

—Esto está *muy* por encima de nosotros.

Luke asiente.

—Sí, esta es la única parte que entiendo.

—Es como si Silvana trabajara para el cártel de Moreno. Al menos para lo que queda de él. —Los Moreno fueron noticia durante una avalancha de redadas contra la droga, hace un par de años—. Y quienquiera que sea al jefe de Sebastián, no teme molestar al cártel.

—¿El cártel? ¿De modo que todo esto gira en torno a la cocaína? —Luke frunce el ceño—. Las ciudades... ¿son una especie de red de distribución?

—¿Pero Langley? —El corazón me suena en el oído, mientras intento dilucidar qué está sucediendo.

—Tal vez a los agentes de la CIA les gusta pasárselo en grande.

—No lo sé —le respondo. La única cosa de la que estoy segura es que esto es mucho más grande que lo que nos sucedió a Génesis, a Ryan y a mí.

11 HORAS ANTES

GÉNESIS

—No ha llamado. —No puedo dejar de mover mi pie con nerviosismo. Agarro la muñeca de Indiana y echo un vistazo a su reloj—. Han pasado tres horas. No va a llamar. —No estoy segura de lo que quiero que diga mi padre, pero sí de que quiere tener noticias suyas.

Indiana se acerca más a mí, sobre el tronco, y toma mi mano.

—Llamará.

Del otro lado de nuestra hoguera, Penélope pasa sus dedos por las rubias ondas de Holden, mientras él duerme con la cabeza en su regazo. Doménica y Rog están inmersos en una partida de ajedrez, en un tablero al que le faltan dos peones.

Ellos no tienen ni idea de lo que Silvana le dijo a mi padre. Ni que la llamada que estoy esperando podría hacer que los mataran.

Del otro lado del claro, Óscar empieza a pasar latas de sopa y CEM a nuestros captores, para cenar.

¡Estoy *tan* cansada! Quiero apoyarme en el hombro de Indiana, pero no puedo permitirme parecer vulnerable.

—No debería haberle dicho que me iba a matar. Ahora piensa que, haga lo que haga, me perderá.

Indiana me suelta la mano y desliza su brazo alrededor de mi cintura.

—Tu padre no cree, ni por asomo, que lo vayas a hacer de verdad —me dice con la boca sobre mi cabello.

—Sí lo cree —insisto—. Un Valencia nunca fanfarronea.

Indiana se recuesta hacia atrás y estudia mis ojos.

—Eso no es verdad. Me juego dos palos de chicle y mi última camiseta limpia en una partida de póquer contigo esta tarde.

—El póquer no cuenta. —Pero ahora estoy sonriendo, y eso parece hacerlo feliz.

—¿Acaso no nos van a dar nada de comer? —pregunta Penélope.

Me volteo y veo que Óscar está cenando. No se ha servido a los rehenes.

—Génesis. —Sebastián me llama desde su hoguera, y me tenso al escuchar el sonido de mi propio nombre—. Ven acá.

Me pongo de pie, e Indiana se levanta conmigo, tan cerca que no puedo ver a nadie más.

—No tienes por qué ir. Podrías quedarte aquí, sin más. —Me pasa una mano por el pelo y sus labios rozan mi mejilla—. Conmigo.

Quiero besarlo, no me importa quién esté mirando. Pero Sebastián tiene razón... tiene mucho mando.

—Volveré enseguida. —Puedo sentir que todos me observan mientras atravieso el campamento base. Doménica y Penélope parecen curiosas, pero la mirada de Holden es como un cuchillo en mi espalda.

Sebastián y sus hombres están sentados sobre troncos o taburetes hechos a mano, pero me hace gestos para que me siente en la estera, a sus pies.

—¿Tienes hambre? —me pregunta y levanta un poco de raviolis de lata.

Hace seis horas que almorzamos; ¡por supuesto que estoy muerta de hambre! Pero sé que no me conviene admitirlo.

—Puedes comer tan pronto como consigas que tu padre colabore.

—Toma otro bocado y sigue hablando mientras come—. Se está acabando el tiempo.

—No le voy a pedir a mi padre que te ayude a *matar* a personas. ¿Por qué estás haciendo esto? ¡Yo pensaba que querías hacer que las cosas mejoraran!

—*Estamos* mejorando las cosas. El mundo no es más que un miembro gangrenado, Génesis. Tienes que cortar la carne podrida para salvar la que está sana. —Sebastián le echa una mirada a Silvana—. Está diciendo la verdad. Tu padre no es el hombre que tú crees.

—Está podrido —afirma el estadounidense que está a su izquierda.

—Shawn —regaña Sebastián. Pero el estadounidense se limita a encogerse de hombros.

—Mi padre nunca ha obligado a nadie a drogarse. —Me aferro a esa certeza, porque no sé cómo defender a mi padre de otra forma. Ni siquiera sé si debería—. Las personas toman sus propias decisiones y pagan por sus propias equivocaciones.

Shawn parece decepcionado.

—Son la misma cosa. Ella se va a *poner de su parte*.

La cara me arde.

—*¿Y tú*, de parte de quién estás? —le exijo—. ¿Acaso es mejor hacer estallar a las personas que enviar cocaína?

El fervor arde en los ojos de Shawn como una especie de manía.

—El sentido estadounidense de los privilegios y el despiadado programa capitalista han abusado de los que están privados de derecho —tanto aquí como en Estados Unidos—, durante décadas. Vamos a destruir los símbolos de avaricia y excesos de nuestro país. ¡Les vamos a abrir los *ojos* a las personas!

Me doy la vuelta asqueada, pero Sebastián me agarra del brazo.

—Tú no reconoces el problema, porque ha empezado contigo, *en el espejo* de tu vida cotidiana. Pero solo porque tú no lo veas, no significa que no exista. *Apestas* a derroche y destrucción.

Pego un tirón y me zafo de su agarre, pero él sigue hablando.

—Tal vez tú no tengas hambre, pero tus amigos sí. *Ninguno* de ustedes comerá hasta que convenzas a tu padre para que colabore.

—Quedan siete horas para que se cumpla el plazo —le recuerdo—. Creo que sobrevivirán.

—¡Asegúrate de que saben por qué están pasando hambre, *princesa*! —grita Silvana mientras yo regreso a la hoguera de los rehenes.

—¿Qué significa eso? —me exige Holden, pero yo sigo caminando al pasar junto a él. En realidad no intentan matarnos de hambre, solo quieren manipularme a mí con la presión grupal—. ¿Qué has hecho esta vez?

—Nada. —Me dejo caer de nuevo en el tronco, junto a Indiana y puedo sentir la mirada de Holden, pero aparto mi mente de él—. No nos darán de comer hasta que convenza a mi padre para que colabore —susurro.

—Nadie te puede culpar por ello —insiste—. Diles sencillamente lo que está ocurriendo. Nadie *quiere* que los terroristas lancen bombas en Estados Unidos.

Pero no parece justo decirles que yo ya he elegido la vida de centenares de extranjeros, por encima de las suyas. Por encima de todas las nuestras.

—Holden no considera que el bienestar de otros sea responsabilidad suya; y, ahora mismo, Penélope lo seguiría incluso a dar un gran salto de trampolín a una piscina llena de serpientes venenosas, con que solo le sonría.

Indiana me dirige una sonrisa ladeada.

—Por tanto, lo único que tenemos que hacer es convencer a todos de que, en realidad, estamos en huelga de hambre.

—Y que fue idea de Holden —añado riéndome.

10.5 HORAS ANTES

MADDIE

—Un rifle y cinco cartuchos no serán una gran amenaza para un cártel de la droga, pero en caso de que tengas que usarlo, más vale saber usarlo. De no ser así, ellos lo notarán enseguida.

Estudio el rifle cuando Luke vacía la recámara.

—Tengo que apuntar y apretar el gatillo, ¿no?

—Más o menos. —Se inclina para recoger la bala expulsada—. Este es como aquel con el que aprendí, salvo que tiene un modo automático y otro semiautomático. Lo he puesto en un solo tiro, porque —una vez más— solo tenemos cinco balas.

Le quito el rifle y pesa más de lo que yo esperaba. Pensé que me haría sentir más fuerte, pero me siento pequeña y torpe.

—¿Cómo lo sostengo?

—Así —Luke posiciona la parte trasera de la culata contra mi hombro, y guía mi mano izquierda para que empuñe el largo cañón del rifle—. A esto se le llama empuñadura.

Cuando se mueve para ocupar su lugar, detrás de mí, su pecho roza mi espalda; quiero recostarme a él. Solo... eliminar el espacio que hay entre nosotros, y dejar que ese gesto diga las cosas que no sé cómo expresarle. Porque no puedo confiar en que mi boca no vuelva a estropearlo todo.

—No está cargado, pero deberías adquirir la costumbre de mantener tus dedos fuera del gatillo, a menos que estés preparada para disparar —me aconseja, y puedo sentir su aliento en mi cuello—. Ahora, apunta a ese árbol.

—¿A ese? —Suelto la empuñadura para señalar y Luke vuelve a situar mi mano en su lugar. Tiene confianza con el rifle. Sus manos son firmes.

—Sí. Mantén ambas manos en el arma. —La levanta un poco más contra mi hombro, y se acerca tanto a mí ahora, que puedo sentir cada una de sus respiraciones—. Ahora alinea la mira trasera y la delantera, y asegúrate de que estén exactamente en aquello a lo que quieras dispararle.

—¿A qué quiero dispararle? —Su respiración roza mi oreja, y asiento, temerosa de hablar, no sea que salga todo lo que estoy pensando. Necesito esta lección. Esta arma y esos cinco cartuchos son la única oportunidad. Conseguiré vengar a Ryan. Pero cuanto más me acerco a Luke, menos quiero arrastrarlo a esto.

Luke reajusta mi agarre sobre el rifle y su cadera presiona la mía. Levanta el cañón un poco más y resaltan los músculos de su brazo. Parpadeo y me obligo a centrarme de nuevo en el árbol.

—Alinea las miras y aprieta el gatillo. Suavemente.

Aprieto. El gatillo hace un *clic*. Luke empuja el rifle hacia arriba por el cañón y empuja la culata contra mi hombro.

—¡Epa! —Sorprendida, dejo caer el arma.

Luke la atrapa con una mano.

—¿Para qué has hecho eso? —Todos los deseos de besarlo han desaparecido.

—Estaba simulando el golpe del disparo —me explica Luke—. Para una experiencia auténtica. La primera vez que disparas un rifle, podría golpearte y hacerte retroceder un par de pasos. Si tu equilibrio no es el adecuado. Tienes que estar preparada. Y eso *no* incluye dejar caer el arma.

—¡Vaya, me lo podrías haber advertido!

—Lo siento —intenta esconder una sonrisa.

—¿Qué es tan divertido?

—¡Es que parecías tan sorprendida!

Resulta difícil sentir otra cosa que no sea cansancio y terror, sabiendo que el cártel Moreno está involucrado en el secuestro de mi prima y en el asesinato de mi hermano, pero la sonrisa de Luke es contagiosa. Y por fin dejó de poner distancia entre nosotros.

—¿Estás preparada? —pregunta, todavía sonriendo.

—Sí.

Luke agarra mi mochila y me la entrega.

—Hagámoslo. —Su rostro se sonroja por la insinuación accidental—. No me refiero a eso —explica, y no puedo ahogar una carcajada.

Me gusta no tener que preguntarme qué está pensando o qué siente. No está jugando. No intenta emborracharme. No oculta a una hermosa novia francesa.

No esconde *nada*. Cada pensamiento que tiene sale directamente por su boca y eso es refrescante. Y divertido.

Con un cálido estremecimiento por la sorpresa, me percato de que *en verdad* quiero besar de nuevo a Luke.

10 HORAS ANTES

GÉNESIS

Del otro lado de la hoguera, Holden susurra con Penélope, Doménica y Rog. Solo puedo escuchar algunas palabras sueltas, pero es más que suficiente para despejar el misterio de su plan de escape.

Esperar hasta que todos duerman. Neutralizar a los guardias que estén de servicio. Correr.

Su plan es desastrosamente simplista y peligroso, pero no puedo culparlos por considerarlo. Tenemos que hacer *algo*. Y mi plan ha fracasado.

—Va a hacer que los maten —comenta Indiana mientras se deja caer en la esterilla junto a la mía y me pasa una botella de agua.

—No sé —desenrosco el tapón y bebo hasta que mi estómago se siente menos vacío—. Tal vez Holden esté sobre algo.

—No —responde Indiana—. No lo está.

Dejo la botella en el suelo y me vuelvo hasta estar completamente cara a cara.

—Silvana va a dejar que Álvaro me corte en trozos para que mi padre pueda oírme gritar por teléfono —le digo.

Indiana aprieta la mandíbula. Me toma la mano.

—Génesis, yo no...

—Tú no puedes impedirlo. Y mi padre no va a ser capaz de soportarlo. Cederá y muchas personas morirán. Luego irá a la cárcel. Pero si corro, Silvana no tendrá forma de convencer a mi padre para que colabore.

—El plan de Holden no suena más inteligente cuando sale de tu boca, G. —Me frota los nudillos con su pulgar—. No conseguiremos salir todos de aquí si intentamos correr, y los terroristas seguirán teniendo sus bombas. *Encontrarán* otra forma de meterlas en Estados Unidos. Si corres, solo estarás retrasando lo inevitable.

—¡Maldita sea! —Le doy un pequeño empujón, pero su pecho es seductoramente inflexible—. ¿Por qué tienes que echar por tierra mi plan?

Se ríe.

—Es el plan de Holden y tú nunca lo ibas a seguir.

—¿Cómo lo sabes?

Indiana se inclina y quedo atrapada en sus ojos color avellana.

—Lo sé, porque eres la luna, no la marea. —Sus labios rozan la comisura de mi boca con cada sílaba, y la expectación recorre todo mi ser—. Tú no te dejas llevar por la marea, Génesis; tú *creas la corriente*. Y Holden no es nada más que un barco a merced de las olas.

Indiana toma mi mano. Sus labios se encuentran con los míos y su otra mano se desliza por mi pelo. Su lengua recorre mi labio inferior. Gimo y envuelvo su cuello con mis brazos.

Su beso sigue la línea de mi mandíbula hacia mi oreja y dejo caer la cabeza hacia atrás.

—¿Por qué has esperado tanto? —susurro.

—Porque uno no debe apurarse cuando se trata de algo bueno —murmura contra mi piel—. E independientemente de lo que ocurra a nuestro alrededor, esto es algo *muy* bueno.

9.5 HORAS ANTES

MADDIE

La radio vuelve a emitir estática, pero esta vez apenas la miramos. Ha estado haciendo ese ruido las dos últimas horas y, aunque indica lo cerca que debemos estar del campamento base de Silvana, fue estimulante al principio, ahora es un aterrador y agotador recordatorio de lo peligrosa que es en realidad mi búsqueda de venganza.

Ambos podríamos morir mañana.

—Eh, Maddie —Luke me llama al regresar del riachuelo con agua fresca—. Tengo una sorpresa para ti, mientras esperamos que esto hierva.

Luke saca el cuchillo de Moisés y abre dos bananas por la curva interna, sin quitarles la piel. Las pone sobre la parrilla y, a continuación hace palanca en la abertura y las rellena con trocitos arrancados a nuestros dos malvaviscos gigantes.

Luego saca un cuarto de barra de chocolate con leche de su mochila. La etiqueta dice «Godiva».

—¿Tienes *chocolate*? —Miro fijamente el dulce como si fuera un espejismo, segura de que desaparecerá en cualquier segundo—. ¿De dónde lo has sacado?

—Lo encontré en una tienda, cuando buscaba provisiones, antes de que regresaras al barracón.

Le doy una manotada en el hombro.

—¿Por qué no me lo dijiste?

—De todos modos, no puedes comer mucho de esto, así que lo estaba reservando para una ocasión especial. —Quita el envoltorio y empieza a romper la barra en trozos, los que mete entre las dos mitades de ambas bananas, alternándolos con los del malvavisco—. Mi madre lo llama pastelitos de banana. Mi padre las llama barcas de banana a la hoguera. —Se encoje de hombros—. Yo, solo me las como.

Luke empuja más ramas en la hornilla portátil, se echa hacia atrás, y me sonríe.

—Se supone que tienes que ponerlas en unas cunas hechas de papel de aluminio, pero nos arreglamos con lo que tenemos.

En unos minutos, las cáscaras de las bananas oscurecen. El chocolate brilla y se funde, y los trocitos de malvavisco están blanditos. El aroma es *asombroso*.

Luke hala los barcos de banana con cuidado y los aparta de la parrilla; solo los toca por los extremos y los pone en equilibrio sobre una de nuestras latas vacías, porque no tenemos platos. Soplamos sobre ellas para ayudarlas a enfriar.

—Por lo general, nos los comeríamos con cucharillas de plástico, pero como no tenemos utensilios de verdad... —Se encoge de hombros y saca de su bolsillo la multiherramienta de Moisés—. Tendremos que hacerlo con esto. —Saca una de las herramientas y me muestra una cuchara llana de metal.

Frunzo el ceño.

—Eso nos habría venido bien para nuestra sopa.

—Sí, pero olvidé que la tenía.

Nos vamos turnando para comer, soplando sobre cada cucharada humeante y, cuando llegamos al último bocado, lo levanto para dárselo a él.

Luke me mira como si le hubiera ofrecido el mundo entero. Sonríe y yo estoy fascinada por la mancha de chocolate en su labio inferior.

Me inclino hacia él y su boca se abre.

—Para mí lo último del chocolate —susurro al limpiarle la mancha. Luego me chupo el pulgar.

El gemido de Luke me sigue cuando me dirijo de nuevo al riachuelo en busca de más agua.

GÉNESIS

—No sé qué hacer —admito mientras la crujiente hoguera lanza chispas en la noche y la confesión suena incluso más decepcionante ya que Indiana piensa en mí como la luna. Como una fuerza de la naturaleza capaz de inclinar a todo el mundo a mi voluntad.

No me he sentido tan frustrada e impotente desde que era una niña.

Desde la noche en que mi madre murió.

Indiana mete sus dedos entre los míos y me besa los nudillos.

Bajo circunstancias normales, una hoguera y un chico guapo habrían sido para mí la mejor combinación para las vacaciones de primavera. Aunque Holden nos lanza amargas miradas cada vez que Penélope mira hacia otra parte. Pero que estemos sentados a unos seis metros de una docena de terroristas, y de una tienda de campaña llena de bombas, representa un lúgubre filtro sobre un momento que, de otro modo, sería bellísimo.

—Hay una forma de salir de esto —insiste Indiana—. Sencillamente, aún no hemos pensado en ella.

—Tienes razón respecto a correr. El problema no es que me atrapen, sino que tienen explosivos —susurro con una mirada a la tienda verde—. *Esto* es lo que necesitamos arrebatarles. Si no hay explosivos, no hay terrorismo, ¿verdad? —Mi mano se tensa alrededor de la suya, como si por fin la solución se hubiera aclarado—. Tengo que detonar las bombas.

Indiana niega con la cabeza.

—G, eso es suicidio. Aunque sobrevivas a la explosión, te matarán.

Exhalo lentamente. A continuación, me acerco más a él para susurrar.

—¿Cuáles son las alternativas? —Aparte de seguir amenazando a mi padre—. De todos modos voy a morir. Al menos, de esta forma me habré llevado su arsenal conmigo.

—Génesis... —susurra Indiana, y por primera vez desde que me vio arrodillada al borde de aquel acantilado, veo temor en sus ojos.

Miedo por mí.

—Es la única forma en que podemos detenerlos.

Finalmente, se inclina más cerca, hasta que su mejilla roza la mía, y ese mínimo toque me produce escalofríos.

—Cuenta conmigo.

Me echo hacia atrás hasta que puedo ver sus ojos, deseando que estuviéramos en cualquier otro lugar del mundo. Desearía haber dejado a Holden en la playa de Tayrona y no haber seguido nunca a Nico a la selva, pero lo que no puedo desear ya, incluso ahora, es no haber venido jamás a Colombia.

De no haber venido, jamás habría conocido a Indiana.

Y si no hubiera venido, tal vez Silvana habría usado a mi madre como peón en contra de mi padre.

Indiana se inclina para besarme y después me susurra al oído:

—Desde el momento en que te vi bailando en la playa supe que alumbrarías la noche. Solo que no pensé que te lo tomaría de forma tan literal. —Se echa hacia atrás y sostiene mi mirada—. ¡Pero qué demonios! Al menos nos iremos con un estallido.

Pero el pensamiento de que él muera, por haberme seguido a la selva, me hace sentir como si Álvaro ya me estuviera abriendo en canal.

—Tú... —deslizo una mano por detrás de su cuello y lo halo para besarlo de nuevo—. Necesito que aproveches la ventaja de la explosión para sacar a todos los demás de aquí.

—G, es una operación en dos partes. Han trasladado parte de su material a la playa, pero el resto está en esa tienda. —Me pasa la mano por el hombro y baja hasta mi brazo—. Ni siquiera la luna puede estar en dos lugares a la vez. Necesitas ayuda.

—No te voy a dejar que...

Indiana absorbe mi argumento en un beso.

—Esto no es cosa tuya, G —otro beso—. Yo tomo mis propias decisiones.

—Se supone que uno entiende cuándo ha *acabado* de discutir —susurro contra el lóbulo de su oreja.

—Hemos terminado de discutir. —Me da una serie de besos a lo largo de mi mandíbula, hasta que encuentra de nuevo mi boca—. Perdiste.

Yo *nunca* pierdo. Pero sé cuándo cambiar de táctica.

—Está bien —le digo cuando nuestra respiración se hace más pesada—. Tendremos que hacerlo esta noche, antes de que mi padre vuelva a llamar. Pero tenemos que entrar primero en esa tienda. Es necesario que sepamos de qué tipo de explosivos estamos hablando.

Y, mientras él trabaja en ese obstáculo en nuestro plan, yo resolveré cómo mantenerlo fuera de la línea de fuego...

9 HORAS ANTES

MADDIE

Levanto el pie, y la tierra húmeda hace un sonido de succión.

—Está demasiado húmedo para dormir en el suelo.

Desde que nos detuvimos para abastecernos de agua —y de barcos de banana—, la playa ha ido estrechándose hasta convertirse en parches de arena que se alternan con un litoral de aspecto salvaje y pantanoso que me recuerda los pantanos del sur de Florida.

—Lo sé —responde Luke—. Tendremos que dormir en uno de esos árboles.

—¿*En* un árbol? —alzo la mirada, pero ninguna de las ramas están enmarañadas ni lo suficientemente cerca como para sostener a un ser humano dormido y, mucho menos, dos.

—Bueno, al menos colgados del árbol. —Suelta el rifle en el suelo y empieza a desabrochar lo que yo supuse que era un segundo saco de dormir, que no conseguimos meter en nuestra tienda de campaña unipersonal.

El material es, en realidad, una hamaca de color azul brillante.

—¿Deberíamos preocuparnos por las serpientes o por cualquier otro depredador arbóreo aquí arriba?

—No lo creo. Será como una tienda de campaña, pero en un árbol y ya hemos dormido juntos sin... —Se ahoga con sus propias palabras mientras intento ocultar mi risa—. Quiero decir... No es que nos hayamos acostado. Solo hemos dormido muy cerca. Juntos. ¡Maldita sea!

Me río más fuerte y él levanta los brazos en señal de que se rinde.

—Perdóname mientras meto la cabeza en el océano y respiro hondo.

—Más te vale no hacerlo. Estamos juntos en esto.

La sonrisa de Luke es lo más resplandeciente que he visto desde que el sol se puso.

Sostengo la linterna, mientras él ata cada extremo de la hamaca a una gruesa rama distinta. Luego observo, fascinada, mientras él corta varias ramas pequeñas del mismo árbol con la multiherramienta de Moisés, y deja dos «ganchos» de cinco centímetros para colgar nuestras mochilas.

Trepo a la hamaca y Luke sube detrás de mí y, a continuación, hala una mosquitera a modo de red sobre nosotros. Podemos ver a través de ella, por supuesto —lo poco que hay que ver en la oscuridad—, pero la malla parece una frontera entre nosotros y el resto de la selva.

Estamos solos, suspendidos en nuestro capullo.

La curva de la hamaca nos hace rodar hasta el centro, la gravedad cierra la distancia entre nosotros, de modo que me acomodo en el arco del brazo de Luke, con la cabeza en su hombro y mi brazo sobre su pecho. Puedo sentir el latido de su corazón a través de su camiseta.

Cada respiración suya me hace más consciente de lo mucho que estoy tocando de él.

—¿Luke? —susurro, porque estoy justo pegada a su oreja, y la oscuridad parece estar hecha para voces suaves.

—¿Sí?

Me incorporo sobre el codo para, de algún modo, poder ver su cara en las tinieblas.

—Te voy a besar, pero no quiero insinuar gratitud de ningún tipo. Será un beso desagradecido. El más desagradecido. Puramente recreativo. ¿De acuerdo?

—¡Valiente desmentido! —responde y puedo percibir la sonrisa en su voz—. ¿Es necesario que firme algo?

—¡Cállate! —me inclino y lo beso. Solo un toque de mi boca en la suya, hasta saber...

Luke me besa a su vez, su gemido hace que sienta un cálido dolor en todo mi ser.

Se levanta sobre el codo y desliza la otra mano por debajo de mi espalda. A ambos nos cuesta respirar y, de repente, la hamaca para una persona parece hecha para dos, después de todo.

—Eh, ¿Maddie? —dice Luke en mi mejilla.

—Si me vas a preguntar cuántos puntos de experiencia creo que merece ese beso, eliminaré todos tus puntos de acierto, de un solo golpe —le advierto.

Luke se ríe, y su mano acaricia mi pelo y mi espalda.

—Solo te iba a preguntar si quieres repetirlo.

Sí; lo deseo de verdad.

7 HORAS ANTES

GÉNESIS

Alrededor de las nueve de la noche —tres horas antes de que expire el plazo—, levanto la mirada del tablero de ajedrez y veo cómo Silvana, Sebastián y uno de los tipos estadounidenses que pasa la mayor parte de su tiempo en la tienda verde se dirigen hacia el sendero que lleva a la playa, desde el que nos han llegado sonidos de golpes metálicos durante la última hora. Cada uno de ellos llevaba una linterna y una caja de cartón cerrada. Los cinco captores que no han ido hasta la playa no tendrán líder al menos durante la próxima media hora, según mis cálculos, y basándome en viajes anteriores.

Esta es mi mejor ocasión para escabullirme dentro de la tienda.

—Epa —me inclino sobre el tablero y le susurro a Indiana—. Necesito que captes la atención de los guardas mientras me deslizo al interior de la tienda. Solo necesito un aviso si alguien más intenta entrar.

Echa una mirada alrededor del claro, y me lanza una intensa sonrisa.

—Preferiría escabullirme contigo. Pero tengo que cubrirte.

Me dirijo a la hoguera más cercana a la tienda militar y finjo estar reuniendo recipientes vacíos. Indiana pone rumbo a una de las tiendas con los laterales abiertos, del otro lado del campamento y, de forma casual, agarra la guitarra de Óscar que está en un poste del que cuelga para protegerla de la lluvia. Indiana se sienta en un tocón con la guitarra, y cuando toca el primer acorde, me sorprende tanto su evidente aptitud que casi olvido la razón principal por la que está tocando.

—¡Alto! —grita Óscar.

Indiana toca unos cuantos acordes más. Todos se voltean a mirar, incluidos los guardias. Entonces empieza a cantar.

Su voz es clara, suave, cautivadora.

Casi renuente, doy cuatro pasos lentos y silenciosos hacia mi izquierda y me deslizo por la entrada a la tienda militar. No tengo ni idea de cuánto tiempo lo dejarán tocar, de modo que supongo no disponer de mucho más de un minuto antes de que me echen en falta.

Mis ojos necesitan los cinco primeros segundos para acostumbrarse al nivel inferior de luz.

Echo un vistazo a las dos mesas plegables más cercanas donde se esparcen fragmentos de cables, rollos de cinta eléctrica y las tripas de algún artilugio electrónico que no puedo identificar. Definitivamente es material para fabricar bombas.

En la parte trasera de la tienda hay una tercera mesa; examino el suelo y cada superficie por donde paso, al tomar el camino de regreso; la adrenalina arde en mis venas.

En ese momento, la mesa se ve con claridad. Hay dos hileras de teléfonos móviles de pie, como soldados de juguete preparados para la batalla.

Me inclino para verlos de cerca y observo que cada uno de ellos está pegado a un paquete pequeño y cuadrado, conectado al teléfono mediante finos cables.

Con el corazón a toda velocidad, tomo uno y me sorprende lo mucho que pesa. El paquete de atrás es suave, como arcilla, y las palabras selladas en el envoltorio de papel dicen: «C4 explosivo de gran potencia».

He visto bastantes películas de acción como para saber lo que es el C-4 y entender que van a usar los teléfonos como detonadores.

Una llamada al teléfono hará que explote el C-4 al que está conectado.

Pero...

No.

Entrecierro los ojos para obtener una visión más precisa del teléfono que tengo en la mano. La pantalla está agrietada en una esquina, *justo como el de Maddie.* Me inclino para mirar los demás. Segundo por la izquierda; un bloque de C-4 está pegado a un teléfono que sigue con la carcasa morada de diseño que le regalé a Penélope por su cumpleaños.

Los terroristas han convertido *nuestros* teléfonos en bombas.

Con la palma de la mano manchada de sudor, vuelvo a colocar el teléfono de Maddie en la mesa. Cada artilugio improvisado no es mayor ni más ancho que el teléfono al que va adosado, y no tiene más de cinco centímetros de grosor.

En las películas, un bloque de C-4 de ese tamaño haría estallar una caja fuerte. *Podría* derrumbar toda una habitación. Esas bombas no le van a enseñar gran cosa a Estados Unidos.

Y aunque lo hicieran, no hay razón para montarlas en la selva y no en suelo estadounidense.

A este puzle le falta una pieza.

—¡Baja eso!

Fuera, Óscar grita en español para que Indiana suelte la guitarra.

—No *hablo español* —responde Indiana. Y empieza a cantar de nuevo, ante un coro de risas. Pero sé que su tiempo ha acabado y el mío también.

Examino las filas de teléfonos hasta encontrar el mío y lo meto con cuidado en la pretina de mis shorts. No estoy segura de lo que voy a hacer con él todavía, pero *no* voy a permitir que alguien use mi teléfono para matar a personas.

—¡*Suéltala!* —grita Óscar desde afuera y me estremezco tanto que la bomba cae desde mi cintura al suelo. Mi corazón salta en mi garganta.

Estoy a punto de saltar por los aires con mi propio teléfono móvil.

Pero no sucede nada. El C-4 debe ser muy estable.

Con el pulso como loco, recojo la bomba, y esta vez la meto a mayor profundidad en mi cinturilla. Al volver a la entrada de la tienda, observo una caja de teléfonos que no han sido convertidos en bombas y, de repente, entiendo cómo se supone que funcionen los explosivos. Los teléfonos no modificados serán usados para llamar a los que sí llevan la bomba, y estos desencadenarán la explosión.

El de Holden está encima del montón. La cita de Eminem en la parte trasera de la carcasa lo dice todo.

Lo agarro y me lo deslizo en el bolsillo.

Echo una ojeada entre las solapas de la puerta, para asegurarme de que nadie observa desde el exterior, antes de reunirme con los demás rehenes.

Cuando Indiana me ve surgir de la tienda, se pone de pie y hace una profunda reverencia. Todos los rehenes aplauden, a excepción de Holden. Óscar le arranca la guitarra y empuja a Indiana hacia los demás con el cañón de su rifle.

Cuando me deslizo en el círculo alrededor de la hoguera, mis manos siguen temblando. Indiana se sienta junto a mí y me toma la mano. No tiene ni idea de que estoy vestida como un terrorista suicida, y no puedo decirle nada sin llamar la atención.

Aterrorizada, miro alrededor para comprobar si alguien me ha visto, pero los guardias están reunidos en torno al fuego y preparan té, bromeando con Óscar en español, porque Indiana es mucho mejor músico. Pen y Holden se susurran el uno al otro, del otro lado de nuestra hoguera.

Rog nos observa. *Me* observa.

Pero solo me sonríe, hace un pequeño gesto de asentimiento con la cabeza, y se retira al borde del claro para apoyarse en su tronco favorito.

—Génesis. —Doménica se sienta más cerca de mí, mientras me bajo sutilmente la camiseta, aterrada de que se descubra mi bomba robada—. ¿Qué has encontrado ahí? —Sus últimas palabras no tienen sonido, así que tengo que leerlas por la forma de sus labios.

Me vio.

6 HORAS ANTES

MADDIE

Me enderezo, totalmente despierta, y la hamaca se balancea debajo de mí. —¡Luke! ¿Has oído eso?

Murmura algo ininteligible, así que lo sacudo.

Un segundo estallido se hace eco hasta nosotros. Luke se sienta, desorientado y casi vuelca la hamaca antes de tomar consciencia de dónde estamos.

—¿Qué ha sido eso?

Antes de poder responder, oímos un tercer estallido; ahora está despierto. —¿De dónde viene eso? —pregunto, mirando fijamente a la oscura selva—. ¿Puedes decirme?

Se voltea hacia el sonido y se saca el teléfono del bolsillo; enseguida pulsa la aplicación de la brújula.

—Del oeste. —Cuando cierra la aplicación, veo la hora en la pantalla de inicio. Todavía no son las diez de la noche. Solo hemos dormido media hora.

Su teléfono no tiene señal y le queda un tres por ciento de batería.

—¡Vamos! —retiro la mosquitera y enciendo la linterna—. Si venía del oeste, tienen que ser Silvana y sus hombres.

Luke agarra la linterna y la apaga de nuevo.

—No podemos caminar de noche, Maddie. Si usamos la luz, nos verán desde un kilómetro.

—Está bien, entonces caminaremos por la playa, pero pegados a la línea de árboles para que podamos escondernos de nuevo si es necesario. ¡Vamos!

Bajar de un árbol sin luz no tiene nada de fácil, tropiezo al menos la tercera parte del trayecto hasta llegar al suelo. Pero entonces, vuelvo a subir y halo del brazo a Luke tan pronto como sus botas tocan el suelo de la selva.

—Deja la hamaca. Volveremos por ella.

—Maddie...

—Estamos *muy* cerca, Luke. —De Génesis. De mi insulina. Del asesino de Ryan—. Pero si prefieres quedarte... —Estará más seguro aquí en el árbol.

Luke refunfuña.

—Vamos.

Ponemos rumbo al oeste, a lo largo de la playa y, unos pocos pasos después, oímos otro estallido. Halo a Luke para que se detenga en la arena, con el agudo impacto metálico que todavía resuena en mis oídos.

—¿Qué *es* eso?

—No lo sé —susurra—. Pero ha sonado cerca. Tal vez detrás de esa curva.

Miramos fijamente a la curva de la costa, alumbrada por la luna, donde un espeso parche de selva abraza el litoral. El estallido, como un martillo que golpeara metal, llega de nuevo hasta nosotros.

—Vamos.

Escogemos nuestro camino a través de los arbustos tan cuidadosa y silenciosamente como podemos en la oscuridad, y rezamos para no caer sobre una serpiente o un caimán. En cuestión de minutos, oímos voces que vociferan órdenes y entonces veo un destello de luz entre el follaje.

Pongo la mano sobre el brazo de Luke; él se detiene, y entrecierra los ojos al seguir mi mirada.

—No puedo decir qué están haciendo —susurra—. Tenemos que acercarnos más.

El ruido cubre el sonido de nuestro acercamiento, pero mi corazón sigue martilleándome en la garganta mientras andamos, encorvados, hacia la orilla de la selva.

Junto a la línea de árboles, Luke me hala para evitar una caída de medio metro en agua estancada, alumbrada por una luz resplandeciente, alimentada por pilas, que cuelga de un árbol.

Aquí no hay playa. Solo una extensión de aspecto salvaje, de ensenadas pantanosas, como dedos de agua que entran en la selva.

Por encima de nuestras cabezas, los bejucos se estiran de árbol en árbol, creando un oscuro nido de sombras provocadas por esa única luz brillante.

—¡Agáchate! —susurra Luke conforme me agarra para meterme debajo de un espeso helecho, al borde del pantano.

Varios hombres vestidos de camuflaje boscoso están sobre lo que parece un barco boca abajo, que flota en el agua turbia. Uno les grita directrices a los demás, mientras trabajan con martillos y lo que parecen ser sopletes.

Estudio el largo objeto flotante y, finalmente, me percato de que el barco invertido está siendo soldado a otra embarcación mayor, que está prácticamente sumergida.

—Están fabricando una especie de submarino. —Y mientras unos hombres los sueldan, otros lo cargan con...

—¿Es eso cocaína? —Entrecierro los ojos ante los paquetes cuadrados, pero no puedo adivinar mucho en la oscuridad.

—Parte de ello, sí. —Luke apunta al hombre que surge de la selva con otra brazada de bloques más pequeños y cuadrados—. Pero *eso* es explosivo plástico.

—¿Qu-*qué*? —¿Para qué querrían cargar drogas y explosivos en el mismo barco?

—¡Venga! ¡Apúrate! —grita un hombre vestido de camuflaje desde la otra orilla y, de repente, mi garganta se tensa.

—Ese es uno de los hombres de Silvana —le susurro a Luke, señalándolo—. Si él está aquí, debemos estar cerca de su campamento base. —Me volteo para mirar fijamente hacia el sur, a través de la selva, y la adrenalina arde por todo mi ser—. Génesis está por aquí, en algún lugar.

Y también Julián.

GÉNESIS

—...y tiene que ser pronto. —Holden se inclina por detrás de Penélope y le susurra ferozmente a Doménica.

Salta, alarmado, cuando me echo en la esterilla junto a él, con cuidado para no golpear la bomba que llevo metida en la cinturilla de mis shorts. Mi mayor temor en el mundo, en ese momento, es presionar accidentalmente un botón del teléfono detonador.

—¿Te has asustado y has cambiado de idea? —me pregunta Holden con exigencia, pero despacito.

Indiana se deja caer sobre un montón de palmas secas abandonadas, a mi derecha, y convierte nuestro grupo en un círculo cerrado; Holden se crece como un perro con el pelo del lomo erizado.

—En realidad, estoy aquí para proponer una alternativa a tu heroica maniobra de poner pies en polvorosa. Indiana y yo sabemos cómo detenerlos. —Echo una mirada al guarda que está de patrulla, mientras rodea la tienda verde y se dirige hacia nosotros—. Pero necesitamos ayuda.

—Necesitas ayuda *psicológica*. Doménica nos dijo que te metiste en la tienda de las bombas —dice Penélope, y me alegro de no haberle comentado a nadie sobre el explosivo plástico que llevo debajo de mi camiseta, excepto a Indiana. Holden desliza su mano en la de ella, que se sienta más recta—. ¿*Intentabas* hacer que te mataran?

—Estaba haciendo un reconocimiento. Tienen alrededor de una docena de pequeñas bombas de C-4 en la tienda —conectadas a *nuestros* móviles—, pero debe haber más en la playa, porque lo que tienen aquí no derrumbaría ni una casa de naipes.

—¿Y qué es lo que quieres hacer? —susurra Doménica—. ¿Cortar los cables?

—Eso solo sería una solución temporal. —La sonrisa de Indiana no es tan entusiasta como *comprometida*, quiero besarlo una y otra vez, aquí mismo.

—Ah, mierda. —Pen se cubre la boca con una mano y después dice: Quieres detonarlas.

La peor parte de haber roto con Penélope es que la pelea que acaba con una amistad no basta para hacer que, de repente, seamos extrañas. Ella sigue conociéndome mejor de lo que Holden me ha conocido jamás.

—Hay varios detonadores en esa tienda. Si podemos hacernos de unos cuantos, podemos usarlos para hacer estallar todo lo que ya se han llevado a la playa.

—Génesis, eso es *una locura* —espeta Holden despacito—. ¡Vas a hacer que saltemos todos por los aires!

El guardia que patrulla no nos quita el ojo cuando pasa por delante de nosotros, con su rifle, por lo que tomo la baraja de cartas de Doménica.

—Ustedes no van a morir, porque no van a estar aquí —susurro mientras barajo las cartas—. Tendrán que correr. Lo único que pido es que esperen hasta que yo haga estallar lo que hay en la playa, y lo use como distracción. Pero necesito que todos me ayuden a poder bajar hasta allí sin que me pillen.

—Ayudarte, ¿cómo? —pregunta Holden—. ¿Llamando la atención de un puñado de terroristas armados?

Pongo los ojos en blanco.

—Ni siquiera oyes tu propia hipocresía, ¿verdad? Estás perfectamente dispuesto a dejar que *yo* atraiga la atención para que tú puedas poner *tu* plan en vigor.

—¡Mi plan no consistía en volar la selva y todos los que están en ella! —sisea a un volumen inferior al crujido del fuego.

—No voy...

—¡Basta ya! —dice Doménica—. Parecen niños malcriados que se pelean por ser el centro de atención.

—Tiene razón —recalca Indiana—. Cálmense todos y dejen que Génesis explique el plan.

—Te refieres al plan en el que ella nos utiliza para desviar la atención, mientras ella... —Penélope se vuelve hacia mí con la ira ardiendo en sus ojos—. ¿Cómo podemos estar seguros de que irás a la playa? Hasta donde sabemos, tú te meterás en la selva para salvarte ¡y nos abandonarás aquí para que muramos!

—Yo *jamás* les dejaría atrás para que pagaran por algo que hice.

Penélope resopla y se acerca más a Holden.

—¡Como si no me hubieras dejado en Miami para mentirle a tu padre sobre este viaje! ¡Como si nunca me hubieras dejado bailando con Holden en un club para que no te sorprendiera en uno de tus polvos!

—¿Pero de qué demonios hablas sobre esconder un polvo? —le espeto.

—Ah, de modo que está bien cuando eres tú quien lo hace, pero cuando se trata de mí, es imperdonable. Génesis hace lo que Génesis quiere; que todos los demás sean condenados. Pero esta vez no. —La mirada airada de Pen se clava en mí—. Puedes quedarte y hacerte volar por los aires, si quieres...

—No voy a hacer estallar nada que no sean las bombas. —A menos que algo salga terriblemente mal. Pero si Silvana y sus hombres me atrapan, podría desear volarme.

—...pero nosotros nos vamos a la primera oportunidad que tengamos. Así que, ¿por qué no agarras a tu último novio desechable, y lo conviertes en un parche de roble venenoso?

No puedo más que mirarla fijamente, y tambalearme por el inesperado golpe.

—*Maldita sea*, eso ha estado genial. —Holden la hala y le da un beso que va más bien dirigido a mí que a beneficio de ella. Ya no soy capaz de distinguirlo.

Tengo que intentarlo una vez más, aunque ella siga chupando la cara de mi exnovio.

—Pen, si escapan sin una distracción realmente buena, los matarán. O los harán pedazos. El plan de Holden hará que los *maten*.

Ni siquiera va a dejar de hacerlo con él el tiempo suficiente para mirarme.

—Vamos, G. —Indiana me toma de la mano y nos levantamos—. Ninguno de estos dos tiene agallas.

Por fin, Holden se separa de Penélope; se le ve asquerosamente engreído.

—A veces, *ser* estúpido se malinterpreta como ser valiente.

—Tal vez —reconoce Indiana—. Pero la cobardía siempre parece lo que es.

5 HORAS ANTES

MADDIE

—Si están consiguiendo envíos de provisiones de un barco, *tiene* que haber un sendero que lleve a su campamento base, por aquí, en algún sitio. —Luke susurra y nos abrimos camino a duras penas a lo largo del borde de la selva, tan silenciosamente como podemos, en la oscuridad.

—¡Aquí está!

—¿La senda?

—¡No, el barco! —Agarro el brazo de Luke y señalo al norte, hacia la playa—. ¡Teníamos razón! Aunque es pequeño. Pero creo que *podemos* caber los seis —murmuro mientras sigo mirando con los ojos entrecerrados a la pequeña lancha motora, a través del follaje—. Pero somos ocho.

Espero.

Luke sigue mi línea de visión hasta una pequeña lancha rápida, posada en la arena, hacia el oeste del submarino fabricado a mano, donde una serie de antorchas lanzan círculos brillantes que se solapan entre sí. Más allá del barco hay una tienda cuadrada azul llena de barro, lo bastante grande como para albergar una fiesta después del baile.

—Podría haber otra ahí adentro.

Con sumo cuidado, tomamos camino hacia la playa desierta, y escuchamos voces y pisadas; nos acercamos a la tienda más alejada, para reducir las posibilidades de que se vean nuestras pisadas. Las solapas delanteras están atadas. Pero la cuerda está suelta, y ambos somos lo bastante pequeños como para agacharnos y entrar.

Una vez dentro, el haz de mi linterna alumbra varias formas alargadas y tapadas con lonas; se queda fija sobre lo que estamos buscando al fondo de la tienda: otro barco idéntico al de la playa.

—¿Y si no funciona? —Luke se pone en cuclillas para examinar el casco—. Quiero decir, ¿por qué otra razón guardarías un barco en una tienda de campaña?

—¿Porque la tienen de repuesto? La mitad de mis vecinos tienen coches destartalados que no conducen nunca. —Me recoloco unos mechones de cabellos húmedos y rizados de mi coleta, y me estiro para aliviar la tensión de llevar una mochila dos días seguidos—. Tal vez deberíamos buscar más gasolina. Por si acaso. —Muevo la linterna hacia la forma más cercana e inidentificable y echo hacia atrás la punta de la lona.

El corazón me salta en la garganta.

—¿Es lo que creo que es?

—Ah, *mierda.* —Luke me hala y me aparta de un cono de metal de unos noventa centímetros de largo, que está de costado en una cuna especial de madera. Junto a él, todavía en gran parte cubierto por la lona, hay otro cono idéntico—. Parecen cabezas explosivas.

Respiro hondo e intento apaciguar mi acelerado corazón. Procuro pensar. Las pequeñas bombas que se estaban cargando en los submarinos de Moreno ya eran bastante malas, pero esto...

Esto es...

Malo.

—Es convencional. —Luke se acerca más para ver lo que dice en la cabeza explosiva más cercana—. Y creo que está escrito en ruso.

—¿Convencional? ¿Con respecto al otro tipo más absurdo de cabezas explosivas?.

—Al contrario que un misil nuclear. O una cabeza nuclear. O una biológica.

—¿Para qué necesitan enviar cabezas explosivas. ¿No pueden sencillamente... dispararlas?

—Porque la cabeza explosiva solo es la punta. Sin el misil, es una bomba, pero no un proyectil.

—¿Esto lo aprendiste en los *boy scouts*.

—No. La llamada del deber. —Da una vuelta por la tienda, hacia los otros dos bultos cubiertos de lona, y retira la tela para exponer otras dos cabezas explosivas en cada uno—. *Mierda.* Estas parecen *viejas.* Tal vez de la época de la guerra fría. Me pregunto cómo están planeando detonarlas. —Luke luce casi tan interesado como asustado—. Sin los misiles, tendrán que tener algo que provea el primer estallido necesario para detonar la verdadera explosión.

El terror me arde en el estómago.

—En lenguaje sencillo, Luke. ¿Qué significa eso?

—Necesitan una bomba pequeña para activar cada una de las bombas grandes.

—¿Cómo es de grande? —Respiro hondo y suelto el aire poco a poco. Después miro a Luke. Tiene quince años. Si puede lidiar con esto, yo también—. ¿Cuánto daño pueden ocasionar?

—Por desgracia, las especificaciones y el potencial explosivo de los misiles rusos de la época de la Guerra Fría no entran dentro de mi discutiblemente extensa colección de conocimiento trivial, Maddie.

—Recibido.

—Pero... ¿adivinas? —Se voltea hacia mí en la tienda oscura, con su cara tapada por la sombra—. Creo que hay suficiente pólvora aquí como para hacer que una ciudad de tamaño decente parezca zona de guerra activa. Piensa en Siria. En Irak. En Afganistán. —La adusta expresión de sus mandíbulas confirma el espantoso potencial—. Con esto basta para matar a *millares.*

GÉNESIS

Indiana y yo recuperamos las esteras de hierba de nuestro lado de la hoguera; la llama nos impide ver a Holden y a Penélope.

Del otro lado del claro, Sebastián y sus hombres juegan al póquer y apuestan con cigarrillos, mientras que Silvana y el resto de los secuaces de Moreno se van pasando una botella de aguardiente. Cada pocos minutos miran hacia nosotros, pero los únicos captores que de verdad nos tienen vigilados desde que llegamos al campamento base, son los guardas que están en servicio de patrulla, a quienes no parece importarles lo que hagamos, siempre que sigamos las órdenes y no abandonemos el claro.

Indiana toma mi mano, y nos sentamos.

—Bueno, quizás tengamos que hacerlo solos, tú y yo, G.

—Quizás no. —Rog y Doménica están envueltos en una discusión entre susurros, cerca del borde del claro y no dejan de mirarnos a nosotros, y después a Holden y Pen—. Todavía podrían ponerse de nuestro lado. —Pero es necesario que se decidan pronto. En breve.

Si Holden intenta correr, los guardias estarán mucho más vigilantes —incluso quizás vengativos—, y no tendré la oportunidad de escabullirme hasta la playa.

—Necesitamos un plan B. —Me froto las sienes y lucho contra un dolor de cabeza provocado por el hambre, el estrés y el agotamiento.

Indiana abre los brazos, y me acerco de nuevo hasta que mi columna está presionada contra su pecho, su boca a centímetros de mi oreja derecha.

—El plan A seguirá vigente. Yo seré tu distracción. —Sus manos recorren mis brazos y se detienen en mi cintura, hasta que sus dedos rozan el paquete de C-4 y retrocede—.

—Casi me olvido de esto —susurra—. G, llevas contigo tu plan B. Es suficiente como para proporcionar la distracción, pero demasiado pequeño para hacer mucho daño, si lo ponemos en la selva.

—¡Eso es brillante! —Giro entre sus brazos y lo halo para darle un beso agradecido, casi esperanzado—. Entonces, lo único que tenemos que hacer es resolver cómo meter eso en la selva antes de que Holden haga su movimiento y eche a perder nuestras probabilidades.

—Lo que significa que debemos empezar a movernos.

—Cinco minutos más. —Echo la cabeza hacia atrás contra el hueso de su cuello y aprieto sus brazos más alrededor de mí—. Primero necesito un poco más de esto.

Indiana ríe entre dientes.

—Es un poco ridículo, ¿verdad? Nos preocupa que tu ex nos *detenga* para que no nos volemos por los aires. Tremendo final para unas vacaciones de primavera, *¿uuh?*

—Bueno, dicho *así*... —No puedo evitar reír ante tan morbosa absurdidad—. La única cosa mejor que una entrada memorable, es una salida memorable. —Pero él no va a hacer algo así. Se deslizará selva adentro, sin que nadie se dé cuenta, con el resto de los rehenes.

Yo me voy a asegurar de ello.

Me doy la vuelta y me siento frente a él, prácticamente en su regazo, y nos miramos a los ojos. La postura es íntima, pero el contacto visual es *personal*. Siento que él puede ver cada pensamiento que tengo y, por primera vez en mi vida —y quizás la última—, estoy deseando permitir que ocurra.

Cuando ya no puedo esperar más, me inclino y lo beso. Primero despacio. Suavemente. Pero él desliza una mano detrás de mi cabeza, profundiza el ángulo, y le doy todo lo que tengo. Todo lo que soy.

Quizás me queden minutos por vivir, por lo que no tengo ninguno que perder.

Este podría ser mi último beso.

—Sabes, quizás sobrevivamos a esto —susurro cuando finalmente me retiro.

Indiana apoya su frente contra la mía.

—Entonces, ¿por qué parece esto más bien el final de algo y no el principio?

—Siento interrumpir —dice Doménica; se deja caer sobre una estera de hojas a mi izquierda.

Renuente, quiero apartarme de Indiana, pero él sigue agarrado a mí hasta que cedo y pongo mi cabeza sobre su hombro, con cuidado de dejar espacio entre él y el teléfono detonador. Él no está preparado para dejarme ir, ni yo lo estoy para obligarle a hacerlo.

—¿Has cambiado de idea sobre escapar con Holden? —pregunta él.

—Todavía estoy intentando decidirlo. Él ni siquiera sabe con seguridad cómo volver al barracón. —Doménica echa una mirada por encima de su hombro a Holden y Penélope, que ahora nos observan con descaro—. ¿Qué quieren ustedes que yo haga exactamente?

Indiana me suelta y yo me desvío del ángulo de los guardias, me levanto la camiseta para que ella pueda ver el explosivo que llevo metido en la cintura. Demasiado tarde, me doy cuenta de que Pen y Holden también pueden verlo.

Doménica ahoga un grito.

—¿Qué vas a hacer con eso?

—Como Pen y Holden no van a ayudar, voy a poner esto en la selva para distraer a los guardas, mientras hacemos volar todo el resto de los explosivos —explico—. Hay otro teléfono en mi bolsillo. Lo voy a usar para llamar al que tiene el C-4 adosado.

—¿Vas a volar *esos* explosivos? —Señala a la tienda de campaña—. ¡Eso nos matará a todos!

—Ahí no hay más que C-4. No hay interés alguno en hacer saltar la tienda —la tranquilizo.

—Imaginamos que han hecho algo más grande —susurra Indiana—, tal vez ollas a presión o mochilas bombas, y pensamos que están en la playa. Pero G no puede entrar en la selva sin una distracción, y yo ya he jugado la única carta que tengo. —Lanza un vistazo al poste donde ya no cuelga la guitarra de Óscar.

—Entonces, ¿qué quieren que haga? ¿Montar una escena?

Asiento con la cabeza.

—Preferiblemente sin salir herida.

Doménica cierra los ojos durante un segundo, como si estuviera pensando. O rezando. A continuación los abre y dice que sí con la cabeza. —Estoy con ustedes. ¿Cuándo quieren que lo haga?

—Ayer —responde Indiana—. Pero tendremos que arreglarlo ahora.

MADDIE

La senda hasta una especie de campamento base es fácil de ver desde la playa, pero tomamos una ruta paralela a ella, para impedir que nos vean, y pisamos con cuidado en charcos de luz de luna. A unos cuatrocientos metros tierra adentro, vemos brillar luces de antorchas a través de la vegetación.

Luke me mete detrás de una alta maraña de sotobosque, desde donde examino el campamento base entre las ramas.

—Ahí está. —El alivio apacigua parte de la tensión que he estado arrastrando durante dos días. Génesis se sienta sobre una estera de hierba, frente a la hoguera más cercana, entre Indiana y Doménica, con la espalda hacia la senda que conduce a la playa. A los barcos que nos sacarán de aquí.

¿Sabrá ella que hay un medio de escape a tan solo diez minutos de camino? ¿Habrán dejado que los rehenes salgan en algún momento del campamento?

—Tengo que hablar con ella. Tengo que comentarle lo de los barcos. —Me volteo hacia Luke—. ¿Alguna idea?

—Bueno, si tuviéramos algo con qué —o sobre qué— escribir, podríamos hacer una bolita con ello y lanzárselo. O dispararlo a través de un brote de bambú. Como una bola de saliva.

—No tenemos nada con qué o sobre qué escribir.

Lucas se encoge de hombros.

—Por eso era una hipótesis. Supongo que ninguna de ustedes conoce el código Morse, ¿no?

—Una suposición buena.

—Pues, entonces, aparte de gritarle, no tengo ninguna otra idea.

—Yo... —*Espera*—. Tú eres un genio. Y no solo un genio en

matemáticas. Eres un genio *de verdad*. —Lo beso en la mejilla, me levanto, pero me hala hacia abajo.

—*No* empieces a gritar. Vas a hacer que nos atrapen.

—Solo a uno de nosotros —le respondo.

—No, Maddie, escúchame. —Me toma por los dos brazos y me mira directamente a los ojos, en la oscuridad—. Soy un genio. Acabas de decirlo. Y te digo que este es un plan *muy malo*. ¿Por qué no volvemos a nuestra hamaca en el árbol? ¡Era segura y divertida!

—En este plan también hay un árbol, pero estarás solo en él. Busca uno cercano, desde el que todavía puedas ver el campamento sin ser visto.

—Maddie, *no*. —Luke cruza los brazos sobre los tirantes de su mochila.

—No hay ninguna otra forma. —Hablo rápido, porque tengo que hacer esto antes de acobardarme. Como con el acantilado—. Les hablaré de los barcos e intentaremos fugarnos en la primera ocasión que tengamos. Tú prepárate y síguenos. —Lanzo una mirada al rifle—. Con el arma. Por si acaso.

—¡No! —Luke susurra ferozmente—. Estamos juntos en esto. Permanecemos *juntos*.

Empieza a decir otra cosa, pero le corto con un beso... la única forma fiable que he descubierto para callarlo.

—¿*Mmmm*, lo ves? En este plan también hay besos.

—Eso ha sido *altamente* manipulador.

—Sí, bueno, a veces una chica tiene que jugar sucio. Dos minutos. Busca un lugar donde esconderte o tendremos que entregarnos ambos. Pero necesito de verdad que seas mi apoyo, Luke.

—*Maldita sea*, Maddie —farfulla. Y así es como sé que he ganado.

4 HORAS ANTES

GÉNESIS

—¿Estás preparada? ¡Tiene que ser ahora! —susurro, y Doménica me hace una temblorosa señal de asentimiento—. ¿Has tenido alguna vez un verdadero ataque?

—Solía tenerlos de niña. Mis padres no me querían dejar ir sola a ningún sitio, así que me juré que cuando creciera agarraría mi mochila y... —Doménica parpadea y sus ojos parecen volver a centrarse—. No te preocupes. Estoy preparada. —Se pone de pie; Indiana y yo empezamos un juego de guerra, de modo que obviamente no la estaremos observando. Pero solo da unos pocos pasos antes de...

—Oh, Dios mío, Génesis.

Levanto la mirada para ver a Doménica viendo fijamente por encima de mi hombro.

Me doy la vuelta y mis cartas acaban en el suelo alrededor de mí. Me olvido por completo de la bomba apretada contra mi estómago.

Maddie está en el borde del claro.

Me pongo de pie y parpadeo, esperando que desaparezca como un espejismo. Pero sigue ahí.

—¿Maddie? —Está cubierta de suciedad y sus ojos parecen un poco vidriosos. Está en shock.

¿Cómo ha llegado hasta aquí? ¿Cómo es que sigue *viva*?

—*Dios mío* —murmura Silvana, desde algún lugar detrás de mí—. ¡Agárrenla!

Fuertes pisadas pasan junto a mí y Óscar agarra el brazo de Maddie. Los rifles apuntan hacia ella.

—¡No! —grito—. ¡Suéltenla! Yo la cuidaré. —Los rifles se desvían hacia mí y doy un paso con las manos en alto, de repente hiperconsciente de que sigo llevando una bomba que, *decididamente*, explotará si nos disparan—. Por favor. Solo déjenme ver si está bien.

—¡Déjenla ir! —Sebastián corre más allá de nosotras y empuja todos los rifles, apartándolos de Maddie. La hala para zafarla del agarre de Óscar—. ¿Estás bien? —le pregunta mirándola de arriba abajo.

Maddie asiente lentamente y él se vuelve hacia mí.

—*Dale*. Ven por ella.

Mis ojos se anegan cuando avanzo.

—Espera —grita Silvana—. ¿De dónde ha venido?

—Acaba de salir de la selva —responde Natalia—. Ha salido de la nada.

—¿Estás sola? —pregunta Silvana con exigencia, a unos centímetros de la cara de mi prima—. ¿Dónde está Moisés? ¿Y ese chico con el teléfono móvil?

Maddie parpadea, pero sus ojos siguen teniendo una mirada vacía.

—¿Cómo nos has encontrado? —le grita prácticamente Silvana a la cara. Como Maddie no responde, se vuelve hacia Sebastián—. Algo va mal. ¿Por qué se entregaría sola así?

—Porque es evidente que está en shock y muerta de hambre. —Intento agarrar el brazo de Maddie, pero Silvana me apunta con su pistola hasta que retrocedo.

—Entonces, ¿cómo demonio nos ha encontrado?

—Insulina. —Maddie está tan ronca que apenas la puedo oír. Me mira directamente, pero su mirada está vacía—. Tú tienes mi insulina.

Y es entonces cuando me acuerdo.

Me tanteo los bolsillos de mis shorts frenéticamente hasta que siento la pequeña ampolla.

—Ha venido por esto —le digo y la saco de mi bolsillo—. No tenía elección.

Silvana agarra la ampolla antes de que pueda entregársela a Maddie. Entrecierra los ojos al leer la etiqueta. Luego pone los ojos en blanco y me lo devuelve.

—¡Cuídala!

Se vuelve hacia Sebastián.

—Vigílalas a ambas. Son problema tuyo.

Llevo a Maddie a una estera cerca del fuego y Sebastián nos sigue.

—Mira, está claramente traumatizada —le digo—. No es una amenaza. ¿Me puedes dejar que le dé un poco de insulina, antes de que empieces a interrogarla?

Se encoge de hombros y se sienta sobre un tocón, a varios centímetros de nuestra hoguera.

—Adelante.

—Agua —susurra Maddie cuando le levanto la camiseta para examinar su bomba de insulina. No tengo ni idea de cómo funciona.

Sebastián frunce el ceño.

—¿Qué ha dicho?

—¿Puedes darle un poco de agua? Es probable que esté deshidratada. —Empieza a discutir y me volteo hacia él—. A menos que quieras pedir un rescate por un cadáver, ¡ve a buscarle la maldita agua!

Sebastián me mira y frunce el ceño; a continuación agarra a su hombre más cercano por el brazo.

—¡Agua! ¡Ahora!

Mientras grita órdenes, me vuelvo de nuevo hacia mi prima, con la ampolla de insulina en la mano, y ella me mira. Me mira *de verdad*, con toda claridad y enfoque.

Maddie no está en shock. Pero es un demonio de actriz.

—Génesis. —Su voz es apenas la sugerencia de un sonido—. Hay seis cabezas explosivas y dos botes en la playa. Tenemos que sacarlos a todos de aquí.

3 HORAS ANTES

MADDIE

—*Cabezas explosivas* —susurra Doménica mientras vierte más agua de una jarra de plástico a una botella para mí. Ella e Indiana se han reunido lo suficientemente cerca como para escuchar, mientras Génesis finge adaptarme a la situación de rehén, pero Penélope y Holden solo me miran fijamente desde el otro lado de la hoguera.

Rog parece observarlo todo desde su asiento, junto a un árbol, en el borde del claro.

—Sí. Son seis. —Me muevo lentamente, mientras cambio mi cartucho de insulina, aferrándome a mi actuación de deshidratada y en shock para desviar las sospechas—. Luke dice que son convencionales, de modo que no filtran productos químicos ni suponen riesgos biológicos, pero piensa que es suficiente carga explosiva...

—Para matar a millares, si dan en los blancos adecuados. —Indiana acaba la frase en un soplo desde la izquierda de mi prima.

—Sí.

—¿Encontraste a Luke? —pregunta Génesis desenroscando la tapa de la ampolla de insulina para mí—. ¿Dónde está?

—Escondido en la selva. Observando. A salvo, por ahora. —Echo un vistazo por encima del hombro de mi prima y descubro que Silvana nos mira desde una de las hogueras—. Génesis, están fabricando submarinos caseros, ahí fuera, en el pantano. Vimos cómo cargaban bloques de cocaína en uno de ellos, pero algunos de esos bloques parecían diferentes. Creo que eran bombas.

—Espera, pensé que querían que tu padre enviara sus bombas —susurra Domenica.

—*¿Qué?* —Mis manos paran de desenrollar el tupo para mi bomba de insulina.

—Por esa razón estamos aquí, Maddie —dice Génesis al meter mi residuo médico en una bolsa, dentro de mi mochila—. Nos están usando como palanca para hacer que mi padre envíe las bombas a Estados Unidos.

Se reserva algo. Algo doloroso. Puedo verlo en lo apretados que tiene los labios. Pero no me lo dirá hasta que esté preparada y yo no voy a perder el tiempo intentando que lo esté.

Tenemos que salir de aquí.

Indiana se sienta en una estera hecha de hojas y empieza a recoger una baraja de cartas desparramada.

—¿Por qué cargar bombas en submarinos, si piensan que van a conseguir barcos?

—Porque un carguero no puede desviarse de su ruta programada ni hacer paradas no previstas sin parecer sospechoso y sin arriesgarse a inspecciones adicionales. —Génesis frunce el ceño al pensar en voz alta—. Por eso no le pidió Silvana a mi padre que enviara un barco aquí. Le pidió las coordenadas *de dónde estarían*. Van a enviar bombas al barco en sus submarinos. Y, desde ahí, quién sabe adónde...

—Yo sé adónde. Escuchamos una lista de objetivos en la radio de Moisés —le explico, mientras enhebro el tubo por la tapa de la ampolla—. *Um...* Los Ángeles, Nueva York, Chicago, Washington DC, Memphis y Miami. Van a volar *Miami*, Génesis. —Nuestro hogar. Me enferma pensar cuántas personas podrían morir. Personas que conocemos. Mi *madre*—. Tenemos que avisarles.

—Vamos a hacer algo mejor. —Génesis se levanta la camiseta lo bastante para que yo pueda ver que hay un teléfono —*su* teléfono—, metido en la cinturilla.

—¿Dónde... —Entrecierro los ojos, y me resisto al impulso de inclinarme para mirarlo de cerca. Pegado a su teléfono hay un delgado bloque de un material parecido a la arcilla, del que sobresalen cables—. ¿Qué *es* eso?

—C-4 —susurra—. Han convertido nuestros móviles en pequeñas bombas.

Mi prima lleva explosivos como una especie de cinturón de diseño. Antes de que tenga ocasión de procesar esa información, llega otra.

Esto es lo que Luke me estaba diciendo.

—Son detonadores —le susurro—. Pequeñas bombas para detonar las grandes que están abajo, en la playa.

—Este es el plan —me comenta—. Voy a usar el teléfono adicional para explosionar este en la selva. —Se da palmaditas en el pequeño bulto de su bolsillo—. Mientras que los terroristas estén intentando descubrir lo que ha ocurrido, agarraré más detonadores de la tienda de campaña, luego correré a la playa y volaré las cabezas explosivas —me explica—. Pero...

—Ese *era* el plan cuando pensábamos que eran artefactos explosivos improvisados —replica Indiana, con la luz del fuego que parpadea en el lado de su cara—. Bombas en forma de ollas de presión. Pero las cabezas explosivas son *demasiado* grandes, G. Pueden pillarte antes de que llegues lo suficientemente lejos como para volarlas de manera segura.

—No, no lo harán, porque estaré en el agua —afirma Génesis—. —Podemos colocar los detonadores en las cabezas explosivas, después meternos en los barcos y detonar el C-4 una vez estemos lo bastante lejos.

—¿Y qué pasa con los hombres que están en la playa? —pregunta.

—Ahora mismo no hay ninguno —susurro al sujetar mi nueva

infusión en su lugar, contra mi estómago—. Están todos en la selva trabajando en el submarino.

—Pero todavía tenemos que ocuparnos de los que están aquí —indica Doménica—. No correrán todos y nos dejarán aquí sin vigilancia, cuando la bomba de Gen explote.

—No —confirma Génesis—. Tendremos que pelear. ¿Estás con nosotros?

Doménica vacila durante un segundo. Luego asiente.

—Sigues necesitando una distracción, ¿verdad? Para poder plantar esa cosa en la selva, ¿no?

—Luke está fuera del campamento. Deja que la coloque él —sugiero—. Cuanto menos tiempo estés en la selva, menos probabilidad habrá de que descubran que no estás.

Génesis parece indecisa.

—Solo es un niño, Maddie.

—*No* es un niño. —Puedo sentir cómo me ruborizo—. Yo no habría llegado tan lejos sin él.

Me mira y frunce el ceño durante un segundo, y casi puedo ver su debate interno. Por fin acepta.

—Está bien. Pero sigo necesitando una distracción para que pueda entregarle el detonador.

Le regalo una sombría sonrisa.

—Eso lo tengo cubierto.

GÉNESIS

—*Tú. Y tú.* Hiervan más agua —Sebastián señala a Doménica e Indiana, al cruzar el claro hacia nosotros, y mientras sigue de espaldas a él, Maddie se echa agua en la cara y el cuello—. *Vamos.* Conversemos. —Hala del brazo a Maddie, y ella mira fijamente al suelo con la mirada apenas enfocada. Las gotitas de agua relucen en su piel como si fuera sudor.

—Está bien. —Ella camina lentamente y sigue retirándose el cabello del rostro. Las manos le tiemblan y tropieza cada dos o tres pasos.

La he visto entrar en un shock diabético dos veces antes, pero esta actuación se parece tanto a aquellos episodios, que empiezo a pensar si no los estaría fingiendo también entonces.

Está a mitad de camino hacia la hoguera de Silvana cuando sus piernas se doblan bajo su cuerpo. Y, justo como predijo, la mitad de nuestros secuestradores acuden a ella como ángeles de lo alto, mientras el resto se gira para observar cómo se desarrolla el drama.

La necesitan, no va a dejarla morir. No, después de perder a Ryan.

El dolor vuelve a aflorar en lo profundo de mi pecho, pero me obligo a centrarme. El dolor es una pérdida de energía, pero con un poco de suerte, volar esas cosas será terapéutico.

Cuando me aseguro de que todos los guardas están concentrados en Maddie, me deslizo hasta la selva.

—¡Luke! —susurro mientras camino y miro varias veces atrás, al campamento. Ni siquiera puedo ver a Maddie, por la multitud congregada alrededor de ella.

—¡Luke!

Cada segundo que transcurre hace que las palmas de mis manos estén un poco más sudorosas. Mi garganta está un poco más tensa. No puedo fastidiarlo todo.

—¡Luke! Maddie me ha enviado.

Una rama cruje detrás de mí; me doy la vuelta y lo veo con el rifle automático que, según me dijo Maddie, le quitaron a Moisés. Tiene la barbilla sin rasurar y rayas de suciedad en los brazos. Parece un extra del *Señor de las moscas*. Un extra guapo. Puedo entender lo que Maddie ve en él.

—¿Génesis?

—Sí. Aquí. —Me saco el detonador de C-4 de debajo de mi camisa y lo empujo hacia él—. Maddie me dijo que podías plantar esto en la selva para nosotros. Solo tienes que depositarlo en la base de un árbol en cualquier lugar a unos ochocientos metros de aquí. Luego regresa aquí. Yo estaré vigilando y, cuando te vea, llamaré al teléfono para detonarlo.

—¿Tú vas a...? —Parece confuso, pero no hay tiempo de explicar nada acerca del otro teléfono. La multitud en torno a Maddie empieza ya a disiparse. Óscar parece estar haciendo un cálculo mental.

—Cuando explote, corre a la playa y *asegúrate* de que Maddie esté en uno de esos barcos. Si tardo, *no* le permitas esperarme. —Tengo que colocar detonadores en las cabezas explosivas de la tienda de campaña de la playa—. ¿Entendido?

—Sí. Está bien.

—Perfecto. ¡Vete!

Sale corriendo, con el C-4 agarrado con la mano izquierda, y me apresuro a volver al campamento. Puedo ver a Indiana que me busca entre los árboles.

Estoy a tres pasos del claro, cuando la mano de Óscar me agarra por el brazo y brinco sobresaltada.

—¡Miren a quién he encontrado! —grita mientras me hala hacia el campamento—. Intentaba escapar.

MADDIE

Óscar arrastra a Génesis de nuevo al campamento, por lo que se me acelera tanto el pulso que, por un momento, temo que voy a perder el conocimiento de verdad.

Mi mente va a toda velocidad. ¿Sigue llevando la bomba? ¿Encontró a Luke? ¿Hemos perdido nuestra oportunidad?

Me pongo de pie, pero Natalia me empuja para que me siente de nuevo en la silla plegable y me da un refresco con el contenido normal de azúcar; es evidente que es lo mejor que pueden hacer si no tienen zumo ni caramelos.

—Dijiste que necesitabas azúcar. Así que bebe.

—¿Qué advertí que pasaría si intentaban ustedes escapar? —pregunta Silvana con exigencia, mientras Óscar acerca más a Génesis.

La lata tiembla en mis manos, pero esta vez no finjo.

—No puedes matarla. —Indiana se interpone entre Silvana y Génesis. Su voz suena crispada, pero sus palabras salen altas y claras—. La necesitas.

—Es verdad. —Silvana frunce el ceño y se burla de Génesis al fingir que está considerando la situación.

Génesis intenta liberar su brazo, pero Óscar aprieta aún más su agarre.

—Silvana...

—¡Cállate! le ordena Silvana—. Tú y tu prima no representan una, sino *tres* recompensas distintas. Pero *tú*... —Agarra a Holden de un brazo, y sus palabras rezuman alegre malicia—. Solo te representas a ti mismo.

No tiene ni idea de lo acertada que está.

Silvana acerca más a Holden y se mofa en su cara.

—Tu *mami* pagará estés vivo o muerto.

—¡No! —Penélope llora.

—¡*Quéé*! —Holden se vuelve contra Génesis, con los ojos como platos por el miedo—. ¡Esto es culpa *suya*! ¡Yo no he hecho nada, maldita sea!

Silvana le hace una señal con la cabeza a Álvaro y este desenfunda un enorme cuchillo que lleva en su cinturón. Mi lata de refresco golpea el suelo. Me siento la garganta gruesa e hinchada.

Penélope ahoga un sollozo, pero Génesis aprieta las mandíbulas y no dice nada.

Silvana derriba a Holden contra el suelo. Cae de rodillas en la tierra y, en un segundo, Álvaro está sobre él, con el cuchillo en su garganta.

—Por favor, no hagan esto. —La voz de mi prima es temblorosa—. Él no ha quebrantado ninguna de sus normas.

He despreciado a Holden desde que lo pillé haciéndoselo con otra chica en la quinceañera de Génesis, pero no merece que le rebanen la garganta en medio de la selva.

—Sí. Esto no tiene nada que ver conmigo. —La voz de Holden tiembla y sus manos también.

Silvana se encoge de hombros.

—¿Alguna última palabra?

—*Por favor* —suplica Génesis, luchando contra el agarre de Óscar; su ruego desesperado anega mis ojos—. Es *a mí* a quien quieres castigar.

Los ojos de Silvana chispean prácticamente.

—Es exactamente lo que estoy haciendo.

2 HORAS ANTES

GÉNESIS

—¡Espérate! —grita Sebastián y el alivio recorre todo mi cuerpo. Poner bombas a miles de kilómetros es una cosa, pero no puede distanciarse del asesinato de alguien de su misma edad, justo enfrente de él.

No permitirá que eso ocurra.

—Wainwright ya es pasado —indica, y yo frunzo el ceño, confusa por su táctica—. *Ella no se preocupa por él.*

Silvana se vuelve hacia mí, con las cejas arqueadas por la burlona sorpresa. —Entonces, ¿cuál el nuevo titular, *princesa*?

—Él. —Sebastián empuja a Indiana al suelo, junto a Holden.

—Sebastián, ¡no! —Retuerzo mi brazo para romper el agarre de Óscar y corro hacia Indiana—. ¿Qué estás haciendo?

Óscar vuelve a alcanzarme, pero Sebastián le hace señas de que me deje. Presiona la hoja de su cuchillo contra el cuello de Indiana, por lo que me quedo helada.

Indiana cierra los ojos.

—¡No! ¡Por favor! —No sé qué hacer con mis manos. Quiero tirar de Sebastián y apartarlo de Indiana, pero eso empeorará las cosas.

—¿Qué *estás* haciendo, Sebastián? —La voz de Silvana es una mofa cantarina, mientras se acerca tranquila para tener mejor vista.

—A Génesis le gusta llevar la voz cantante —explica Sebastián—.

Dejemos que mande esta vez. —Se vuelve hacia mí, con su mirada fría, dura. Su sonrisa es oscura y cruel.

Penélope solloza.

—Por favor, no le hagan daño a Holden. Por favor. Por favor, no le hagan daño. Por favor... —llora hasta que Doménica la hala y la abraza.

Rog tiene la cara sombría, el ceño fruncido, al borde del claro y Maddie parece paralizada, la asusta moverse. Pero varios de los hombres armados avanzan para tener mejor vista, con ansias de presenciar un espectáculo.

Me pregunto si han visto este antes.

Mis ojos se anegan y parpadeo para apartar las lágrimas. Mostrarme débil no ayudará a Indiana ni a Holden.

¡Piensa!

He interpretado a Sebastián de un modo totalmente erróneo y él quiere que yo lo sepa. Quiere demostrarme que es él quien tiene el control aquí. Que ha estado manipulándome desde antes incluso de que yo subiera al avión —¿de qué otro modo sabría cómo llegamos aquí?—, y que está cansado de fingir otra cosa.

Quiere demostrarme que él tiene todo el poder.

Muy bien.

—Solo dime qué es lo que quieres y lo haré.

—Quiero que *escojas.* —Sonríe, burlón—. ¿A cuál salvarás? ¿Al antiguo amante o al nuevo?

—Ah, mierda —dice Doménica, horrorizada.

Silvana *ríe* mientras camina de un lado a otro, delante de mí. Estudia mi dolor desde todos los ángulos.

—¿Quién será, *princesa?* —Hace gestos hacia Holden y después hacia Indiana—. ¿A cuál de los dos salvarás?

—¡Gen! —La voz de Holden es tensa. Sus ojos me suplican—. ¡Haz algo!

—¿Y tú? —Se agacha y se pone al nivel de los ojos de Indiana, donde roza un mechón de cabello marrón de su frente—. ¿Vas a suplicar por tu vida?

Indiana gira la cabeza, con cuidado, lentamente, a pesar del cuchillo que tiene apoyado en la garganta, hasta que sus ojos miran directamente a los de ella.

—Si quieres matarme, hazlo. No cargues con esto a Génesis.

—¡Este es encantador! —Silvana se ríe mientras se endereza y se vuelve hacia mí—. Puedo ver la atracción. ¿Quién será, entonces?

Indiana no me va a mirar. No quiere hacerlo, para que esto no sea más duro para mí. Incluso ahora, está por encima del drama.

Holden me suplica en silencio. Hemos terminado, pero no puedo fingir que no significa nada para mí. No puedo mirar mientras le abren el cuello en el suelo de la selva.

—No puedo. —Las lágrimas me emborronan la vista y eso es casi una merced, porque no puedo soportarlo. No puedo escoger. No puedo ver morir a ninguno de los dos.

—Tienes diez segundos para decidir, o los mato a ambos —Sebastián levanta la muñeca para mirar su reloj.

—No. —No puedo respirar. No puedo ver nada a través de mis lágrimas.

—Ocho segundos... —se burla.

Mis piernas se doblan bajo mi peso, y aterrizo sobre mis rodillas en la tierra.

—*Por favor*, no lo hagas. —Me seco las lágrimas de los ojos y alzo la mirada hasta Sebastián, que contempla mi tortura con una sonrisa sádica—. Haré todo lo que quieras.

—¡No!

—¡Tres segundos! —Silvana está prácticamente jubilosa y no puedo pensar en este enredo de lealtad, culpa y pesar que me estrangula como un nudo corredizo—. ¿Con quién te quieres quedar, con el bocazas o con el del pico de oro?. —Consulta su reloj y se vuelve hacia mí; el entusiasmo brilla en sus ojos—. ¡El tiempo se ha acabado, *princesa*! ¡Toma una decisión! ¿A quién matamos?

—¡Génesis! —la voz de Holden es un chillido de pánico.

—No puedo... —Me inclino sobre mis rodillas, acurrucada alrededor del boquete de mi corazón—. No puedo hacerlo.

—Está bien. —Silvana se vuelve hacia Sebastián—. Mátalos a ambos.

El pánico bombea fuego por mis venas.

—¡Espera! —Me siento derecha y ella se vuelve hacia mí con sorpresa artificial y anticipación—. Indiana. Salva a Indiana.

Mi propia elección me rompe en millones de pedazos de remordimiento y pesar. Pero no la retiraré.

—¡*Perra*! —grita Holden, y siento como si mi pecho se hundiera.

—¡No! —Penélope solloza y Doménica la abraza más fuerte.

La culpa es un abismo que me devora trocito a trocito.

Sebastián se ríe tan fuerte que parece que se está ahogando. Da un paso atrás de donde está Indiana, y le hace seña con la mano a Álvaro.

—Deja que Holden se vaya.

Se agacha junto a mí y lo miro llena de horror.

—¡No pensé que lo harías!

1.5 HORAS

MADDIE

—Holden... —Génesis agarra su brazo cuando él pasa junto a ella, pisando fuerte, pero él se suelta—. Sabía que ella no te mataría. Eres el rehén más valioso. Eras la apuesta más segura.

Está mintiendo, y yo me doy cuenta.

Lo mismo le ocurre a Holden.

—Mereces todo lo que te pase aquí —le espeta. El odio de sus ojos es tanto que me roba la respiración. Se retira al otro lado del claro y se deja caer sobre un tronco, con Penélope, que sigue secándose las lágrimas de la cara.

Hago el paripé de levantarme despacio, mientras doy sorbos a mi refresco, y pongo todo el cuidado a mantener un breve contacto visual con varios de los guardias, para que puedan ver que me siento mejor. Así puedo, poco a poco, dejar de fingir un shock diabético. Y voy hacia mi prima.

—Génesis. —Me agacho junto a ella—. Es necesario que...

—No sé cómo las cosas se fastidiaron tanto entre nosotras —me dice y, por un segundo, pienso que me habla a mí. Se disculpa por todas las veces que había sido... bueno, ella misma. Pero entonces me doy cuenta de que sigue mirando a Holden.

—Dale un poco de tiempo —le indica Indiana desde su otro lado—. Acabará por comprenderlo.

—Ya lo hace —responde ella—. No va a superar esto.

Es necesario que movamos nuestra ficha. Pero ella está disgustada y la chica que tiene el dedo en el gatillo tiene que tener una mano firme. De modo que le dejo un poco de espacio a Génesis y me dirijo a verificar cómo está Doménica, y tanteo el terreno.

Rog está sentado con la espalda apoyada en un árbol; lo observa todo. Su mirada me encuentra y se entretiene demasiado conmigo. Como si lo entendiera todo, ahora que, según supongo, por fin tiene la mente despejada.

Penélope y Holden están muy acurrucados, lo que no es una verdadera sorpresa si se tiene en cuenta que Indiana es, evidentemente, el «nuevo titular».

—Holden, no podemos hacerle esto —susurra Penélope y me quedo paralizada en seco. Ellos no se han percatado de mi presencia, pero los guardias sí lo harán, así que me inclino para atarme el zapato.

—¡Iba a dejar que me *mataran*! —gruñe Holden—. Se merece todo lo que le ocurre. Y, *ahora*, necesitamos una distracción. —No puedo ver su rostro, pero cada músculo de su cuerpo está tenso.

—Lo sé, pero...

Holden agarra el brazo de Penélope con tanta fuerza, que ella se estremece.

—Estás conmigo o con ella, Pen.

—Estoy contigo. Ya te lo dije. Pero... —Baja la voz y yo me pongo en pie, pero no logro obligarme a apartarme—. Si les dices que ella lo tomó, la *matarán*.

Me dirijo hacia mi prima todo lo rápido que puedo, sin llamar la atención. —Génesis —sisea al arrodillarme delante de ella y de Indiana—. Holden va a decirles sobre el C-4.

Ella frunce el ceño.

—No puede demostrarlo. Ya está en la selva.

Holden ya está en pie y va directo hacia Sebastián.

—Pero ¿qué me dices del...? —Miro al bulto de su bolsillo, donde oculta el teléfono detonador.

—Mierda. —Mira alrededor del claro—. Tengo que detonarlo ahora.

Pero Holden ya está hablando con Sebastián.

—No hay tiempo. Dámelo.

—No, yo...

Tomo el teléfono del bolsillo de Génesis y lo meto en mi cinturilla, junto a mi bomba de insulina.

—Confía en mí.

Me levanto, me doy la vuelta y me aparto.

—¡Génesis! —Sebastián apunta con su rifle al pecho de ella—. No te muevas.

GÉNESIS

Me levanto lentamente, con las manos alzadas.

—¡Retrocede! —le grita Sebastián a Indiana. Cuando asiento con la cabeza, Indiana da tres pasos atrás, renuente—. Óscar, ¡venga!

Óscar empieza a cachearme, mientras Sebastián mantiene su arma apuntando a mi pecho.

Silvana saca la cabeza de la tienda verde.

—¿Aún más drama con la *princesa*? ¿Qué pasa esta vez?

—¿Te falta un detonador y un teléfono? —pregunta Sebastián, mientras las manos de Óscar me cachean de arriba a abajo.

Silvana desaparece en el interior de la tienda, cuando Óscar palpa mis bolsillos traseros.

—Está limpia —declara cuando no encuentra nada.

—¡Es un demonio! —grita Holden—. ¡Nosotros lo vimos! —Los rifles se desvían hacia él y Penélope se estremece—. ¡Vuelve a registrarla!.

—No tiene nada —responde Óscar—. El chico solo quiere venganza.

Silvana abre de golpe la solapa de la tienda, y carga hacia mí, pistola en ristre.

—¿Dónde están?

Me echo hacia atrás, con el pulso acelerado.

—No sé de qué estás...

—Falta un bloque y un teléfono. —Silvana me levanta la barbilla y me mira fijamente a los ojos—. Miénteme y *mataré a cada amigo que te quede.*

1 HORA ANTES

MADDIE

Silvana empuja a Génesis por la barbilla y mi prima aterriza en la tierra.

—Empieza a hablar. —Silvana pone la pistola sobre Doménica—. O le disparo.

Doménica está paralizada, con la mirada clavada en la pistola.

Mi pulso ruge en mis oídos.

Indiana mira intencionadamente a mi cintura.

¿Ahora?, articulo en silencio.

Él asiente.

Pero ¿y si Luke no ha regresado todavía de dejar el C-4? ¿Y si sigue demasiado cerca?

—Espera. —Génesis se arrastra hasta sus pies, con las manos levantadas y las palmas hacia afuera—. Doménica no tiene nada que ver con esto.

Me coloco detrás de Indiana y saco el teléfono de debajo de mi camiseta. Y es entonces cuando recuerdo que no tengo el teléfono de Génesis memorizado. No tengo el teléfono *de nadie*, pero es que el suyo no está ni en mi lista de favoritos.

El miedo me paraliza durante un segundo completo. Entonces me percato de que el teléfono que tengo en la mano es el de Holden. La cita de Eminem en la parte trasera de la carcasa lo dice todo.

—Voy a contar hasta tres, *princesa*, y después empezaré a disparar —advierte Silvana y la tensión en el claro es tan densa que temo moverme.

Doménica, invadida por el pánico, jadea.

—Silvana. Apúntame a mí —insiste Génesis suavemente.

Nos hicieron inhabilitar nuestras contraseñas cuando nos quitaron los teléfonos, así que toco el icono de los contactos. Pero mis manos están temblando. Fallo.

Silvana amartilla su pistola y me sobresalto. Penélope gime.

Desesperada, pincho de nuevo el icono de los contactos y se abre el menú de favoritos. El nombre de mi prima no figura. ¡Maldita sea!

—Última oportunidad —anuncia Silvana y el teléfono tiembla en mi mano.

La tercera entrada en los favoritos de Holden es «Mi Perra». Le doy una vez. Dos veces. Una y otra vez.

Nada ocurre.

No tengo señal.

Pero *vi* con anterioridad a un guarda hablando por teléfono. *Sé* que hay cobertura.

Por el rabillo del ojo veo cómo se tensan los brazos de Silvana. Génesis embiste cuando Silvana aprieta el gatillo y la tira con el brazo levantado. Estalla el disparo y sale el tiro.

Me volteo y sostengo el teléfono fuera de mi cuerpo, demasiado bajo para que lo vean.

Una barra.

Casi lloro.

Le doy al botón de llamada una vez. Dos veces. Tres veces.

La llamada se hace.

Durante un momento aterrador, no puedo moverme.

La selva estalla en fuego.

GÉNESIS

El suelo tiembla debajo de mí. Me alejo de Silvana a tropezones. Una columna de llamas y humo se alza sobre las cimas de los árboles, a unos ochocientos metros, en el interior de la selva.

Luke salió ileso.

Un gemido tembloroso y bajo viene del borde del campamento, donde yace Natalia, acurrucada. Una tira de madera sobresale de su hombro izquierdo. Su pistola, olvidada, está en el suelo.

—¡Mierda! —grita Sebastián hacia la selva, con el rostro púrpura de furia. Las autoridades nos están buscando y acabamos de lanzar una *enorme* bengala.

—¡Vamos! —grita Silvana. Pero en vez de apuntar hacia la selva, lo hace hacia la playa—. *Oculten el narco! ¡Evacúen!*

¿Esconder el narco? ¿Cómo en... narco submarino? Maddie dijo que había varios submarinos.

Los hombres armados corren hacia la vereda, en dirección a la orilla. Óscar ayuda a Natalia a ponerse en pie, y después se inclina a recoger su pistola. Holden se le adelanta.

Otro pistolero se abre camino a empujones para salir de la tienda militar y lleva consigo la caja de cartón con los móviles.

—¡Génesis! —grita Indiana. Me volteo a buscarlo, pero Sebastián se interpone en mi camino. Tiene a Maddie agarrada a su pecho, con la pistola presionando su sien—. Tú y Madalena vienen conmigo.

El rostro de Maddie está lleno de lágrimas. Está paralizada de terror.

—Está bien. —Levanto las manos, con las palmas hacia afuera—. Está bien, Maddie. —Pero mi enfoque está en Sebastián—. Ella no es una amenaza. Déjala ir y apúntame a mí con la pistola.

En realidad, él se ríe.

—Mostraste tu jugada con tu novio, *princesa*. La única forma de controlarte es apuntar con un arma a alguien que te importe.

—¡Sebastián! —grita Silvana—. ¡Vamos!

Se voltea por un segundo.

—¡Agáchate! —grito y Maddie deja que sus piernas se doblen, ello hala haciéndole perder el equilibrio. Me volteo y le doy una patada en la mano. La pistola sale volando.

Maddie se quita de en medio gateando, vuelvo a girar y le asesto otra patada. Sebastián me agarra el pie y me empuja hacia atrás.

Me caigo en la arena y me cae encima. Me agarra del pelo y golpea mi cráneo en el suelo. Se me nubla la vista. Mi cabeza cae de lado, pero veo su pistola en el suelo, sobre una estera de hojas destrozada.

Sebastián echa el brazo hacia atrás, con el puño cerrado. Lo derribo y gateo en busca de la pistola. Mi mano se cierra alrededor del cañón. Sebastián me arrastra por el suelo, agarrándome por la pierna y raspándome la espalda.

Suelto un gruñido al golpearlo con la culata de la pistola en la cabeza.

Cae al suelo pesadamente.

MADDIE

Miro fijamente el cuerpo inconsciente de Sebastián en el suelo, asombrada. En realidad, nunca he visto pelear a Génesis.

—¡Corre a la playa! —me grita Génesis—. ¡Ahora!

Pero no puedo irme sin...

—¿Dónde está Luke?

—¡Luke! —grito mientras corro más allá de la tienda verde. El pánico me atenaza el pecho. La selva está ardiendo, estoy medio sorda por la explosión y no tengo ni idea de dónde está él—. ¡Luke! —El humo me pica en los ojos. La gente corre. Grita.

—¡Maddie! —De repente, Luke está junto a mí. Me agarra—. Maddie. —Ha perdido la gorra, pero está entero y no tiene quemaduras. Y sigue llevando el rifle—. ¡Los barcos! Vamos. —Me agarra por el brazo, pero me suelto.

—No, tenemos que conseguir un detonador. Para las cabezas explosivas. Vamos a volarlas una vez que estemos en el agua.

—Pero se supone que...

—Monta guardia.

Me volteo, corro alrededor de la esquina de la tienda y esquivo a los hombres que van hacia el sendero de la playa con cajas de suministro. Me agacho y paso por la solapa de la tienda y Luke, renuente, ocupa una posición a la entrada, frente al caos. Tiene el rifle preparado.

El interior de la tienda está oscuro y doy vueltas durante unos segundos, antes de que Luke abra la solapa de la tienda.

—¡Date prisa! —grita.

Durante un segundo, la luz del exterior ilumina el interior de la tienda.

Está vacía.

Los detonadores C-4 han desaparecido.

GÉNESIS

—Suéltala —grita Óscar y me vuelvo para ver a Holden apuntándole a él y a Natalia con una pistola. El rifle de Óscar cuelga a su espalda y está temporalmente fuera de alcance.

—Fuera de nuestro camino —gruñe Holden. Penélope está junto a él, con los ojos abiertos como platos y aterrorizada.

—G... —De repente, Indiana está a mi lado—. ¿Estás bien?

—Bien. —Lo rodeo con mis brazos. Tiene un ojo negro y los nudillos ensangrentados, pero también está bien.

—Suelta la pistola —repite Óscar y suelto a Indiana.

—Holden... —Doy varios pasos lentos hacia él e Indiana reproduce mi cuidadoso acercamiento.

—Quédate atrás, Gen —me ordena Holden. Su mano es firme, pero su voz no lo es—. Tú te lo buscaste.

—Lo sé. —Sus ojos están vidriosos—. Holden, dame la pistola. Matar a las personas no es como disparar a caza mayor.

—No te lo voy a... —Me echa una mirada a mí y a Indiana, y Óscar desvía el rifle hacia arriba.

—¡Holden! —grita Penélope.

Holden vuelve a girarse hacia Óscar y su mano se crispa. El arma se dispara.

Caigo hacia atrás. Me suenan los oídos.
El disparo se repite en mi cabeza y
no puedo oír nada más.
El arma cae de mi mano.
Un hombre yace en el suelo junto a mi madre.

Tiene los ojos abiertos. La sangre mana de su pecho.
No me doy cuenta de que estoy gritando, hasta que vuelvo a oír.

Óscar golpea el suelo de espalda. El rifle aterriza sobre su estómago. Parpadea una vez. Dos veces. Después, su mirada se desenfoca.

—¡No! —Natalia se derrumba al lado de Óscar, agarrándose su hombro que sangra.

Holden los mira fijamente. Respira demasiado rápido. Su mirada es salvaje y radiante, pero en sus ojos no hay culpa. Ni comprensión. Nada.

—¡Holden! —Penélope alarga la mano hacia él, y se vuelve contra ella. Con el arma todavía en la mano. Algo se ha resquebrajado dentro de él, en lo más profundo.

Indiana se pone delante de Penélope.

—Suelta la pistola. Lentamente.

Holden parpadea. Luego, corre a la selva, directo a las llamas.

0.5 HORAS ANTES

MADDIE

—¡No Hay detonadores!

—¿Qué? —grita Luke. Todavía está un poco sordo por la explosión.

—¡El C-4! —grito—. Ha desaparecido y también el resto de los teléfonos móviles.

—Madalena —llama Silvana, y levanto la mirada para ver su rifle apuntado directamente hacia nosotros, con una sonrisa psicótica que levanta las comisuras de su boca—. Veo que has recuperado tus fuerzas.

—Baja el arma o te disparo —amenaza Luke, apuntándole a ella. Silvana se ríe.

—Baja *tú* el arma o le disparo a *Maddie*.

—Es un farol —le grito—. Nos necesita a Génesis y a mí vivas para obligar a mi tío a colaborar.

—Ah niña, él ya ha satisfecho nuestras exigencias hace tres horas —contesta Silvana—. Las bombas se están cargando en su barco *en estos momentos*. Así que dile a tu novio que suelte el arma antes de que yo vuele trozos de todos ustedes por toda la selva. Es posible que Sebastián y yo las queramos vivas, pero *no tengo ningún uso que darles*.

El arma se dispara. Silvana gira por el impacto y la sangre mana de su brazo derecho. Su rifle cae al suelo. Génesis está detrás de ella, con una pistola en la mano; Indiana está a su lado.

Perpleja, los miro fijamente; mis oídos retumban más que nunca. Entonces agarro el rifle y apunto a la cabeza de Silvana.

—Por Ryan —susurro mientras pongo mis dedos en posición sobre el gatillo y mi mano en el punto de agarre, tal como me enseñó Luke.

Génesis levanta el rifle desde el punto de agarre.

—Ella no merece la pena —me grita—. Confía en mí. —Luego golpea a Silvana en la frente con la culata del rifle.

La piel de Silvana se abre en dos por encima de su ceja. Tiene los ojos cerrados y su cabeza caída a un lado.

—Llévala a los barcos —le grita Génesis a Luke.

Luke agarra mi brazo, pero me suelto.

—¡No! —le digo en un grito—. No me iré hasta que no encuentre a Julián.

GÉNESIS

—¡Maddie, vete con él! —La empujo hacia Luke—. Indiana y yo agarraremos otro detonador y estaremos justo detrás de ustedes.

—Las cabezas explosivas han desaparecido —me dice mi prima—. Y también el C-4. En estos momentos los están cargando en el barco de tu padre.

—¿Qué? ¡No! —Los oídos me lastiman.

Luke se pasa una mano por sus rizos.

—Silvana nos dijo que él había obedecido hace horas.

—¡Maldita sea! —No puedo pensar. Me vuelvo hacia Indiana—. ¿Cómo ha podido acceder a esto?

—¿Cómo podría no haberlo hecho? —Indiana me hala y me abraza—. Es tu padre.

Regreso al campamento base y me encuentro con Rog que escolta a Penélope y a Doménica hacia la playa, con un rifle en la bandolera.

—Me ha dejado. —El rostro de Pen está manchado de lágrimas y tiene los ojos hinchados—. Sencillamente... me ha dejado.

—Es necesario salir de aquí antes de que llegue el resto de los terroristas —nos indica Rog al pasar junto a nosotros.

—¿Hay más?

—*Siempre* hay más.

—Hay dos barcos en la playa —les digo—. Súbelos a todos. Llegaremos enseguida. —Aunque hayan acabado de cargar las bombas, el barco podría estar todavía dentro del alcance.

Tengo que encontrar un teléfono móvil.

—Está bien. —Retiro el cabello de mi frente y me obligo a concentrarme—. Ve y ten los barcos listos —le susurro a Luke—.

Convenceremos a Maddie para que desista de matar a Julián y encontraremos un teléfono. Luego estaremos justo detrás de ustedes.

—Uno de los barcos siguen dentro de la tienda de la playa —me comenta—. Tendremos que ayudar varios para arrastrarlo hasta el agua.

—Maldita sea. —Me volteo hacia Indiana—. ¿Puedes ir con él?

—*No* te voy a abandonar.

Abro los brazos.

—Este es el lugar más seguro de la selva. Todos están muertos o inconscientes. Encontraré los teléfonos y estaré detrás de ti; *necesitamos* que los barcos estén preparados para irnos.

Luke besa a Maddie en la frente.

—Si no te veo en cinco minutos, volveré a buscarte. ¿Entendido?

Indiana me acerca a él y, *de verdad*, desearía tener tiempo para quedarnos así un rato.

—Casi estamos fuera de esto —le aseguro. Luego hago que se incline y le susurro al oído—. Y cuando acabemos, espero poder pronunciar tu *verdadero nombre*.

Indiana gruñe en mi pelo.

—Tremenda despedida, G. —Sonríe mientras Luke lo interna en la selva, por la senda que conduce a la playa.

MADDIE

—¿Estás segura de que aquí es donde dejaste caer el teléfono —pregunta Génesis, mientras aparta las destrozadas esteras de paja con ambas manos.

—No lo sé. Todo fue una locura después de la explosión. Pero tiene que estar por aquí, en algún lado. Yo estaba *justo aquí...*

—¡No tenemos tiempo para esto, Maddie! —El barco de mi padre podría estar ya fuera de alcance—. Van a *morir* personas.

—¡Lo sé! No puedo... —Mis manos rozan algo duro y lo agarro—. ¡Lo encontré! —Limpio la tierra del teléfono de Holden y aprieto el botón para ponerlo en marcha. La pantalla está oscura—. Solo queda un cinco por ciento de batería.

—Entonces no la desperdicies. —Génesis me hala por un brazo—. Llama a tu teléfono. Lo han convertido en uno de los detonadores.

Mis manos tiemblan mientras marco mi número y pulso la tecla de «enviar», pero... «No hay señal».

Una rama cruje detrás de mí; Génesis y yo nos volvemos hacia el lugar de donde procede el sonido. Silvana está ahí; presiona su frente ensangrentada con una mano. Con la otra nos apunta con una pistola.

El miedo acelera mi pulso al máximo. Génesis debería haberme dejado que la matara.

—Dame el teléfono —ordena Silvana.

—Marca —me dice Génesis, con su voz baja y calmada—. Ella ha conseguido su barco, pero está en esto por el dinero, y nosotras somos lo único que ha dejado.

—¿Crees que tu *papi* ya ha pagado? ¡Dame el teléfono! —grita Silvana; su acento es marcado y sus palabras mal articuladas por la contusión.

Génesis viene hacia mí de espaldas y me señala los árboles. Echo una mirada por encima de mi hombro y apunto al sendero. Estamos a solo unos metros.

—Sigue marcando —me susurra.

—¡No lo hagas! —espeta Silvana—. Si quieres vivir, dame el teléfono.

Vuelvo a pulsar «rellamada», pero sigue sin haber señal.

—Solo queda un tres por ciento de batería.

—¿Maddie? —musita Génesis.

—¿Sí? —Mi corazón martillea contra mi esternón. En mis oídos sigue resonando el eco de la explosión.

—Corre.

AHORA

GÉNESIS

Detrás de mí resuenan tiros.

Corro a través de la selva; aparto las ramas a un lado y salto por encima de las raíces brotadas. La luz de la luna lanza destellos sobre el cielo, lo que se refleja en el sudor de mi piel y en la sangre que cubre mi camiseta, pero la estrecha senda sigue envuelta en la sombra.

Ni siquiera veo mis botas cuando golpean el camino.

—¡Se está acercando! —jadea Maddie detrás de mí.

Echo un vistazo por encima de mi hombro y el movimiento hace que pierda el equilibrio. Maddie me agarra por el brazo antes de que caiga y toma la delantera, con el teléfono móvil agarrado en una mano.

Los pasos resuenan detrás de nosotras. Silvana resuella, como si cada paso expulsara más aire de sus pulmones. Pero su paso es constante. Es fuerte y rápida.

Casi nos atrapa.

—¡Ahí está! —Maddie señala una brecha del camino y, más adelante, veo la luz de la luna que reluce sobre el agua oscura.

La playa. Los barcos.

Casi somos libres.

—¡Ay! —Maddie tropieza, brinca dos pasos e intenta agarrarse el tobillo sin detenerse—. No puedo...

—¡Claro que puedes! —La tomo del brazo y tiro de ella hacia delante.

Maddie me obliga a detenerme. Le grito para que continúe, pero entonces reconozco la mirada de sus ojos. La terquedad Valencia brilla, incluso en la oscuridad.

—Lo *vamos* a conseguir, pero no puedo correr, así es que tienes que sacar a Silvana del camino. Toma esto. —Me pone el teléfono en la palma de la mano—. Arrástrala a la selva y pulsa «enviar» en cuanto tengas cobertura.

—No te voy a abandonar...

—¡Ve! —susurra ferozmente, mientras Silvana toma la curva detrás de nosotros. Después se agacha en el arbusto para esconderse, a la izquierda del sendero.

Me aseguro de que Silvana pueda ver que tengo el teléfono y me introduzco en la senda. Corro con las fuerzas que me quedan y agito el follaje para que Silvana pueda seguir mi pista. Las ramas me golpean la cara y desgarran mi ropa. La tierra cede el paso a la arena bajo mis pies, y tropiezo; lucho por mantenerme en pie.

Al borde del agua, veo a Luke que corre hacia Maddie y la lleva en brazos hasta el barco. Oigo música y, a la distancia, puedo ver un crucero encendido como una fiesta en sus tres niveles. La ayuda está *ahí precisamente*. Lo único que tenemos que hacer es llegar hasta ella.

Hay un barco más cerca, más pequeño que navega a oscuras. Va en dirección norte. El carguero de mi padre. Tiene que ser.

El teléfono tiene uno por ciento de batería y dos rayas de señal. Pulso rellamada».

El crucero explota.

MADDIE

La noche se ilumina como si fuera mediodía, durante una fracción de segundo. Un instante después, resuena una explosión.

La onda expansiva nos alcanza. El barco se estremece con violencia. Luke y yo volamos contra el salpicadero, todavía agarrados el uno al otro. Se golpea el hombro con el volante.

Indiana es arrojado más allá de nosotros, contra el parabrisas. Estrella su cabeza en el cristal y cae al suelo, a mis pies, con los ojos cerrados.

—¡No! —Me arrodillo junto a él, agarrada al asiento para no perder el equilibrio con el balanceo del barco. Pongo una mano sobre el pecho de Indiana. Se hincha. Sigue respirando—. ¿Dónde están Penélope, Rog y Doménica?

Luke señala al este y veo la otra lancha rápida que avanza a toda velocidad, paralela a la costa. Sube y baja, ola tras ola, en el mar agitado.

Consiguieron escapar.

Mi prima corre desde la selva hasta la playa bajo el foco de una antorcha. —Maddie...

Silvana sale de pronto desde el arbusto y embiste contra ella desde atrás. Génesis cae a la arena, con la cara por delante. Silvana se abalanza.

—¡Váyanse! —grita Génesis mientras lucha por quitarse de encima a Silvana.

Luke se pasa al asiento del conductor y pone el motor en marcha.

—¡No! —le grito, pero apenas puedo oír mi propia voz.

—¡Váyanse! —repite Génesis.

Silvana gira la pistola hacia su cabeza. Mi prima se derrumba en la arena.

—¡Génesis!

—No podemos hacer nada por ella —grita Luke por encima del ruido del motor. Luego, acelera. El barco sale disparado hacia la oscuridad. El impulso me lanza sobre el asiento que está a mi espalda.

El viento apalea mi cara a través del parabrisas roto y me roba las lágrimas antes de que puedan derramarse. Desgarra mis gritos desde mi garganta. Indiana sangra en el suelo, a mis pies. No puedo pensar. No veo nada, sino llamas en el agua. No oigo nada, sino el motor y el viento.

Entonces, todo se detiene.

El barco aminora la marcha y ahora se desliza. Luke se arrodilla para tomarle el pulso a Indiana. Tiene una pistola de bengalas que ha debido encontrar debajo de uno de los asientos.

—¡Génesis!

Maddie.

—Tenemos que regresar. —Todavía veo las antorchas encendidas en la playa, pero son tan pequeñas como luciérnagas y parpadean con el viento. Me vuelvo hacia él, pero no puedo enfocarme en su rostro a través de las lágrimas, ni siquiera con la luz de la luna.

—No puedo perderla, Luke. —Sollozo y me arde la garganta, pero no puedo dejar de llorar—. No puedo perder a nadie más. *No puedo*.

Trozos del crucero flotan en el agua. Algunos de ellos siguen ardiendo.

Me toma las manos.

—Si volvemos, me perderás también a mí. Y a Indiana. Si regresamos, *todos* perdemos. —Sus palabras suenan fuertes, como si estuviera conteniendo sus lágrimas—. Eso no es lo que Génesis quiere.

Me suelta la mano para secarse sus propios ojos. Por encima de nosotros, un helicóptero vence la fuerza aérea. Su proyector escudriña el agua.

—Ella me dijo que te sacara de aquí. Y es lo que voy a hacer.

Luke me aprieta la mano. Luego, se pone de pie y lanza la bengala.

MÁS TARDE

GÉNESIS

Oigo voces, pero abrir los ojos es un esfuerzo asombroso. Mis párpados son tan pesados que me pregunto si no estarán pegados.

La luz inunda mi visión. El dolor me taladra el cráneo.

Me llevo la mano a la sien y todo el mundo gira en torno a mí. Está extrañamente hinchada y húmeda. Pegajosa. Tengo la mano ensangrentada. Siento la cabeza como si alguien intentara sacarme el cerebro a cucharadas.

Gruño. Todo el mundo está dolorido.

Me siento y percibo algo resbaloso debajo de mí. Parpadeo y, por fin, la superficie entra en mi enfoque. Estoy sobre un saco de dormir, en un suelo de madera. Las paredes a mi alrededor están hechas de tablas unidas de una forma burda. La luz del día se asoma por todas las rendijas.

Una cabaña.

Desde el exterior llega el coro devastadoramente familiar de los pájaros, las ranas, los grillos... y los monos. Estoy en la selva. Todavía.

Nunca me fui. Tal vez *nunca* salga de allí.

Tengo la boca seca. Siento la lengua hinchada y torpe. Me duele la garganta. Con cada latido de mi corazón, es como si un martillo me golpeara la cabeza e hiciera eco.

—Se está despertando —dice una voz desde otra habitación y me quedo helada. *Sebastián*. Lo recuerdo. Pero no logro acordarme de cómo llegué allí. Cómo me hirieron.

Una sombra cae sobre mí. Mi corazón se acelera y el latido en mi cráneo coincide con su ritmo.

—¿Génesis? —La voz es de alguien mayor.

No. Esto no tiene sentido.

—Génesis, niña, ¿recuerdas lo ocurrido?

Mi cabeza da vueltas.

—¿Tío David? —Se arrodilla junto a mí y su aspecto es *asombroso* para ser un muerto. Sacudo la cabeza. La habitación se inclina en torno a mí.

¿A quién demonios enterramos?

—Has volado la mitad de mi arsenal —parece impresionado.

—Yo... —¿Qué?— ¿Tu...? —Las cabezas explosivas. Las hice estallar. Oh, Dios. *Volé un crucero*.

—¿Por qué...? —Mi voz se quiebra. Me paso la lengua por los labios y vuelvo a empezar—. ¿Por qué había cabezas explosivas en un crucero?

—Porque el contrabando es un empeño creativo, Génesis. Cualquier carguero que viaja desde Colombia a Estados Unidos está bajo sospecha, pero los cruceros marítimos... fue una compra experimental y la última que la DEA [siglas en inglés de Drug Enforcement Administration, Departamento para la Lucha Antidroga] pensaría en comprobar. Había *dos mil* personas en ese barco.

Respiro demasiado rápido. Me voy a morir.

—Solo murieron la mitad de ellas. —El tío David menea la cabeza—. Una tragedia humanitaria. Pero dice algo sobre la cultura de los excesos, ¿no es así? Todos esos ricos de fiesta, en mitad de la noche. De verdad, has formulado toda una declaración.

—No. Yo no lo sabía...

Me agarra la barbilla con fuerza. Sus ojos pardos no son amistosos ni amables. Este no es el tío que yo recuerdo.

—Lo único que tenías que hacer era quedarte tranquila y esperar a ser rescatada. —Un mechón de pelo canoso cae sobre su frente—. Podías estar ahora mismo en casa de tu abuela, en lugar de estar sangrando sobre mi suelo.

El tío David da un paso atrás y le hace señas a alguien para que se acerque. Sebastián se arrodilla junto a mí, tiene una jeringa en la mano. Me echo hacia atrás, pero él agarra mi brazo. Su tacto me produce ganas de vomitar.

Tiene los dos ojos morados y la nariz rota. Los nudillos del tío David están despellejados e hinchados.

—Este no era el plan, Génesis —me dice mi tío—. Ryan... —aprieta el puño y se da la vuelta.

No se suponía que Ryan muriera, que Maddie escapara ni que yo contraatacara.

Porque el tío David es *el jefe*. Ha sido el jefe todo el tiempo.

Sebastián desliza la aguja en mi brazo, pero apenas siento el pinchazo. Me duelen los ojos. Mi cabeza está en agonía. Pero el verdadero dolor está muy dentro, en lo profundo de mi alma.

Sigo en la selva.

Sigo cautiva.

RECONOCIMIENTOS

100 horas es un poco una partida para mí y escribirlo ha sido el reto más maravilloso. Tengo el privilegio de haber tenido el sistema de apoyo más maravilloso del mundo, durante el proceso. Espero no olvidar a nadie.

En primer lugar, gracias a mi esposo y a mis dos asombrosos adolescentes, por aguantarme durante las muchas y largas horas de investigación y revisión. Sé que no siempre es fácil vivir conmigo. Los amo a todos.

Muchas, muchísimas gracias también a mi asombrosa editora, María Barbo, por la increíble dedicación a este proyecto y por pasar tantas horas, extralaborales, permitiéndome hacer todas las preguntas, y el impulso de último minuto para «presentar muchas ideas por considerar». Génesis, Maddie y yo te damos las gracias.

Gracias también, como siempre, a mi agente, Merrilee Heifetz, por hacer que las cosas ocurran. Y por hacerme quedar bien.

Como de costumbre, tengo una enorme deuda de gratitud con Rinda Elliot y Jenifer Lynn Barnes, por las innumerables sesiones de lluvia de ideas y de apoyo.

Gracias a CMSgt «Bear» Spitzer, USAF Ret., por permitirme todas mis preguntas sobre la selva colombiana.

Gracias también a Joshua Justice por responder a tantas preguntas sobre la diabetes de tipo uno.

Además, un AGRADECIMIENTO masivo al equipo de producción de HarperCollins y al departamento gráfico por convertir esta historia en un libro. ¡No puedo expresar lo feliz que me siento de trabajar con todos ustedes!